해동머리

해동머리

오태규 소설집

1판 1쇄 발행 | 2024. 11. 20

발행처 | **Human & Books**
발행인 | 하응백
출판등록 | 2002년 6월 5일 제2002-113호
서울특별시 종로구 삼일대로 457 1409호(경운동, 수운회관)
전화 | 02-6327-3535~6, 팩스 | 02-6327-5353
이메일 | hbooks@empas.com

ISBN 978-89-6078-782-7 03810

오태규 소설집

해동머리

Human & Books

작가의 말

『해동머리』는 근자에 쓴 소설 세 편과 대폭 손질하고 다듬은, 내가 좋아하는 내 초기소설 네댓 편을 한데 모아서, 말하자면 오태규 문학의 '진수성찬'을 정성껏 차려서 세상에 내놓은 것이다.

소설가 길로 발을 들여놓았을 때 '나는 문학적 재능을 타고 났다'고 생각하고 있었다. 고등학교 재학 중에 영어교사시험에 합격한, 뛰어난 어문학실력을 문학적 재능으로 간주하고 덤볐던 측면이 없지 않았지만 재능에 대한 믿음이 없었다면 나는 애초 문학을 넘보지 않았을 것이다. 80년대에 등단하고 나서 나는 곧잘 소설가인 나를 버리고 아름다운 소설을 찾아서 유랑의 길을 떠났다. 자신을 '딜레탕트'라고 자임하고 나서 프루스트, 포, 슈니츨러를 비롯한 몇몇 작가들의 소설을 탐독하면서 걸핏하면 절필했다.

이데올로기소설이 휩쓸고 있는 80년대의 문단은 나에겐 찬바람 부는 황무지나 다름없었다. 나는 이데올로기의 한복판에 서기를 싫어했다. 이데올로기는 작품을 통해 위대한 업적을 성취할 수는 있어도 영원한 감동은 줄 수 없다고 생각했다. "나는 사소하고 하찮은 것, 가볍고 일상적인 것에서도 얼마든지 삶의 의미를 캐낼 수 있고 아름다움을 창조할 수 있다"고 생각했다.(瑣末主義) 그러나 그런 소설은 의식과 정의가 없다고 폄하되기 일쑤였다. 거대한 시대적 절규 속에서 나는 움츠러들지 않으려고 안간힘을 썼다. 어떤 사조 속에 소설이 규격화되고 유형화 되는 것도 싫었다. 문학이 선택받은 사람들이 모여서 관념의 유희나 즐기는 비원(秘苑)과 같은 것으로 전락하는 것이 서글펐다. 나는 문단과 담을 쌓았다.

그때 내 의식 속에 흉터처럼 남아있던 '부끄러움'이 고개를 들기 시작했다. 부끄러움의 정체는 '자의식과잉'이었다. 내 속엔 또 하나의 내가 깊숙이 굴을 파고 들어앉아 있었는데, 이 속사람(inner-being)이 늘 말썽을 부렸다. 너무 완벽주의고 거만하고 외골수였기 때문이다. 내 소설이 "때론 너무 패려(悖戾)하고 광포하고 외설스럽다"고 걸핏하면 나를 깔보고 비웃고 태클을 걸어왔다. 그의 조소와 질타 속에서 나는 늘 부끄러움을 타고 있었다.

　　세월이 흐르자 이 완악(頑惡)하고 강퍅했던 속사람이 다행히 연약해졌다. "내가 사랑하는 제살붙이는 버릴 수 없지 않느냐." 마음속에 이런 연민과 평화가 찾아온 것이다. 결국 세월이 약이있다. 불현듯 내 소설들이 그리워졌다. 그동안 이런저런 책에 게재하여 선을 보였지만 그 행색이 궁상스럽고 초라했다. '해동머리'를 내놓는 내 심정이 그동안 홀대하고 고생시켰던 부모처자를 좀 예쁘고 깨끗하고 훤칠한 집에서 편히 살게 하고 싶다는 '소박한 꿈' 같은 것이라고 한다면 틀림없는 말이다. 표지나 인쇄나 장정이 보다 참신하고 산뜻하고 격조 높은 책 속에서 내 혈육들을 다시 만나고 싶었다.

　　다시 일부 80년대 소설을 소환하여 상재(上梓)하는 마당에 언죽번죽,

　　"비단결같이 촘촘하고 섬세하고 유려한, 천의무봉(天衣無縫)의 산문 속에, 청춘의 빛나는 나날들이 고스란히 담겨 있는, 내 문학의 진수를 보여주고 싶다. 작고 평범한 것에서 영원한 가치와 아름다움을 빚어낼 수 있는 재능을 보여주고 싶다. 격앙된 시대적 정서나 아편 같은 이데올로기를 뛰어넘어서 향수 짙은 서정을 일궈낼 수 있는, 살아서 펄떡이는 문체를 보여주고 싶다."

　　이딴 구차스런 둔사(遁辭)를 늘어놓고 말았다. 눈물 같은 기도, 나의 가장 깊은 속마음인 걸 어쩔 것인가. 너그러이 봐주고 많이 질정(叱正)해 주기 바란다.

한려수도

여객선이 올망졸망한 섬 사이를 벗어나서 바닷물이 빠르게 흐르는 물굽이로 들어섰을 때 나는 항구를 떠난 후 처음으로 수평선을 보았다.

"손님, 다음번에 내리세요."

젊은 선원이 다가와서 나에게 말했다. 배가 항구를 떠난 지 세 시간이 흘렀고 그사이 일곱 군데 표구에 들러서 승객을 풀어놓았으니까 나는 다음에 닿을 곳이 '노루섬'이란 걸 알고 있었다. 그리고 수평선 한쪽으로 나타나는 섬을 보았을 때 까닭 모를 두려움에 휩싸이기 시작했다.

〈오빠가 섬에 내려와 있어요. 도와주세요. 선생님 오빠에게 문제가 생겼어요. 내려오셔서 오빠를 한번 만나 주시겠어요.〉

내가 친구 누이로부터 이런 내용의 편지를 받은 것은 열흘 전이었다. 여름방학이 시작되었지만 학교잡무에 얽매여 있을 때였다. 갑자기 서울에서 잠적해 버린 박한조에 대한 소식이어서 다소 충격은 받았지만 나로서는 선뜻 친구를 찾아 나설 엄두가 나지 않았다. 그 뒤 일주일가량 휴가를 얻고 나서도 나는 처음 한동안은 설악산과 무주구천동 사이를 오락가락하며 여행지를 물색하고 있었다. 그러다가 그만 남쪽 바다로 친구를 찾아가기로 결정을 내리고 만 것이었다. 항구를 출발하여 일곱 개의 포구를 거치고 나면 수평선 한쪽으로 나타나는 섬, 이런 주소를 들고 어제 오후에 서울을 출발했을 때 솔직히 말해서 나는 여행을 떠나는 기쁨으로 마음이 들떠 있었다. 항구로 내려오는 차 속에서 이따금 한조의 얼굴이 떠오르며 암울한 느낌이 들기도 했지만 배를 탄 뒤로는 그런 기분마저 말끔히 사라져 버렸던 것이다. 바다에 뜬 연꽃이라던가, 끝없이 이어지는 섬들, 포구마다 숲을 이루고 있는 김 양식장, 파도가 하얗게 부서지는 해변, 빽빽하게 우거진 동백 숲, 그 위로 날고 있는 백로와 왜가리떼. 나는 갑판 위에 홀로 서서 이 아름다운 풍경을 구경하느라고 시간가는 줄을 몰랐다. 그런데 정작 노루섬을 보자마자 나는 불안을 느끼기 시작했다. 그리고 생전 처음으로 어찐지 한조가 더 낯선 풍경으로 내 앞에 펼쳐질 것만 같은 예감이 들었다. 그는 왜 이 외딴섬으로 내려왔을까. 갑자기 무슨 일이 생겼을까. 편지 사연이 워낙 짤막해서 뭐라고 단정할 수는 없었지만 한조가 처해 있는 현실이 설령 고통이나 슬픔, 그것일지라도 나에겐 도무지 절실하게 느껴지지 않을 것만 같았다. 고통이나 슬픔이 자신이 선망해온 사람의 것일 경우에는 별로 실감이 나지 않는 그런 이치라고 할까. 그렇다면 한조는 내가 선망해온 사람이라는 이야기가 되는데 그건 사실이었다.

　대학 이학년 때 어느 날 오후에 나는 술에 취한 채 공원벤치에서 잠을 자고 있었다. 가정교사 자리를 구하려고 일주일 동안을 쏘다녔으나 끝내 허탕만 치고 나자 나는 하도 막막해서 가까운 공원을 찾아가서 소주 한 병을 마시고 그대로 잠들어 버렸던 것이다. 그때 따뜻한 햇볕을 가리면서 나를 흔들어 깨웠던 사람이 바로 한조였다. 그는 그날 밤 나를 그의 하숙집으로 끌고 가서 숙식을 제공해 주었다. 한조가 그날 나에게 보여준 우정은 아무튼 강의실에서 먼빛으로 보았을 뿐 이렇다 할 통성명도 없었던 교우 치고는 매우 각별한 것이었다. 어쨌든 그 이후로 나는 종종 그의 하숙을 찾아가서 며칠씩 신세를 졌고 그에게서 한 두 차례 등록금까지 빌린 적도 있었다. 내 인생을 저당 잡히고 우정이 보증을 서고 내 자존심이 이자를 물면서 나는 눈 딱 감고 빚을 얻어 쓴 것이었다. 그러나 우리는 한 번도 서로 마음을 털어놓고 이야기를 한 적도 없었고 하다못해 어깨를 나란히 하고 거리를 걸어본 적도 없었다. 그러니까 지금도 내가 한조에 대하여, 같이 대학을 다닌 시골 부잣집 아들, 이 정도밖에 모르고 있는 것은 당연한 결과인지도 모른다.

내가 한창 그의 그늘 속에서 살고 있을 무렵에도 그의 하숙을 찾아가면, 그야 언제나 반갑게 맞아주었지만 그럴 때마다 그는 꼭 무슨 핑계를 대서 나만 홀로 하숙에 묵게 하고 어디론가 훌쩍 나가버리곤 했다. 특히 주말이면 그는 부잣집 아들답게 여행을 떠나곤 했는데 그럴 때 으레 고개를 처박고 맡은 아이를 가르치러 가게 되는 나를 그는 그 잦은 행락에 한번도 끼워주지 않았다. 뭐랄까 평소에는 그럭저럭 인심을 써주면서도 결정적인 대목에 혼자 속 빠져서 재미를 봐 버리는 부자 특유의 그 버르장머리 때문에 나는 늘 좀 섭섭했던 것이다. 그래서 한 달 전 한조와 함께 방송국에 근무하고 있는 친구로부터 한조의 증발을 연락받았을 때도 나는 한조에 대한 나의 솔직한 감정, 그런 맥락(脈絡)에서 그 사건을 받아들이고 말았다. 아아 맥락, 우리 시대에 이 맥락처럼 더러운 놈은 없다. 어떻든 방송국 친구가

"드라마 만들다 말고 나간 놈이 여태 안 돌아온단 말이야. 이 도깨비를 좀 찾아보게."
하고 말했을 때도,

"염려할 것 없어. 녀석은 바람 쐬고 곧 돌아올 테니까."
하고 여유 있게 대답할 수 있었다. 그러나 한조는 한 달이 지나도록 돌아오지 않았고 나는 생판 모르는 그의 누이에게서 편지 한 통을 받았던 것이다.

섬 모퉁이를 돌아갈 때 배는 기적을 울렸다. 이윽고 시야를 가로막고 있던 절벽이 뒤로 물러서면서 포구가 모습을 드러냈다. 선창도 방파제도 없는

한적한 포구였다. 다만 한 빛으로 검푸르게 어우러진 산과 물 사이에서 하얀 모래밭이 팔월의 햇볕 속에서 눈부시게 반짝이고 있었다. 배는 포구를 향하여 연신 뚜뚜뚜 기적을 울려댔다. 확실히 이 섬은 내가 지나쳐온 섬들과는 달랐다. 해변은 산허리께가 뭉툭 끊기어 바다 속으로 떨어지듯 절벽으로 돼 있었고 숲은 속살이 들여다보이는 중늙은이 머리 같은 게 아니고 단정한 세모꼴로 해송(海松)들이 빈틈없이 진을 치고 있었다. 섬 그늘에는 한낮에도 살을 저미는 냉기가 감돌았고 얇은 막처럼 투명한 햇살은 하얗다 못해 순백의 광기(狂氣)조차 내뿜고 있었다. 두 손으로 허공을 휘저으면 쨍그렁 소리를 내며 쏟아져 내릴 것만 같았다. 나른 섬들이 아담한 목조 건물이라면 이섬은 푸른 이끼가 덮인 석조 건물이라고나 할까. 그 속에는 어쩐지 사람이 살고 있지 않는 것 같았다. 서울을 출발할 때 전보를 쳤으니까 누군가 마중을 나올 줄 알았다. 그러나 백사장에 내렸을 때 나를 맞아주는 사람은 아무도 없었다. 도대체 남도천리를 찾아온 나를 어쩌자는 걸까. 여객선을 바라보았다. 섬 모퉁이를 돌아가고 있었다.

　북쪽으로 백사장이 끝나는 곳에 아름드리 노송들이 우거져 있었다. 나는 소나무 그늘로 가서 땀을 식혔다. 햇볕이 지글지글 타고 있는 모래밭에서 서너 명의 꼬마들이 뒹굴고 있을 뿐 해변에는 사람이 없었다. 다만 모래밭까지 내려온 산자락을 헐어버리고 쌓아놓은 듯한 축대 아래 어막(漁幕)들이 줄지어 납작하게 엎드려 있었고 그 어두컴컴한 어막 속에서 사람들이 이상하게 번뜩이는 눈으로 나를 바라보고 있었다. 그늘에 앉아서 잠시 기다렸으나 아무도 나타나지 않았다. 그러자 내 마음은 오히려 홀가분해졌다. 이제 마을로 들어가서 한조에 대한 소식을 물어보자. 그리고 만약 아무것도 알아내지 못한다면, 섬을 한 바퀴 삥 돌고 나서 떠나버리면 된다. 이 여행에 꼭 어떤 의미를 붙이려고 했던 게 아니었으므로 내 머리 속은 금방 두서가 잡히는 것 같았다. 솔밭 가에 주막인 듯한 집이 두어 채 있었고 게서 길이 시작되어 섬 안

쪽으로 이어져 있었다. 그 길을 따라 산모퉁이를 돌아갔다. 수조(水槽) 밑바닥 같은 넓은 산간분지(山間盆地)가 나타났다. 분지를 삥 둘러싸고 있는 산들은 수목이 울창하고 군데군데 푸른 융단을 깔아 놓은 듯한 갈대밭이 눈에 띄었다. 초가집들이 서너 채씩 흩어져서 여기저기 산기슭에 자리 잡고 있었다. 분지 한복판으로 나 있는 허리띠 같은 길을 따라서 나는 느릿느릿 걸어갔다. 나른한 외로움이 온몸에 졸음처럼 퍼져왔다. 길에서는 사람을 만날 수가 없었다. 개울을 건널 때 빨래를 하면서 흘끔흘끔 쳐다보는 섬처녀들을 보았을 뿐이다. 나는 길이 끝나는 곳까지 갔다. 분지의 끝이었다. 문득 한조는 이 풍경 속 어디에도 없으며 그를 알고 있는 사람도 없을 것이라는 생각이 들었다. 나는 발길을 돌려서 온 길을 되돌아가기 시작했다. 확실히 눈에 띄는 풍경은 그림엽서처럼 아름다웠다. 그러나 사방에는 죽음 같은 정밀(靜謐)이 흐르고 강렬한 햇빛 속에서 모든 게 빠직빠직 타고 있는 것 같았다. 그리고 내가 늘 그리워하던 풍경이 어느새 나를 지치게 하고 있었다.

아까부터 뜨끔뜨끔하던 오른쪽 귓속이 갑자기 심하게 아파오기 시작했다. 나는 바다 쪽을 향하여 빠르게 걸어갔다. 솔밭 가 술집에는 사람들이 북적거리고 있었다. 이 조용한 섬에서 그래도 술집만은 생기가 돌고 있었다. 술청 한 귀퉁이를 차지하고 앉아서 술을 마시자 머릿속이 점점 맑아왔다. 술 안주도 그럴듯했고 나긋나긋하게 구는 술집 색시도 고와 보였다. 이윽고 술청에 눌어붙어 있던 사람들이 하나씩 둘씩 자리에서 일어나더니 어막 쪽으로 가버렸다. 술집에는 웬 사내 하나만이 남아 있었다.

"아까 방을 구한다고 하셨죠? 어떡하나, 이곳에는 여관이 없는데."

짧은치마에 어깨가 드러난 티셔츠를 입은 술집 아가씨가 내 앞에 앉으며 말했다. 얼굴은 열예닐곱 살 먹은 소녀처럼 앳되게 보였지만 몸매는 그녀의 갈색머리처럼 출렁거렸다. 겨드랑 사이로 삐주룩이 삐져나온 새카만 털이 "열일곱 살이 아니에요"라고 말하는 것 같았다.

"하룻밤 묵을 만한 데가 없을까요?"

"아이, 가엾어라. 이 술 드시고 저 한잔 주세요."

그녀는 술잔을 들어 내 입에 갖다 대며 한 눈을 찡긋했다. 그러고는 갑자기 생각난 듯이

"좋은 수가 있어요. 제 방을 치워 드릴게요. 대신 제 청 하나 들어주실래요?"

그녀는 내 팔을 잡으며 생글생글 웃었다.

"청이란 게 뭐요?"

나는 실없이 물었다.

"아저씨, 우리 전복 먹으러 가요. 요 너머 해변에 가면 해녀들이 전복을 따고 있거든요. 싱싱한 게 얼마든지 있어요. 우리 함께 가요, 네."

그때 방안에서 부르는 소리가 나고 그녀가 자리를 떴다.

"먹음직스럽죠?"

홀로 술을 마시고 있던 사내가 불쑥 말을 걸어왔다.

"아, 네에…먹음직스럽군요."

나는 후딱 사내를 돌아보았다. 사내는 배시시 웃고 있었다. 사내가 말을 걸어왔을 때 나는 바다에서 막 건져놓은 전복을 상상하면서 술상에 놓인 해삼을 초장에 찍어 맛있게 먹고 있었으므로 사내는 결국 내 마음을 알아맞힌 셈이었다. 상대방의 속을 꿰뚫어보는 듯한 사내의 눈빛이 나는 싫었다. 외꽃같이 노란 얼굴에서 두 눈알만이 유난히 음산한 빛을 발하고 있었다. 삐쩍 마른 몸이며 희멀쑥한 살결이며 아무리 보아도 본바닥 사람 같지는 않았다.

"해변에 가면 더 좋은 걸 먹을 겁니다."

사내가 다시 말했다.

"그렇겠죠. 아무래도 더 싱싱할 테니까요."

"어떻습니까. 그 계집이 꽤 색을 잘 쓰지 않습니까?"

사내가 엉뚱한 말을 했다.

"아, 노형이 구미가 당기시는 모양이군요."

"좃 까지 마라."

사내가 갑자기 얼굴을 찡그리며 소리쳤다. 나는 온몸이 오그라드는 느낌이었다. 사내의 눈에는 초점이 없었다. 그러나 이내 입가에 웃음을 띠며 사내가 이야기를 시작했다.

"글세, 내 여편네도 꼭 저 계집처럼 색을 쓰더라니까. 전복 먹으러 갔다가 내 여편네만 따먹고 돌아왔죠. 일 년 후에 이년이 핏덩이를 안고 뭍으로 나를 찾아왔더군요. 그래도 어지간했으면 내가 수습을 했을 겁니다. 하아, 나 그런 독종 처음 보았다니까. 어쩌다가 이 섬으로 캠핑 왔다가 나 신세 팍 조진 놈입니다. 이밥 먹는 서방을 얻으려고 여편네가 그랬던 모양인데 내가 떡섬에 눌러앉아 버렸으니까 복은 되게 없는 년 아닙니까. 허허허."

"그럴 수도 있는 거 아닙니까."

나는 조심스럽게 말했다. 사내는 다시 미간을 찌푸리며 완전히 나를 무시하는 투로,

"아닙니다. 조심할 때는 해야 합니다. 저 계집애도 굉장히 번식력이 좋거든요. 내 손으로 두 번씩이나 그년의 자궁 속을 긁어냈으니까요."

나는 어처구니가 없었다. 얼른 자리를 떠야만 한다고 생각했다. 그러나 그때 갈색머리가 방에서 나오는 게 보였기 때문에 나는 조금만 더 눌러앉아 있기로 했다.

"의사시군요. 환자의 비밀을 그렇게 함부로 말해도 괜찮습니까?"

나는 웃으며 말했다. 사내가 낄낄거리기 시작했다.

"히히히, 수고(水高) 나온 놈이 무슨 놈의 의사요. 위생병 때 들은풍월로 그럭저럭 입에 풀칠이나 하고 있는 거지요. 그래도 실수는 안 합니다. 오늘 아침 환자 하나가 죽긴 했습니다만 그건 내 실수가 아니었어요. 맹세코 내 실수는 아니란 말예요."

"아이, 전복 먹으러 안 가실래요?"

갈색머리가 앞에 와 앉으며 채근했다.

"야 이년아, 여기 술 따라라."

사내가 빈 잔을 내밀며 소리를 꽥 질렀다.

"어머머. 이제 욕까지 하시네. 분이 아빠, 오늘은 참 이상하시다."

여자는 조금도 화를 내지 않았다. 나는 여자의 다리를 슬며시 꼬집으며,

"아까부터 귀가 몹시 아픕니다. 약 좀 없을까요?"

하고 사내에게 말했다.

"그럴 줄 알았습니다. 체질이 나와 비슷하군요."

"무슨 얘긴가요."

"나는 형씨를 쭉 지켜보고 있었습니다. 배에서 내린 뒤에 마을로 들어가더군요. 나는 뜨거운 지열(地熱)을 쐬면서 눈부신 햇빛 속을 오랫동안 걸어가면 반드시 귀가 아파옵니다. 참 묘한 증세입니다. 그럴 때는 술을 몇 잔 마시며 적당히 기분을 풀고 나서 다시 길을 걷곤 하죠. 그게 좋은 예방법이더군요."

"하지만 나는 마을 끝까지 다녀오는데 이십 분밖에 걸리지 않았습니다."

"시간이 문젠가요. 형씨에겐 이곳이 타향입니다. 산판(山坂)을 사러 왔습니까?"

"산판이라뇨?"

"이 섬의 자랑거립니다. 아름다운 삼나무 숲이죠. 얼마 전에 산주(山主)가 갑자기 죽었습니다. 요새는 산판을 둘러보려고 낯선 사람들이 이곳에 자주 옵니다. 아, 산판을 사러온 게 아니군요."

"예, 사람을 만나러 왔습니다. 혹시 박한조란 사람 알고 있습니까?"

사내는 눈을 가늘게 뜨고 잠시 기억을 더듬는 듯하더니,

"전혀 생각이 안 나는데요. 그런데 그 사람이 여기에 와 있다는 걸 어떻게

알아냈습니까?"

"그의 누이한테서 편지가 왔더군요."

"하여튼 흥미 있는 이야기이군요. 사실 아직도 어디론가 도망가서 숨어 살 수 있다는 건 암튼 고무적인 일이 아닙니까. 그래 찾을 때까지 여기 남아 있을 작정인가요?"

"아닙니다. 배가 오는 대로 떠나려고 합니다."

"잘 생각했습니다. 정말 여기는 지겨운 곳입니다."

사내는 술잔을 비우고 나서 바다를 내다보았다. 소나무 줄기가 기울어진 햇살을 받아 붉게 물들어 있었다. 어느새 황혼이 내리고 있었다. 송림 사이로 해녀들이 해변을 따라 떼 지어 돌아가고 있는 게 보였다. 잠깐 밖에 나가 있던 갈색머리가 들어오며 말했다.

"아이, 전복 먹기는 다 틀렸네. 해녀들이 돌아가고 있잖아요."

"남쪽으로 섬 모퉁이를 돌아가면 동백나무로 둘러싸인 집이 나옵니다. 게 가면 방을 구할 수 있을 겁니다. 자, 그럼 재미 많이 보슈."

사내가 말하고 자리를 떴다. 나도 곧 술집을 나왔다.

"그곳은 해녀의 집이에요. 방을 구하기 힘들걸요. 다음에 만나시면 전복 사주시는 거 잊지 마세요."

여자의 말을 등 뒤로 들으며 나는 해변을 향하여 걷기 시작했다.

여관에는 빈방이 없었다. 방마다 해녀들이 차지하고 있었다. 그러나 주인 여자에게 사정사정했더니 해녀를 다른 방으로 합숙시키고 나에게 방을 하나 내주었다. 이렇게 얻든 방에서 나는 뒤척이다가 겨우 잠이 들었던 모양이다. 밤중에 내 방문을 흔들며 부르는 소리에 나는 잠이 깼다. 방물을 열고 보니 주인 여자가 웬 젊은 여자와 함께 방문 앞에 서 있었다. 낯선 여자가 나를 보자

한려수도

"서울에서 내려오신 손님이시죠? 박여주예요."

하고 말했다. 결국 친구 누이가 나를 찾아낸 것이었다. 그런데 나를 확인하고 나서도 그녀는 별말이 없었다. 반가워하는 기색도 없었다.

"발동선을 타고 방금 돌아왔어요. 제가 여객선을 놓치지 않았더라면 함께 들어오는 건데 그랬군요."

그녀는 고작 이런 말을 했다. 내가 답답해서,

"오빠에게 무슨 일이 생겼나요?"

하고 물었을 때도

"네."

하고 짤막하게 대답했다. 어찌 보면 뭔가 말하기를 꺼리는 눈치 같기도 했다.

"오빠를 지금 만날 수 있습니까?"

하고 내가 묻자 그제야 생각난 듯이

"오빠는 여기 없구요. 참, 오빠일 때문에 같이 내려오신 분이 있는데 내일 한번 만나 보시겠어요? 그럼, 내일 다시 뵙겠어요. 안녕히 주무세요."

하고는 급히 토방으로 내려섰다. 나는 허둥지둥 마루 끝까지 나가서 그녀를 배웅했다. 대문께까지 걸어 나간 그녀가 갑자기 걸음을 멈추더니 몸을 돌려 다시 돌아왔다. 그러고는 핸드백에서 무슨 종이 뭉치를 꺼내어 내 앞으로 내미는 것이었다.

"이게 뭡니까?"

"이걸 한번 읽어보는 게 좋겠군요. 오빠가 써 놓은 글이에요."

그녀는 곧바로 돌아갔다. 옆에서 보고 있던 주인 여자가 묻지도 않은 말을 했다.

"산판을 사러온 사람이 밖에서 기다리고 있거든요."

그래서 그녀가 총총히 가버렸다는 말이었다. 내가 딱해 보였던 모양이다. 나는 한 가지 궁금한 걸 물었다.

"여기 있는 걸 어떻게 알고 찾아 왔을까요?"

주인 여자는 잠시 얼떨떨한 얼굴로 나를 쳐다보았다.

"아녜요. 섬에 오면 여주는 늘 우리 집에서 묵고 가는걸요."

"아, 집이 여기 없군요."

"지금은 어장과 산판밖에 없어요."

친구 누이가 다녀간 뒤로 나는 잠을 이룰 수가 없었다. 비린내, 짠내, 쉬척지근한 땀내, 동백 숲을 스치는 바람소리, 파도소리, 밤 새 우는 소리, 갑자기 감각은 무수한 빨판이 되어 가슴속에 빨간 흠집을 만들고 있었다. 어쩔 수 없이 나는 배를 깔고 엎드려서 잠이 들 때까지 친구의 글을 읽고 또 읽었다. 한조의 글은 소설도 수기도 아니었다. 다만 나는 그 처참하고 괴이쩍은 글 속에서 한조가 살아온 나날이 내가 생각했던 것보다는 훨씬 불행했다는 사실을 발견하고는 퍽 놀랐을 뿐이다. 백지에다 마구 휘갈겨 놓은 꽤 긴 글이었지만, 그 중에서 내 관심을 끈 것은 다음과 같은 대목들이었다.

〈불꽃〉 푹푹 찌는 여름밤. 달그림자가 덮인 모래톱에 쓰러지다. 어둠은 내게로만 밀려오는데 고향의 갈대밭이 눈앞에 어른거리다. 어두운 그림자 사이로 인기척은 사라지고 문득 떠오르는 배반의 세월, 그것은 어둠 속에서 갑자기 일기 시작한 불꽃이었다.

〈악연(惡緣)〉 천지간 그 무한한 망각 속에서 문득 내 모습이 눈에 띄었을 때 나는 항구의 거리를 쏘대는 껌팔이 소년이었다. 나는 산꼭대기 판잣집에서 살고 있었다. 내가 어떻게 이 판잣집으로 굴러왔으며 그 집 주인이던 이모가 어떻게 하여 나를 기르게 되었는지는 알 길이 없었다. 그러나 내가 고아라는 것과 그 시절은 나와 비슷한 고아들이 많다는 것을 나는 어렴풋이 알고 있었다. 부모 따위는 까맣게 잊어버렸고, 아침마다 이모가 구색을 갖춰서 내놓은 껌통을 부산히 싸다니며 팔아야 한다는 생각만으로 머릿속은 꽉 차

한려수도

있었다. 이모는 판자벽에 얼음이 눌어붙는 겨울밤이면 내 몸을 모포로 똘똘 말아서 품에 안고 잤고 방 속에 뿌옇게 김이 서리는 여름밤이면 늘 가까운 바닷가로 나를 데리고 갔다. 가끔 화가 치밀면 나에게 쌍스런 욕을 마구 퍼부었지만 이모는 마음씨가 착한 여자였다. 나는 별로 아쉬울 것 없이 살아갈 수 있었다. 그러던 중 어느 날, 그러니까 껌통을 몽땅 잃어버리고 야단을 맞을까봐 공원 벤치에서 새우잠을 자고 아침에 들어가 보니 이모는 연탄가스 중독으로 숨이 끊어져 있었다. 졸지에 나는 다시 천애고아가 되고 말았다. 그러나 이모를 데려간 하느님은, 다시 나에게 두 사람을 보내 주었다. 나에겐 죽은 사람이던 아버지가 다시 살아 나타났고, 아버지는 바다 건너 먼 나라에서 삼촌을 불러들였다. 아아, 그러나 그것은 끝내 악연이었다.

〈추억〉 초가삼간은 벽이 허물어지고 한쪽 지붕이 날아가 버렸다. 태풍이 할퀴고 간 상처는 너무 컸다. 그러나 어디뫼 숲 속에서 숨어살고 있는 우리 아버지는 집을 고칠 수가 없었다. 날이 새기 전에 어머니가 골짜기 아래로 내려가서 얼마 후에 짚단과 새끼줄을 머리에 이고 돌아왔다. 어머니는 짚으로 지붕을 덮고 새끼줄로 얼기설기 묶어놓은 다음 이번엔 부리나케 골짜기 위쪽으로 갔다. 그곳에는 넓은 갈대밭과 고구마 밭이 있었다. 갈대밭 한 귀퉁이에는 마른 소나무 삭정이가 쌓여 있었고 밭두렁 호박넝쿨에는 호박이 주렁주렁 달려 있었다.

"얼른 갔다 와서 호박범벅 만들어 줄께."

이렇게 말하고 갔으니까 어머니는 먹을 것을 구하러 간 게 틀림없었다. 아침 해가 수평선 위로 떠오르고 산새들이 숲 속에서 푸드덕거리기 시작하는데도 어머니는 돌아오지 않았다. 나는 아장걸음으로 갈대밭까지 가 보았다. 안개가 걷혀가고 있는 아스라한 산허리에는 무성한 갈대만이 바람에 흔들리고 있었다. 아무리 둘러봐도 어머니는 눈에 띄지 않았다. 나는 그만 땅바닥에 풀썩 주저앉아서 풀잎에 벤 손가락을 들여다보며 울음을 터뜨리고 말았다. 그때였다. 등 뒤에서 돌연 갈대 헤치는 소리가 나더니 어머니가 불쑥 내 앞에 나타났다. 어머니는 나를 와락 품에 껴안고 내 볼에 얼굴을 비비면서 흐느껴 울기 시작했다. 나는 깜짝 놀라 어머니를 쳐다보았다. 눈은 부숭부숭 부어올랐고 터진 입술에는 피가 흐르고 있었고 머리카락은 새집처럼 헝클어져 있었다. 조금 후에 다시 등 뒤에서 인기척이 났다. 후딱 돌아보니 웬 사내가 히죽히죽 웃으며 다가오는 것이었다. 사내는 양손에 나뭇단을 들고 왔는데 그 속에는 요강만한 호박이 한 개씩 박혀 있었다. 사내가 우리 앞에 나뭇단을 내려놓으며 은근한 목소리로 말했다.

"이제부터 훔칠 생각은 아예 마시오. 찾아오면 얼마든지 거저 드릴 테니까."

사내는 여전히 히죽히죽 웃었다. 아아, 내가 그 사내에게서 기억할 수 있는 건 그 웃음밖에 없었다. 그날 밤 그 사내가 우리 집에 찾아왔다. 아버지가 집에 돌아와 있을 때였다. 사내가 방문을 열고 들어오는 순간 나는 악 소리를 지르며 이불을 뒤집어썼다. 이불 속에서 가만히 들어보니 뜻밖에도 아버지와 사내가 다정하게 이야기하는 소리가 들려왔다.

"배는 언제 출발하지?"

"밤 아홉 시야."

사내가 대답했다.

"안전할까?"

"그건 나도 장담할 수 없어. 하지만 먼 바다로 나가는 상어잡이 배니까 무사히 연안만 빠져나가면 안전할 거야."

"고맙네."

아버지는 한숨을 내쉬었다.

"친구 좋다는 게 뭔가. 이럴 때 도와야지. 그렇잖습니까, 아주머니."

사내가 나직이 웃었다. 어머니는 아무 말이 없었다. 잠시 무거운 침묵이 흘렀다.

"좋아, 이따 해변에서 만나세."

마침내 아버지가 단호하게 말했다.

"해변에서 기다리겠네."

이렇게 집을 나간 아버지는 이튿날 밤 화톳불이 활활 타오르는 해변에서 무참한 죽음을 당했다. 그때 어머니도 함께 죽었다는 이야기도 있고, 재혼하여 좀 더 살다가 죽었다는 풍문도 떠돌고 있지만 나로선 확인할 길이 없었다. 그렇다. 그것은 언제나 내 의식 속에서 가물거리고 있는 어디뫼의 슬픈 추억이었다.

〈미궁(迷宮)〉 삼촌은 부자, 그러나 바보였다. 바다 건너서 돌아온 삼촌은 아버지에게 턱없이 돈을 퍼부어 주었고 아버지는 그걸 받아먹고 날로 번창해갔다. 화톳불이 활활 타오르는 모래밭에서 피투성이로 죽어가던 아버지는 그토록 처참했건만. 어찌된 일일까. 파앙파앙, 뭍에서 은은하게 들려오던 총소리는 처음은 불꽃놀이를 하는 소리였는데 급기야는 살육의 신호소리로 변하고 말았다, 총 대신 죽창이 사람을 죽이는 비극, 이건 진짜 동족상잔이었다. 사람들은 한 움큼의 응어리를 풀어버리듯 무자비하게 생명을 찌르고 또 찔렀다. 손이 묶인 채 모래밭으로 끌려온 사람들은 이미 초죽음이 되어 있었다. 죽창을 든 사람들이 그 주위로 삥 에워싸고 섰다. 솔밭 가에서 탁탁 소리를 내며 타오르는 화톳불은 해변을 환히 비치고 있었다. 한 사내가 횃불을 들고 물가에 서 있었다. 사내의 눈은 화경처럼 번쩍이었다. 땀에 젖은 얼굴이 불빛에 번들거렸다. 사내가 미친 듯이 고함을 쳤다.

"찔럿."

이내 어지러운 발자국소리, 악마의 고함소리, 단말마의 비명소리가 밤하늘로 메아리쳐 갔다. 피비린내가 코를 찔렀다.

"돌을 매달아 배에 실어라."

물가의 사내가 악을 썼다. 이윽고 시체들이 차곡차곡 배에 실렸다. 어두운 바다로 사라져가는 배를 향하여 사내가 다시 소리쳤다.

"깊은 바다에 던져라. 깊은 바다에."

처참하게 죽어가는 얼굴, 그리고 땀으로 번들거리는 얼굴. 얼굴 위에 겹치는 또 다른 얼굴. 아아, 그건 끝없는 미궁이었다.

〈얼굴〉 아버지는 승승장구했다. 식품가공공장을 두 개씩이나 갖게 되었고 낙선은 했지만 국회의원에도 출마했다. 선물꾸러미를 안기면서 고아들을 번쩍 안아 올릴 만도 했고 양로원에 금일봉을 내놓으며 너그러운 웃음을 지어 보일 만도 했다. 아버지의 손에 이끌려 섬으로 돌아온 나도 어느 틈에 섬의 귀공자가 되어 즐거운 나날을 보낼 수 있었다. 눈만 뜨면 산으로 바다로 쏘다니며 시름없이 뛰놀았다. 그러나 어쩌다가 어디뫼를 갔다 왔다 하면 그날은 온종일 우울했다. 그런 나를 볼 때마다 아버지는 턱없이 화를 냈다. 때론 나에게 호된 매질까지 했다.

"허튼 수작하면 가만두지 않겠다."

불그죽죽한 살기가 번득이는 그의 눈이 늘 그렇게 말하고 있었다. 아아, 살이 뻗친 얼굴, 그건 갈대 위로 떠오르는 아버지의 얼굴이었다.

친구누이는 약속한 대로 이튿날 아침 나를 찾아왔다. 내가 아침 식사를 끝내고 마당을 거닐고 있는데 그녀가 소리 없이 마루로 가 앉으며,

"나가시지 않겠어요?"

하고 말했다. 산책이나 나가자는 말투였다. 그 말이 내 맘에 꼭 들었다. 그때 내 마음속에서는 이미 철편처럼 차갑고 두려운 향수가 사라져버리고 일상으로 되돌아간다는 기쁨이 차오르고 있었기 때문이다. 나는 그녀에게서 친구의 이야기를 들으며 해변을 거닐다가 배가 오면 떠나리라 마음먹었다. 그러나 그녀를 따라 해변으로 나왔을 때 내 생각은 물거품이 되고 말았다.

"오빠가 구속됐어요. 아버지를 살해한 혐의예요."

한려수도

그녀가 불쑥 말했다.

"아, 믿을 수 없는 이야기군요. 언제 일입니까."

나는 맥이 탁 풀렸다.

"선생님에게 편지를 썼을 때였죠."

나는 문득 친구를 위해서 내가 할 만한 역할이 없다는 것을 깨달았다. 심한 무력감이 엄습해 왔다. 나는 섬으로 내려온 걸 후회했다. 내 마음을 눈치챘다는 듯이 그녀가 나직이 말했다.

"오빠에 대해 물어보고 싶었던 게 많았거든요."

"뭘 알고 싶었습니까."

"친구끼리 털어놓는 이야기 같은 거였죠. 하지만 이제 필요 없게 됐어요."

그녀의 말을 이해할 수가 없었다.

"사건을 이야기해 주시겠어요?"

"아버지가 벼랑에서 떨어져서 돌아가셨어요. 마을사람 하나가 오빠가 벼랑에서 아버지를 떠미는 걸 보았다는 거예요."

"오빠가 자백했습니까?"

"아뇨. 오빠는 시종 입을 열지 않고 있어요. 하지만 좀 불리한 증거가 나왔어요."

"어떤 증거 말입니까?"

"오빠 글을 읽어 보셨죠? 오빠 호주머니에서 나온 거예요. 복사를 하고 변호사에게 넘겨준 걸 제가 가져왔죠."

"그랬군요. 하지만 그런 게 무슨 증거가 될까요."

나는 머릿속으로 한조의 글을 다시 헤쳐 보았다. 역시 느낄 수는 있어도 알 수는 없는 글이었다. 문득 그 글에 애착을 느끼기 시작했다. 그러자 그 글이 사실이기를 바라는 마음이 간절해졌다. 우리는 배가 닿는 백사장을 향해 걸어가고 있었다.

"오빠의 글을 어떻게 생각합니까?"

이윽고 내가 물었다. 그녀는 대답 대신 백사장을 향해 손을 흔들었다. 거기에는 웬 사내가 우리를 바라보며 서 있었다.

"이 사건을 맡고 있는 변호사예요. 만나서 이야기해 보시겠어요?"

그녀가 말했다. 아아, 지겨운 일정이 시작되었다. 곧바로 우리는 합류했다. 남자는 키가 훤칠하고 살결이 하얀 편이었다. 뜻밖에도 젊은 청년이었다. 어깨가 각이 지고 팔이 유난히 길어 보이는 게 약간 고집스런 인상을 주었다. 키가 작고 가무잡잡한 여자와는 좋은 대조를 이루었다. 나는 다정한 연인들 앞에 서 있는 듯한 느낌이 들었다. 서로 소개가 끝났을 때 청년이,

"염려 마십시오. 친구는 결백합니다. 오늘 현장을 둘러보고 나면 결론이 나올 겁니다. 현장에 같이 가보시지 않겠습니까?"

하고 말했기 때문에 나는 우리의 행선지가 범행 장소라는 것을 알았다. 우리는 산모퉁이를 돌아서 분지 끝까지 갔다. 거기서부터는 밤나무, 팽나무, 후박나무 숲 사이로 뚫린 길을 따라 산을 오르기 시작했다. 얼마 안 가서 길은 돌이 많은 개울 속으로 합쳐졌다. 개울을 벗어나자 산길은 다시 동백나무숲 속으로 비집고 들어가더니 이내 숲을 나와서 산꼭대기로 기어 올라갔다. 우리는 별로 이야기하지 않았다. 나는 조금 쳐져서 그들 뒤를 따라갔다. 청년은 여자가 개울의 돌을 건너뛸 때마다 앞에서 여자의 손을 잡아주었고 가파른 바위를 오를 때는 뒤에서 허리를 감싸주었다. 현장은 산꼭대기에서 해변 쪽으로 스무 발자국쯤 떨어진 길가 바위 위였다. 바위 아래는 가파른 벼랑이 있었고 벼랑 아래에는 삼나무가 우거져 있었다. 발바닥에 와 닿을 듯한 삼나무가지 사이로 눈 아래 푸른 바다가 보였다. 목적지에 닿자 청년은 갑자기 바쁘게 움직였다. 바위에 덮인 이끼를 발끝으로 후벼보기도 하고 바위 아래로 줄자를 내려뜨려서 길이를 재보기도 하고 바위틈에 있는 나무덩굴을 막대기로 때려 보기도 하고 목을 쑥 빼고 바위의 이곳저곳을 살펴보기도 했다.

그러고 나서 길을 따라 해변 쪽으로 내려갔다. 나는 친구 누이와 함께 나무 그늘에 앉아 있었다.

"어떻게 내 주소를 알게 됐죠?"

내가 물었다.

"편지 말씀이군요. 오빠가 선생님 이야기를 가끔 하더군요. 저도 학교 다닐 때 선생님을 본 적이 있구요."

그 말이 정답게 들려서 나는 대뜸 친구에게 짜증을 냈다.

"망할 자식. 도대체 내려와서 뭐라고 합디까?"

"그럴 겨를도 없었어요. 아버지와 함께 섬에 와보니 뜻밖에도 오빠가 내려와 있더군요. 그날 밤 오빠와 아버지는 한 방에 들었고 전 친척집으로 갔었죠. 아버지가 돌아가신 건 바로 다음날 아침이었어요."

그녀의 표정이 한결 부드러워지면서 목소리가 갈라져 나왔다.

"오빠는 근자에 자주 내려왔나요?"

"지난봄에 섬에서 목장을 하겠다고 잠깐 아버지를 만나고 간 일밖엔 없어요."

"그러니까 이번에 처음으로 오래 머물러 있었던 셈이군요."

"아니에요. 오빠는 우리보다 하루 전 섬에 도착했으니까요. 훨씬 전에 서울을 떠났다는 것도 나중에 알았죠. 그 동안 폭행혐의로 구치소에 들어가 있었더군요. 경찰기록에서 우연히 알게 됐죠."

돌아가는 길에 친구를 면회하는 일 말고 내가 할 일이 하나 더 생긴 것 같았다.

"그 사건의 당사자를 알고 있습니까?"

"네. 하지만 소용이 없어요. 도무지 만나 주질 않아요."

내친 김에 몇 가지 더 물어보려고 하는데 그때 청년이 우리에게로 다가왔다. 벌써 현장조사가 끝난 모양이었다. 우리는 곧 산에서 내려왔다. 친구누이는 도중에 친척집에 들르고 두 사람은 해변으로 돌아왔다.

시간은 정오가 가까웠다. 불볕이 머리 위에서 직각으로 내리쬐고 있었다. 노송들은 겨우 발등에 그늘을 내려뜨린 채 머쓱하게 서 있었고 모래밭은 뜨거운 열기로 뿌옇게 일렁이고 있었다. 해변에는 여전히 사람이 없었다. 멀리 북쪽 섬 모퉁이로부터 아이들이 떠드는 소리가 들려왔다. 해변을 내다보며 우리는 솔밭 술집에서 술을 마시고 있었다. 청년이 가끔 시계를 들여다보았다. 나도 섬 모퉁이를 내다보았다. 그는 마을로 들어간 친구누이를 기다리고 있었고 나는 조금 전에 섬 모퉁이로 돌아간 갈색머리를 기다리고 있었다. 이윽고 청년이 현장에서 얻어낸 결론이라 하며 이야기를 늘어놓기 시작했다. 말이 결론이지 사건의 전말을 장황하게 늘어놓았고 피의자가 무죄임을 중언부언 강조했다. 요컨대, 아버지가 그날 아침 바위 아래로 떨어져 목숨을 잃은 것은 어디까지나 우발적인 사고며 그러한 아버지의 죽음을 어쩔 수 없이 방관해 버린 아들은 심한 죄책감을 느낀 나머지 결국은 자신을 살인자로 착각하기에 이르렀다는 것이었다. 청년의 말을 붙잡아서 얼른 매듭을 지어주기 위해 나는 이야기를 거들지 않을 수 없었다.

"목격자의 증언은 어떻게 되는 겁니까?"

처음부터 시작하는 기분으로 내가 물었다.

"목격자 말대로 만약 고인이 현장에서 숨을 거두기 직전에 아들을 노려보며 '네놈이 그럴 줄이야' 이런 말을 했다면 그건 확실히 아들에게 불리한 증언이 됩니다. 하지만 나는 그 말을 꼭 살해자에 대한 원사(怨辭)라고만 생각하지 않습니다. 위험에서 자기를 구해주지 않은 사람에게도 그런 말은 얼마든지 할 수 있으니까요."

"어쨌든 가능성은 반반이군요."

"그렇습니다. 현장을 둘러보기 전까지는 저도 그렇게 생각했으니까요."

한려수도

청년은 어깨를 으쓱해 보이고 나서 이야기를 계속했다.

"물론 오늘 현장에서 내 생각과 일치하는 모습들만 내 눈에 띄었을지도 모릅니다. 그러나 그중 하나는 놀라울 만큼 내 예측과 꼭 들어맞더군요. 그것은 바위 중턱에 있는 반쯤 뿌리가 뽑힌 소나무 등걸이었습니다. 말하자면 아버지가 바위 아래로 굴러 떨어질 때 이 등걸에 잠시 매달려 있었다, 이런 얘깁니다. 아버지가 그 등걸을 붙들고 살려달라고 아우성을 쳤을 때 아들은 위에서 속수무책으로 보고만 있었습니다. 결국 아버지는 곧 떨어져 죽었습니다. 사진을 찍어 두었습니다만 소나무 등걸은 암벽중간에 있었으니까 아들로서는 어찌할 도리가 없었던 거죠. 그래서 아버지가 숨을 거두는 순간 아들은 더욱 심한 충격을 받은 겁니다. 불행히도 지금은 정신 착란까지 일으키고 있습니다만."

"정말 훌륭한 관찰이십니다."

"칭찬하는 겁니까. 그러나 칭찬을 하려거든 피의자가 입을 연 뒤에 하십시오. 그때는 사실여부가 판명될 테니까요."

청년이 못마땅한 얼굴로 냉랭하게 말했다.

"살의를 인정할 수는 없습니까?"

나도 냉랭한 목소리로 물었다. 청년은 잠시 얼떨떨한 표정을 지었다.

"무슨 말인지 알겠습니다. 하지만 비약은 금물입니다. 도대체 박 회장이 살해당할 이유가 없습니다. 그분 가까이서 일해 왔기 때문에 나는 자신 있게 말할 수 있습니다. 그리고 진짜 살의가 있었다면 그런 어설픈 바위에서 떠밀었겠습니까? 만약 내가 그 바위에서 떨어졌다면 틀림없이 살았을 겁니다. 하하하."

그는 계속해서 친구의 무죄를 주장할 기세였다. 나는 얼른 파장떨이를 하고 자리를 뜨고 싶었다.

"어쩌면 사건을 쉽게 풀 수도 있을 것 같은데요. 친구의 이상한 글을 읽었습니다."

"아하, 그래서 그런 말을 했군요."

청년은 내가 말할 틈도 주지 않고 말을 이었다.

"아버지의 무참한 죽음, 짓밟힌 어머니, 환생(還生)한 아버지, 기억의 단절, 살아온 아버지의 음모와 잔인성, 대개 이런 것들이 씌어 있더군요."

청년은 말을 마치고 씩 웃었다.

"바로 그겁니다."

나는 자신도 모르게 큰소리로 계속 지껄였다.

"그러니까 다시 나타난 아버지는 실은 아버지를 죽이고 어머니를 겁탈한 사람이다. 그리고 이 모조기독(模造基督)이 등장한 것은 어디까지나 삼촌을 속여서 그의 돈을 끌어들이기 위한 것이다. 어떤 충격으로 단절된 기억이 되살아나면서 친구가 이 사실을 알게 된다. 그래서 마침내 복수를 한다. 대충 이런 이야기가 아닐까요."

청년이 재빨리 내 말을 받았다.

"놀랍군요. 그 따위 글을 읽고 그런 상상을 하다니. 분명히 말해 두지만 그 글은 파렘네시아(paramnesia)상태에서 써진 겁니다. 그런 기미가 도처에서 눈에 띄었습니다. 말하자면 기시감(旣視感) 같은 증세죠. 만약 어떤 사람이 생전 처음 보는 사람을 아는 사람이라고 우기고 어제 본 사람을 오늘 와서 모른다고 잡아떼면 그 사람을 믿을 수 있겠어요? 또 기억 단절을 일으킨 사람은 보통 그 단절된 고리에다 환상이나 꿈속에서 한 일을 끼워 넣어버립니다. 그게 소위 상상과 기억을 혼동하는 공화증(空話症) 아닙니까? 무엇보다 중요한 것은 기억해낸 사실이 실제와는 다르다는 것입니다. 어쨌든 그 글은 하나의 허구에 지나지 않습니다."

"하지만 실제와 다르다고 어떻게 단정할 수 있습니까?"

"물론, 그렇죠. 사실일 수도 있겠죠. 그렇지만…"

청년은 말끝을 얼버무렸다.

"그렇지만, 뭡니까?"

나는 청년을 다그쳤다.

"제기랄, 달리 어떻게 생각하란 말입니까. 누이가 사실이 아니라고 말하는데… 아무리 이복동생일지라도 우리보단 잘 알 게 아니오?"

청년이 피식 웃었다. '참으로 순진하고 싱거운 녀석이로구나.' 그토록 허약한 걸 믿고 사설을 늘어놓다니. 나는 파장떨이를 계속했다.

"이상하군요. 나에겐 무슨 폭행사건이 이번 사건의 발단이라고 하면서 오빠의 글이 맘에 걸린다고 하던데요. 폭행사건은 어떻게 된 겁니까?

나는 거짓말을 했다. 청년이 싱글벙글 웃으며,

"해변에 바람 쐬러 갔다가 한바탕 쇼를 부렸다더군요."

"쇼라뇨?"

"한 여자한테 두 사내가 엉겨 붙어 있는 걸 보고 다짜고짜로 쳐들어가서 몽둥이를 휘둘러 버린 모양입니다. 결과는 쳐들어간 사람이 형편없이 묵사발이 돼버렸지만, 하하하. 지체 높은 양반들의 프라이버시니까 이쯤 이야기해 두는 게 좋겠군요."

마시는 둥 마는 둥하던 술이 확 오르며 오른쪽 귀가 아파 오기 시작했다. 광적인 흥분, 가슴을 때리는 충격, 갑자기 끌려나온 어두운 기억들, 이런 것들을 생각하고 있는데 청년이 입가에 여유 있는 웃음을 띠며 말했다.

"걸핏하면 착각을 해서 일을 엉망으로 만들어 버리는 것, 이게 우리가 앓고 있는 병 아닙니까. 그럭해서 도대체 뭘 어쩌겠다는 겁니까. 가소로운 일이죠. 이제 속이 시원하겠군요."

침묵이 흐르기 시작했다. 청년이 술잔을 비우고 나서 시계를 들여다보았다. 잠시 후에 그가 자리에서 일어났다.

"저녁에 여관에서 만나죠. 마을에 좀 들어가 봐야겠습니다."

청년은 마을을 향해 가버렸다. 나는 해변 길을 터덜터덜 걸어서 여관으로 돌아왔다.

하루걸러 온다는 배가 오지 않았다. 그날은 배가 오지 않는 날이었다. 낮잠을 자려고 여관방에 누워 보았으나 잠이 오지 않았다. 집안은 죽은 듯이 조용했다. 해녀들이 바다에 나가 버리면 늘 빈집인 모양이었다. 토방한 구석에서는 누런 개가 내리 졸고 있었고 마루에 엉겨 붙은 파리 떼는 날개만 떨고 있었고 마당가의 동백나무 잎들은 기름이 번져 내린 이마처럼 햇볕에 번들거리고 있었고 파도가 없는 바다는 수평선으로 뿌옇게 증발하고 있었고 코허리에 엉겨 있는 담배연기와 함께 나는 비릿한 공기 속에 녹아내리고 있었다. 기어코 나는 다시 해변으로 나오고 말았다. 술집에 들러서 소주와 안주를 사 가지고 북쪽 섬 모퉁이를 돌아갔다. 해녀들의 한숨 같은 휘파람소리와 두런거리는 말소리가 멀리서 들려왔다. 바위 사이를 꿰뚫으며 나는 소리나는 곳을 향해 걸어갔다. 이윽고 병풍처럼 둘러선 바위들이 시야를 가로막았다. 여자들이 왁자지껄 떠드는 소리와 꼬리를 끌지 않는 휘파람소리가 바위 뒤에서 났다. 나는 병풍 속으로 들어갈 만한 용기가 나지 않았다. 잠시 망설이다가 돌아섰다. 등 뒤로 가늘어져 가는 휘파람소리를 들으며 한참 걸어오다가 그만 털썩 주저 앉아버렸다. 나는 모래밭에 앉아서 해질녘까지 술을 마셨다. 멀찍이 바다 속으로 기어든 섬 그늘 너머에서 햇볕은 어느새 아름다운 색깔로 변하고 있었고 한낮에 멀리 달아났던 수평선이 푸른 띠를 두르고 다가오고 있었다.

허전해서 견딜 수가 없었다. 나는 기어코 갈색머리를 만나서 함께 전복을 먹으리라 마음을 먹었다. 갈색머리가 나타난 것은 세 홉들이 소주 한 병을 거의 비웠을 때였다. 그녀는 검은 무명베 잠수복을 입고 있었다.

"어머, 모퉁이를 돌아가는 걸 보았다구요. 정말 전복을 사주시러 오신 거예요?”

술 한 모금을 마시고 나서 그녀가 말했다.

“그렇다니까, 전복을 직접 따는 줄은 몰랐는데…”

나는 슬쩍 그녀의 손을 잡았다.

“이제 겨우 잠수질을 배운걸요. 여간 힘 드는 일이 아니에요.”

“뭣 하러 그리 힘든 일을 배우려고 하는 거요?”

“왜요? 돈도 벌고 좋잖아요. 섬 산중에 들어가서 밭일하는 거보다 훨씬 나아요.”

그녀는 병에 남아 있는 술을 마저 마셨다. 나는 비스듬히 모로 누워서 발가락으로 그녀의 엉덩이를 슬슬 문질렀다. 축축이 젖어 있는 잠수복이 몸에 찰싹 붙어 있었다. 터질 듯이 팽팽한 여자의 유방을 손가락으로 한번 토닥거리고 싶다고 생각하며 나는

“뭍에 가고 싶지 않소?”

하고 물었다.

“뭍에 가면 팔자가 사나와진대요. 분이 엄마도 급사(急事)했는걸요.”

“분이 엄마?”

“김씨 아저씨 처예요. 왜 어제 술집에서 만났잖아요. 작년에 뭍으로 도망갔는데 올 봄에 갑자기 죽었대요.”

“저런!”

나는 몸을 반쯤 일으켰다.

“분이가 불쌍해서 못 보겠어요.”

그녀가 말했다.

“가을에 나 김씨와 결혼할래요.”

나는 완전히 일어나 앉았다. 그리고는 고액지폐(高額紙幣) 서너 장을 꺼내어 그녀의 가슴께에 깊숙이 찔러 넣으며

"전복 좀 사오겠소."

했다. 전복을 먹고 나서 나는 그녀와 헤어지고 싶었다.

"오늘은 살 수 없어요. 대신 이 북어포 먹음 되잖아요."

그녀가 유난히 상체를 흔들었다.

"좋아요. 그럼 내일은 전복을 미리 사둬요. 다시 올 테니까."

나는 자리에서 일어났다. 그러자 가슴께를 만지작거리고 있던 그녀가 따라 일어나며 내 팔을 잡아끌었다.

"술이라면 요 근처에도 있어요. 제가 요전에 바위틈에 술을 감춰 놓았거든요. 우리 그 술만 마시고 돌아가요. 따라오세요."

나는 그녀 뒤를 따라갔다. 백 보가량 걸어갔을 때 그녀가 걸음을 멈추고

"여기예요."

하고 말했다. 그러고는 삼면(三面)이 바위로 둘러싸이고 그 위에 접시처럼 날렵한 바위가 얹혀 있는 바위집 속으로 들어가는 것이었다. 나는 그녀를 따라 그 속으로 들어갔다. 그녀가 한참동안 바위를 여기저기 살피다가, 그러니까 마지막으로 술병을 꺼내려고 한쪽 팔을 바위틈으로 깊숙이 밀어 넣었는데 그때 이미 그녀의 한쪽 유방이 송두리째 드러나 있었고 공중으로 치켜든 딱 벌어진 엉덩이가 내 코앞에서 움찔거리고 있었다. 그녀가 술병을 꺼내어 돌아앉는 순간 나는 기어코 여자의 허리를 덥석 끌어안으며 그녀를 쓰러뜨리고 말았다.

"가만히 계셔요. 술병 치우구요."

그녀가 나직이 말했다. 나는 여자를 번쩍 안아 가지고 밖으로 나왔다. 가까운 바위 그늘로 찾아가 모래밭에 그녀를 뉘었다. 이윽고 나는 여자를 올라타고 그녀의 크게 떠지는 눈 속에서 하늘을 들여다보고 있었고, 벌어지는 입 속에서 바다냄새를 맡고 있었고, 가빠지는 숨결 속에서 거짓 이야기를 듣고 있었다.

“내일 떠나시는 거죠.”

헤어지면서 여자가 말했다.

“자고 나서 생각해 볼게. 하지만 전복은 안 먹어도 좋아요.”

내가 말했다. 갈색머리는 돌아갔지만 나는 모래밭에 남았다. 어둠이 내리는 바다를 바라보며 나는 마치 밀린 숙제를 벌여 놓듯이 친구에 대한 연민을 풀어놓기 시작했다. 이럴 때 더도 말고 친구와 함께 이런 바닷가에 와있으면 얼마나 좋을까. 서푼어치 웃음만 내게 던져주고 어쩌자고 녀석은 항상 슬픔은 몽땅 챙겨 넣고 달아나 버릴까. 문득 가소롭다고 비웃던 청년의 얼굴이 떠올랐다. 무서운 얼굴이었다. 그러자 내가 저무는 바닷가에 홀로 앉아 있는 이유를 조금은 알 수 있을 것 같았다. 친구누이는 친구의 감정을 의심하고 있었고, 청년은 친구의 생각을 의심하고 있었고, 나는 친구의 용기를 의심하고 있었는데 세 사람이 만들어 놓은 틀 속으로 들어가기가 싫었던 것이다. 내가 여관으로 돌아온 것은 날이 완전히 어두워진 뒤였다. 대문 안으로 들어서는데 친구누이와 청년이 내 옆방에서 마주앉아 저녁을 먹고 있는 게 눈에 띄었다. 나는 얼른 내 방 뒷문 쪽으로 살금살금 걸어갔다. 주인 여자가 내 발자국 소리를 듣고 따라왔다.

“술이 취해 그냥 잠들었다고 말해 주십시오.”

주인 여자에게 말하고 나는 방으로 들어갔다. 그들은 나를 찾지 않았다. 좀처럼 나는 잠을 이룰 수가 없었다. 눈을 질끈 감고 누워서 방방이 불이 꺼지는 걸 느꼈고 남녀가 소곤거리는 소리를 들었고 우물에서 물을 끼얹는 소리를 들었고 풍겨오는 비누냄새를 맡고 흥분했고 옆방에서 들려오는 거친 숨소리에 몸을 떨었다. 그러느라고 밤은 깊어갔는데 나는 뒤척이고 뒤척이다가 새벽녘에 겨우 잠이 들었다.

여객선을 타고 항구로 돌아오는 동안 나는 줄곧 친구를 만날 생각만 했다.

배가 항구에 닿자 나는 깊은 수렁에서 빠져나온 듯한 해방감을 느꼈다. 마음은 공중을 나는 새처럼 한없이 홀가분했다. 친구 누이가 집으로 가자는 걸 거절하고 여관에다 숙소를 정해버린 것도 이런 기분을 깨뜨리고 싶지 않았기 때문이다. 그날은 일요일이어서 친구를 면회할 수 없었다. 우리는 다음날 다시 만나자고 약속하고 헤어졌다. 배에서 내리자마자 청년은 자기 사무실로 직행했고 친구누이는 내 여관 앞까지 따라왔다가 집으로 돌아갔다. 나는 여관에서 오랫동안 목욕을 하고 푸짐한 식사를 했다. 그리고 늘어지게 낮잠을 잤다. 해질녘에 낮잠에서 깨어난 나에게 전화가 걸려왔다.

"아까 그 아가씨로군요. 주무실 때 몇 번 전화가 왔습니다. 박여주라고 착실하게 이름까지 대주던데요."

여관주인이 수화기를 건네주며 말했다. 저녁이나 함께 먹자는 전화겠지 하고 수화기를 들었는데 뜻밖에도 수화기에서 새어나오는 여자의 목소리가 떨리고 있었다.

"만나 뵙고 꼭 드릴 말씀이 있어요. 지금 곧 나와 주시겠어요. 부탁합니다."

말하는 품이 예삿일이 아닌 것 같았다. 나는 급히 약속한 다방으로 나갔다. 그녀는 먼저 와서 기다리고 있었다. 우리가 자리에 앉아서 커피를 거의 다 마실 때까지 그녀는 별말이 없었다. 겨우 알은체하고 나서는 수족관 속의 열대어만 들여다보고 있는 것이었다. 한참 후에 그녀가 자리에서 부스스 일어나며,

"잠깐, 저와 함께 가 주시겠어요?"

하고 말했다. 그녀는 입가에 쓸쓸한 미소를 띠었다. 우리는 이 도시의 한복판을 꿰뚫고 있는 큰길 어귀에서 택시를 탔다. 운전수에게 한마디 "쭉 가요" 했을 뿐 그녀는 차 속에서도 말이 없었다. 택시는 단숨에 우리를 거리 끝까지 데려다주었다. 우리는 거리의 마지막 건물 앞에서 차를 내렸다. 친구누이는 빠르게 길을 건너갔다. 나는 허둥지둥 그녀의 뒤를 쫓아갔다. 이윽고 그

녀가 처마에 머리띠 같은 간판을 달고 있는 집 앞에서 걸음을 멈추고 천천히 나를 돌아다보았다.

"다 왔어요."

나는 그녀 앞으로 다가서며 간판부터 올려다보았다. 순간 그만 기가 질려 버렸다. 나에겐 가장 멀고 불가사의한 곳, 우리가 서 있는 곳은 산부인과 병원 앞이었다.

"잠깐 애 아버지 노릇만 해주면 끝나요. 달이 차서 혼자 오면 수술을 안 해준대요."

그녀가 병원 안으로 들어서면서 말했다. 나는 그녀의 말을 곧이듣지 않았다.

"수술 중이니까 조금만 기다리세요."

간호사가 우리를 대기실로 안내해 주었다. 대기실은 비좁고 어두웠다. 축축하고 지저분한 소파에 앉자마자 그녀가

"이런 델 혼자 오면 자신이 너무 초라하게 보일 것 같더군요."

하고 말했다. 그건 참말인 것 같았다. 병원으로 따라 들어온 내 푼수가 하도 딱해서,

"나는 백치가 됩니까, 신부(神父)가 됩니까."

하고 나는 여자에게 농담을 했다.

"무슨 말씀인가요?"

"사내들 앞에서 발가벗고 거리낌 없이 돌아다녔다는 여걸(女傑)이야기가 있더군요. 내가 그 꿋발 없는 사내가 돼버린 것 같아서요."

"미안해요. 잠깐 동안만 제 남편이 돼 주세요."

그녀는 고개를 숙였다. 분별없는 시샘이 나를 뻔뻔하게 만들었다.

"그렇다면 왜 김 변호사와 함께 오지 않았습니까. 실례 말 같지만 두 분은 서로 약속한 사이 같던데요."

"네, 그래요. 그래서 그분이 아버지가 돌아가신 뒤로 모든 일을 맡아서 처리

해 주었어요. 하지만 이 일은 다르잖아요. 게다가 애 아빠는 멀리 가 있구요.”

친구누이는 담담한 어조로 말했다. 그렇다. 나는 어째서 이 여자를 마냥 홀몸이라고만 생각하고 있었을까.

“아아, 아빠가 멀리 가 계시군요.”

나는 바보처럼 여자의 말을 흉내 냈다. 그러자 그녀의 입에서 짤막한 사연이 벼락치듯 떨어졌다.

“네에, 아주 멀리. 박한조 씨, 그는 아버지를 죽인 협의로 옥에 갇혀 있으니까요.”

그 말을 듣는 순간 나는 결코 깜짝 놀라거나 그렇지는 않았다. 다만 누구에게랄 것 없이 잠시 뜻 모를 소리를 질렀을 뿐이고, 그리고 내 마음이 다급해지는 걸 느끼고 있었다.

“역시 애초부터 모든 걸 알고 있었군요. 그렇다고 솔직히 말씀해 주십시오.”

나는 약간 허둥대며 그녀를 윽박질러 보았다. 그녀는 놀라울 만큼 침착하게 내 말을 받았다.

“꼭 그렇지는 않아요. 일테면 그날 밤, 한조 씨가 아버지께 무슨 이야기를 했으며 저에 대한 한조 씨의 애정이 어떤 것이었는지는 저로서는 알 수 없는 일이에요.”

“아버지를 떠민 건 사실인가요?”

나는 눈 딱 감고 물어보았다.

“그날 아침, 한조 씨와 저는 문제의 그 바위에서 조금 떨어진 숲속에서 만나고 있었죠. 그때 아버지가 우리 앞에 불쑥 나타난 거예요. 아버지는 우리를 보자 미친 듯이 날뛰면서 우리를 마구 두들겨 패기 시작했어요. 한조 씨가 바위 쪽으로 몸을 피하는 것 같더군요. 결국 저는 의식을 잃고 쓰러져버렸는데 얼마 후에 비명소리가 나고 어지러운 발자국 소리가 들려왔어요. 마을 사람이 달려온 것은 그 뒤였죠. 제가 알고 있는 건 그것뿐이에요.”

"역시, 친구는 아버지의 죽음을 자기 행위의 결과로 생각하고 있는 것 같군요. 하지만 그건 증오심 때문이겠죠?"

그녀가 긴 한숨을 내쉬며 말했다.

"그럴지도 모르죠."

그녀가 수술실로 들어가자 나는 접수실로 가서 흰 봉투와 메모지를 얻어 가지고 대기실로 돌아왔다. 나는 더럽고 축축한 소파에 엎드려서 메모지에 몇 자 적었다. "막차로 떠나겠습니다. 친구를 못 만나고 떠나는 게 무척 섭섭하군요. 그냥 떠나는 게 어쩌면 더 잘한 일이 될지도 모른다는 생각이 듭니다. 서울 가서 좋은 소식 기다리겠습니다. 안녕히 계십시오."

메모지를 넣은 흰 봉투를 간호사에게 건네주며 수술이 끝나면 그녀에게 전해달라고 부탁하고 나서 나는 병원 문을 나섰다. 그 길로 여관에 들러 가방을 챙겨 가지고 역으로 달려갔다. 얼마 후에 내가 탄 기차가 역을 빠져나갈 때 나는 역구내에 세워진 하얀 표지판을 보았다. 흔들리는 파란 불빛 아래서 까만 글씨가 눈을 껌벅이고 있었다. 한려수도. 문득 나는 그리움을 느꼈다. 내가 막 떠나온 사람들이 그림엽서 같은 사연을 들고 내 뒤를 쫓아오고 있는 것만 같았다. 나는 얼른 차창 밖으로 얼굴을 내밀고 멀어져 가는 대합실을 바라보았다. 텅 빈 대합실에는 환한 전등불빛만 가득 차 있었다. 결국 내 여행은 아무 일 없이 끝나가고 있었다.

주일나그네

아내가 흔들어 깨워서 눈을 떴지만 나는 한참동안 잠결에서 귓가에 들려오는 소리만 듣고 있었다. 벽이 쿵쿵거리는 소리, 유리창이 덜거덩거리는 소리, 그것은 피아노를 치는 소리 같기도 했다. 간간이 천정 이 구석 저 구석에서 도란도란 이야기하는 소리가 흘러나왔다. 그것은 새벽공기에 실려서 방안으로 숨어 들어온 바깥 인기척 같기도 했다. 이윽고 정신이 또렷해지면서 시끄러운 소리가 일제히 손바닥을 펴서 귀뺨을 때렸다. 역시 피아노 소리, 그리고 창 밖에서 들려오는 인기척이었다.

'아, 오늘이 일요일이었구나.'

나는 천정을 멀뚱멀뚱 올려다보며 가만히 탄성을 올렸다. 그때 아내가 다시 가만히 어깨를 흔들었다.

"이제 잠이 깨셨군요. 당신 화났어요?"

아내가 슬며시 물어왔다. 나는 고개를 돌려 아내를 쳐다보았다. 아내의 얼굴이 시무룩했다.

"화가 나다니?"

나는 피식 웃음이 나왔다.

"이제 웃으시군요. 왜 그리 험한 얼굴을 하고 계셨죠?"

"글쎄…"

문득 아내가 그렇게 어설프게 보일 수가 없었다. 일요일 같은 때 아내가 떡 주무르듯 주물러서 잠을 깨워 버리는데, 순순히 일어나는 남편이 있을까. 잠자고 있는 강아지도 건드리면 깽깽거리는데, 아내가 그걸 알고 있을까. 다음 순간 아내보다 나 자신이 더 어설프게 보이기 시작했다. 따지고 보면 아내가 내 아침잠을 깨우는 데 서투르다는 것은 당연한 일이었다. 아내는 나를 깨우는 일이 거의 없었으니까. 일요일은 더욱 그랬다. 오늘도 내가 저절로 눈이 떠진 것과 거의 동시에 아내가 어쩌다가 나를 흔들어 깨웠을 뿐이다. 아내의 말대로 내가 얼굴을 찡그렸다면 그것은 꼭 아내 때문만은 아니었을 것이다. 그렇다. 홀로 잠이 깬 나를 항상 괴롭히는 것들이 잠시 떠올랐다. 먼지처럼 지끈거리는 소음, 식은땀이 흐르는 허전함, 미열 같은 들뜸, 이런 것들이 나로 하여금 잠시 얼굴을 찡그리게 했을 것이다. 만약 그때 아내가 나를 깨우는 걸 똑똑히 의식했더라면 내 얼굴은 오히려 기쁨으로 빛났을 것이고 나는 아내에게, 아니 누구에게라도 고백할 수 있었을 것이다. '나는 방안에서 기르는 강아지만 못해도 좋다고.' 지금도 그렇지 않은가?

"여보, 빨리 일어나서 세수하세요. 시간이 없어요. 빨리요."

아내가 밖으로 나가며 큰소리로 말했다. 그러자 내 마음 속에서 기쁨이 번지기 시작했다. 무슨 일일까. 고작 일 년에 두세 번이지만 아내가 나를 깨워주고 저렇듯 설치는 기미가 보일 때는 가끔 유쾌한 날이 시작되지 않았던가. 가령 큰딸 두희가 새벽부터 피아노를 치기 시작하고 들창 밖에서 일찌감치 산행하는 사람들의 발소리가 어지럽게 들려오고 이따금 왁 터져 나오는 웃음소리가 새벽공기를 흔들며 유난히 영롱하게 울려 퍼진다 싶을 때면 나는 늦잠을 포기할 수밖에 없었는데, 그런 날은 어김없이 일요일이었다. 잠으로 때웠어야 할 시간이 무더기로 밀려오는 바람에 뭐랄까, 여인의 농밀(濃密)한 사랑을 당하지 못하고 비실거릴 때처럼 나는 항상 난감하여 어찌할 바를 몰랐다. 그러나 이때만은 나도 가슴을 설레며 이것저것 생각을 헤쳐 볼 수 있었다. 생각들이래야 불쑥 튕겨져 나와 버린 시간만큼이나 어쭙잖은 것들, 한마디로 인적(人跡)들이 내 집 밖에까지 와서 저토록 술렁이고 있는데 나라고 뭐 꼭 방 속에 처박혀 있으란 법은 없지 않느냐는 것이었다. 연포로 가는 길, 남도의 꿩 사냥, 구름 속으로 떠가는 영동, 깊은 산 낙엽소리, 산 너머 강물소리, 하얏트의 추억, 파랗게 빛나는 테라스, 평창동 행복촌으로 산책이나 나가볼까, 북악스카이웨이로 올라가서 시가지를 내려다볼까, 호두알처럼 달강거리는 머리를 움켜쥐고 나는 참 많이도 생각했다. 그러나 방안에 떠돌며 어른거리던 새벽 영기(靈氣)가 유리창에 비치는 햇살을 받아 누그러지기 시작하면 기세 높게 날뛰던 생각들은 담뱃불 끝에 엉기는 재가 되어 무너져 내리고, 그러면 머릿속에서는 '오늘도 글렀구나' 하는 생각이 고개를 들면서 마음은 어느새 텔레비전이나 구경하자는 쪽으로 밀려가고 있었다. 그것은 판에 박힌 일요일의 끝이었다. 어째서 늘 이 모양으로 끝나버리는지 나로서는 그 이유를 알 수 없었고, 또 알려고도 하지 않았다. 다만 나 혼자만이 유독 장애물경주를 하고 있는 듯한 느낌이 들어서 몹시 안타까웠는데 그럴 때는 가족을 데리고 가까운 공원에라도 가고 싶다는 생각이 머릿속에서 떠나지 않았다. 이 소망도 번번이 물거품이 되고 말았다. 이것만은 아내 때문이라고 나는 생각했다. 언제부턴가 아내는 일요일이 나에겐 퍽 중요한 시간이라고 단정하고 모든 틈입자로부터 나를 보호하는 걸 훌륭한 내조라고 생각해버리는 버릇이 생겼다. 그 때문에 온종일 아이들조차 구경하지 못할 때가 많았다. 나는 아내의 버릇을 두고 곰곰이 생각해 보았다.

아내는 번역사란 내 직업을 넘보고 있는 게 아닐까. 잘 하면, 그러니까 일요일도 쉬지 않고 분발할 정도로 잘 하면 돈도 벌고 행세도 할 수 있겠다고 말이다. 그것은 아닌 것 같았다. 아무리 발버둥 쳐봐도 한 장에 몇 천 원씩 받아먹는 그 따위 번역 수입 가지고는 부자가 될 수 없다는 걸 아내는 잘 알고 있을 테니까. 내가 일하는 모습이 근사해 보여서 그럴까. 사실 아내는 그런 것에서 자칫하면 보람과 긍지를 느끼기 쉬운 어설픈 교양인이었으니까. 그렇지만 원고 한 줄 쓰는 데 어김없이 담배 한 개비를 피워가며 낑낑거리는 꼴을 보고 아내가 즐거워할 리는 없었다. 따라서 이것도 아닌 것 같았다. 아내는 어찌 보면 뭔가를 모른 체해 버리기로 단단히 작정을 한 사람 같기도 했다. 방 속에 틀어박혀 있는 나를 쳐다보면서 아내가 가끔 히죽히죽 웃어 보일 때는 나는 좀 어처구니가 없었다. 나는 속으로 생각했다. 그 많은 시간에 내가 방바닥에 배를 깔고 누워서 춘화를 들여다보고 있어도 저 여자는 여전히 나에게 웃어줄 거라고. '나의 무력감에다 아내의 내조까지 겹쳐서 일요일은 마냥 쇠망(衰亡)해 가는구나.' 나는 이렇게밖에 말할 수 없었으므로 더욱 안타까웠다.

오랜만에 뜨거운 아침식사를 들고 나서 속이 훈훈해져 있는데, 하루를 시작하는 데는 역시 뜨거운 아침식사가 최고로구나 하고 생각하고 있는데 화장을 끝낸 아내가 입을 열었다.

"오늘 자선연주회가 있거든요. 두희도 피아노를 치기로 돼 있어요. 한데, 두리 때문에 어떡하죠?"

그렇잖아도 두리가 보이지 않아서 궁금하던 참이었다.

"왜, 두리가 또 말썽인가."

"아녜요. 간밤부터 배가 몹시 아프대요."

"약은 먹었소?"

"약을 먹어도 아픈가 봐요."

아내는 외출복으로 갈아입기 시작했다. 나는 아내의 기색을 살피면서 건넌방에서 들려오는 피아노 소리를 듣고 있었다. 쇼팽의 '에튀드'를 투덕투덕 끊어내는 스타카토의 둔탁한 음향이었다. 실내의 모든 광채와 음향이 화사한 날씨와 피아노 소리 속으로 빨려 들어가 버리고 방안에는 한결 쓸쓸한 기운이 쌓이고 있었다. 외출복으로 갈아입은 아내가

"여보, 당신이 두리 데리고 병원에 가주시겠어요."

하고 말했다.

"꼭 내가 가야만 해."

자신도 모르게 나는 소리를 버럭 질렀다.

"어머, 싫으신 모양이군요."

나라고 뭐 연주회에 가지 말란 법은 없지 않소. 병원이야 당신이 잠깐 들렀다가 올 수도 있는 거고. 내 말은 다분히 이런 뜻이었는데 내 말이 떨어지자마자 아내의 얼굴이 벌겋게 상기되었다. '아차, 실수했구나' 하고 속으로 혀를 찼을 때는 이미 아내가 노골적으로 섭섭하다는 표정을 짓고 있었다.

"그렇겠군요."

아내가 입을 한번 삐죽거리고 나서 샐쭉한 얼굴로 얘기를 늘어놓기 시작했다.

"교회가 주최하는 조그마한 연주회지만 저는 두희 때문에 무척 신경을 써왔어요. 유명한 교수 몇 분이 참석해서 심사해 주기로 돼 있으니까요. 만약 두희가 형편없는 점수라도 받게 되면 어떻게 되겠어요. 두희는 당신이 잘 알고 있잖아요. 아마 실망해서 앓아누울 거예요. 여태까진 잘한다는 얘기만 들어 왔는데 그게 문제예요. 사실 심사다운 심사를 받게 되는 건 이번이 처음이구요. 솔직히 지금 제 마음은 무겁기만 해요. 좋아요. 싫다면, 하는 수 없군요. 연주회에 다녀와서 제가 데리고 가겠어요."

아내는 잠시 말을 끊었다가 한마디 더 뱉어놓았다.

"당신이 두리한테 그토록 무심할 줄은 몰랐어요."

나는 아예 눈을 지그시 감고 아내의 말을 고스란히 듣고 있었다. 얘기를 듣고 보니 아내의 고충도 이해할 수 있을 것 같았다. 아내의 마지막 말이 비

수처럼 내 가슴을 찔렀다. 퍼뜩 실수했다는 생각이 들었던 것도 실은 아내의 입에서 그런 말이 나올까봐 두려웠기 때문이었다. 내가 두리한테 그토록 무심한 줄은 몰랐다고? 두리는 내 딸이지만 내 혈육은 아니었다. 두리는 아내가 시집올 때 데리고 온 아내의 전남편 딸이니까. 마찬가지로 두희는 죽은 내 아내의 소생이지 아내의 혈육은 아니었다. 평소에 깜빡 잊고 있던 이런 사실을 기억해낼 만큼 아내의 말이 묘한 여운을 풍겼다. 나는 당황하지 않을 수 없었다. 아내에게 변명을 해야만 된다고 생각했다. 그러나 아내는 내가 뭐라고 말하기도 전에 두희를 데리고 확 밖으로 나가 버렸다. 나는 대문까지 쫓아갔으나 아내를 놓치고 말았다. 순식간에 일어난 일이었다. 아내는 몸에 맞는 옷처럼 자기에게 꼭 맞는 생각만 챙겨가지고 달아나 버린 것이었다. 내가 아내를 대문께까지 쫓아갔을 때는 어디까지나 아내에게 변명해 보려고 그랬었는데, 대문이 내 앞에서 탕 소리를 내며 닫쳐지는 순간 내 생각이 엉뚱한 방향으로 돌아가 버렸다.

누구냐, 무심했던 사람이 과연 누구냐 말이다. 나는 대문 앞에 우두커니 서서 생각했다. 두리한테 무심하기로 말하면 나보다 오히려 아내가 한술 더 뜨지 않았던가. 그만한 일에 팩 하여 집을 나가버리는 아내가 갑자기 괘씸해서 하는 소리만은 아니다. 언제고 꼭 한번 아내에게 따져보고 싶었던 이야기다. 그렇지 않은가, 내가 두리한테 무관심하다는 것은 사실이다. 그렇지만 나로 말하면 무관심하기는 두희한테도 마찬가지였다. 아내는 달랐다. 내가 민망할 정도로 아내는 두리를 내팽개쳐두고 두희만 감싸고돌았다. 만약 두리가 내 혈육이었다면 나는 백 번도 아내에게 섭섭해 했을 것이다. 그러니까 만약 두리가 응달에서 자라는 잡초처럼 보였다면 그것은 어디까지나 아내 쪽에서 어떤 형평성을 잃고 있기 때문이라고 나는 생각하고 있었다. 사실 아내가 두리를 방류(放流)해 버리지 않았나 하고 의심할 만한 증거는 얼마든지 있었다. 풍문에 의하면 아내는 전남편과 이혼하자마자 딸을 시골 친정에 맡겨 버리고 자기는 피아노교실을 전전하면서 피아노교습을 해왔다는 것이다. 그런 아내의 과거, 나와 결혼하기 전의 일까지 들춰낼 필요가 없다. 내가 잘 알고 있는 한 가지 사실만 이야기해도 충분하니까. 아내는 학교로 두리의 담임선생님을 찾아간 적이 없었다. 학교선생님이 오히려 몸이 달아서 만나자고 애걸해오니까 하는 말이다. 학교에서 아내를 부르는 이유는 많았다. 우선 두리는 결석이 잦았다. 집에서야 버젓이 책가방을 들고 나가지만 걸핏하면 중도에서 딴 데로 새버렸다. 두리는 홀로 약수터에도 가고 그린파크에도 가고 상여 따라 묘지에도 가고 아줌마 따라 시장에도 갔다. 물론 심심해서 그렇겠지만 손으로 앞 사람의 머리끄덩이를 잡아당기고 크레용으로 옆 사람 옷에 그림을 그리고 연필심으로 뒷사람의 손잔등을 찌르고, 그러자니까 자주 싸울 수밖에 없었다. 두리는 열등생이었다. 이학년인데도 아직 책을 그림으로만 읽고 구구법을 덧셈으로만 했다. 매달 받아오는 월말고사 점수 속에는 으레 영점이 둬 개씩 섞여 왔다. 무엇보다 두리는 학교에 가면 늘 외톨박이였다. 그러니까 학교에서 아내를 불러주지 않더라도 아내는 학교로 찾아가서 두리의 동무가 되어줄 만했다.

"여보, 두리 담임선생님 한번 만나보지 그래."

어쩌다가 내가 이렇게 말하면 아내는 으레

"당신도 아시잖아요. 아침부터 꼬박 레슨을 봐줘야 해요. 피아노 교습도 이젠 정말 지긋지긋해요. 하지만 어떡해요. 남의 돈 먹기가 어디 그리 쉬운가요."

어쩌고저쩌고 하다가

"여보, 당신이 한번 만나보구려."

하고 슬그머니 꽁무니를 뺐다. 요컨대 자신이 경영하는 음악학원 일이 바쁘니까 나에게 대신 만나보라는 것이었다. 나도 아내의 그런 부탁을 한 번도 들어준 적이 없었으므로 어쩔 수 없이 공모자가 되어 말꼬리를 흐려버리곤 했다. 이렇게 발뺌을 하는 아내가 두희의 담임선생님은 일주일이 멀다 하고 찾아다녔다. 두희는 우등생이고 동무들이 많으니까 누가 뭐래도 학교에서 아내를 그토록 뻔질나게 불러들일 이유가 없었다. 나는 갈피를 잡을 수가 없었다. 아내의 그런 처사는 매양 나로 하여금 그녀를 처음 만났을 때의 일을 생각하게 했다. 내가 음악학원에서 아내를 처음 보았을 때 그녀는 보기에도 흉물스런 한 병신 아이를 품에 꼭 껴안고 볼을 비비며 뽀뽀를 하고 있었다. 당신처럼 젊고 잘생긴 여자가(아내의 장점은 잘생겼다는 점이었다) 어떻게 저런 흉물을 인형처럼 귀여워할 수 있느냐고 물어봤더니

"노력의 결과예요. 혐오감을 극복하는 게 자선(慈善)의 첫걸음이니까요." 하고 말했다. 그렇게 말하는 그녀의 목소리가 하도 포근하게 들려서 그녀와 결혼하고 말았던 것이다. 아내의 처사가 나에게 항상 낯설게 느껴진 것만은 아니었다. 솔직히 아내의 태도에 나타나는 그 냉담과 극성을 나도 때로는 공감할 수 있었으니까.

"체르니 사십 번을 칠 무렵에 아버지가 돌아가셨거든요. 그 뒤로 가정이 어려워져서 피아노를 더 칠 수 없게 되었죠. 피아노를 그만두던 날, 밤을 꼬박 새우며 울던 일이 지금도 기억에 생생해요."

아내는 가끔 이런 얘기를 했다. 그럴 때 보면 두희가 가져오는 자랑스러운 성적표, 두희가 들려주는 쇼팽의 소나타, 두희가 떠올리는 해맑은 표정이 아내에겐 무엇보다도, 일테면 값진 패물, 철철이 유행하는 옷, 곱절로 체취를 풍겨주는 외제 화장품, 아픔 같은 혈육, 이런 것들 보다 훨씬 더 소중한 것이 되고 있었다. 또 아내가 열을 올리고 있는 두희야말로 어른이라면 한번 투자해 볼 만한 아이 같기도 했다. 자기를 비켜 가 버린 기쁨과 영광을 다시 찾기 위해서 말이다. 아내의 마음을 이만큼은 짐작하고 있었으니까 나는 속으로 아내에게 간곡하게 말할 수 있었다. 돌멩이 한 개, 깨진 사금파리 몇 조각을

가지고도 두희의 동심은 풀잎처럼 피어날 수 있다고, 어쩌면 그것도 당신의 꿈을 투자할 수 있는 자라나는 영혼의 모습일 거라고.

　내가 이런 말을 하는 것은 뭐 꼭 두리가 불쌍하다는 생각이 들어서 그런 건 아니다. 단지 내가 두리한테 무심하다고 앙탈을 부리는 아내의 그 어설픈 언동이 못마땅해서 잠시 해보는 말일 뿐이다. 그런 식으로 혈육에 대한 냉대를 호도해보려는 건지, 진짜 내 무관심을 관심으로 바꿔보려는 건지 나는 아내의 의중을 알 수가 없었다. 그렇지만 문제는 이럴 경우 내 마음이 불안해진다는 것이었다. 이 불안이야말로 어쩌면 내가 아내를 못마땅해 하는 가장 큰 이유 중의 하나일지도 모른다. 도대체 아내는 두리에 대한 내 관심을 일깨워서 어쩌자는 걸까. 두리를 향해 열리는 내 마음의 벽이 꼭 연민이나 애정으로 칠해질 수는 없지 않는가. 그게 두려웠다. 여태까지 내가 두리를 한 번도 미워해 본 적이 없었다는 것을 나는 지금도 얼마나 다행으로 여기고 있는가. 어쨌든 어떤 감정도 유착(癒着)할 수 없는 이 무관심 속에서 오히려 나는 그럭저럭 마음이 편할 수 있었는데, 아내는 툭하면 내 평정을 흔들어 버리곤 했던 것이다. 마치 제풀에 발이 저려오는 사람처럼.

　"두리, 일어났구나."

　부스럭거리는 소리를 듣고 건넌방으로 가보았더니 두리가 어느 틈에 일어나서 텔레비전을 보고 있었다. 볼륨을 잔뜩 줄여놓은 텔레비전에서는 쇳소리가 나고 있었다.

　"일어나 밥 먹어라."

　"나 밥 안 먹어."

　두리는 엎드린 채 손으로 턱을 괴고 텔레비전 화면만 보고 있었다.

　"밥 먹고 약 먹어야지."

　"나 약 안 먹어."

　"배 안 고프니."

"우유랑 빵이랑 먹었어."

"오, 그래 아빠가 잠든 사이에 먹었구나."

아내가 나간 뒤로 내가 잠깐 수잠을 잤는데 그 사이 두리가 요기를 한 모양이었다.

"어때, 이젠 배 안 아프니?"

두리는 내 말에 잠자코 고개만 끄덕이더니 불쑥

"씨이, 누가 아프댔어?"

하고 볼멘소리로 말했다.

"두리도 엄마랑 함께 갈걸 그랬구나."

무심코 내가 말하자 두리는

"싫어요. 난 싫단 말예요."

내뱉듯이 말하고는 발랑 누워 버렸다. 잠시 동안 나는 텔레비전을 볼 수밖에 없었다. 사람들이 소리 없이 움직이고 있었다. '아들과 딸'들의 재방이었다. 이윽고 두리가 천정을 멍하니 올려다보면서 속삭이듯이 말했다.

"아빠, 배가 많이 아프면 병원에 가야만 되는 거지, 많이 아프면 나 아빠 부를게."

그 말은 나더러 방에서 나가 달라는 소리처럼 들렸다. 나는 말없이 일어나서 내 방으로 돌아오고 말았다. '조 앙큼한 계집애가 엄마와 함께 가기 싫어서 아픈 체했구나.' 저 나이에 왜 혼자 있고 싶어할까, 이름 따라 똬리 같은 두리는. 이런 생각을 하며 신문을 뒤적이고 있는데 건넌방 문이 열리며 두리가 화장실에 가는 기척이 났다. 나중에는 화장실에서 웩웩거리는 소리가 들려왔다. 두리는 끝내 나를 부르지 않았다. 나는 다시 두리방으로 건너가 보았다. 두리는 두 손으로 목을 감싸 쥔 채 치받치는 구토를 참느라고 이를 악물고 있었다. 눈은 여전히 텔레비전 화면을 보고 있었다. 이번엔 주말연속극의 재방이었다.

"네가 체한 게로구나."

나는 급히 두리의 등을 두드리며 말했다.

"자, 이젠 텔레비전 그만 보고 자리에 누워라."

그러자 두리는 목을 움켜쥐고 있던 손을 풀면서 엉뚱한 걸 물었다.

"아빠, 과거가 뭐야?"

"글쎄 누우라니까."

"싫어요."

"그러니까 몸이 아픈 거야."

"싫어, 과거가 뭐야? 왜 물어서는 안 되는 거지?"

"장래의 반대란 것도 몰라. 장래가 중요하니까 과거 같은 건 물어볼 거 없다는 얘기지 뭐."

나는 얼결에 이렇게 말해버렸다. 두리가 재깍 내 말을 받았다.

"세월이 흐르면 나이처럼 불어나는 것, 과거는 괴롭고 슬픈 추억. 아빠, 나같이 슬픈 추억이 많은 아이에겐 과거를 물어봐서는 안 되는 거지, 응."

두리는 대사를 외우듯 술술 읊었다. 맙소사, 누가 저 아이에게 저런 말을 가르쳐 주었을까. 어이가 없어 멍하니 앉아 있는데 두리가 벌떡 일어나더니 다시 화장실로 달려갔다. 이번엔 꽤 오랫동안 토하는 것 같았다.

한참 후에 화장실에서 돌아온 두리는

"아이, 힘들어. 아빠, 나 누울래."

하고 힘없이 자리에 누워버렸다. 그새 두리의 얼굴이 핼쑥해지고 눈두덩이 푹 꺼져 있었다.

"안되겠다. 아빠랑 병원에 가자."

나는 두리의 어깨를 잡아 흔들었다.

"괜찮아. 이젠 다 토해 버렸는걸."

두리는 가만히 고개를 흔들었다. 그리고는 손등으로 눈가에 묻어 있는 물기를 쓱 문지르고 나서 눈을 가늘게 뜨고 웃었다. 순간 두리가 퍽 애처롭다는 생각이 들었다. 갑자기 피곤해지면서 짜증이 났다. 버스 안에서, 육교 위에서, 지하도 계단에서 불쌍한 아이들을 만났을 때처럼, 그들에게 느꼈던 연민을 나는 내 마음에서 도려내서 손바닥 위에 올려놓고 볼 수 있었다. 뿐만 아니라 내가 어쩌다가 연민에 휘말려 동전 몇 푼으로 적선이라도 하게 되면 나는 그만 갑자기 착한 사람이 돼 버린 것 같아서 늘 전전긍긍했다. 연민은 얼마든지 객관화할 수 있는 내 감정의 뿌리를 환히 내게 드러내 보여주었고, 그들이 결국 타인이라는 걸 일깨워 주었고, 무엇보다 나를 피곤하게 만들었을 뿐이다. '두리는 가엾다.' 그렇지만 그래도 아버지인데 딸에 대한 내 연민이 조금이라도 나를 피곤하게 만든다면 그건 짜증스런 일이 아닐 수 없다. 왜 피곤해지는 걸까. 그 까닭을 알 수 없었다. 다만 내가 분명히 알고 있는 것은 지금 내가 두리를 내려다보며 느끼고 있는 이 따위 감정이 결코 나 자신을, 이 좋은 일요일을 구원할 수 없다는 것이었다. 그래서 내가 막 '아아, 어디론가 달아나버리고 싶다.' 이런 생각을 하고 있는데 그때 전화벨이 요란하게 울렸다.

"나, 윤도섭이요."

수화기에서 굵직한 사내 목소리가 튀어나왔다.

"아, 안녕하십니까. 윤 사장이시군요."

내가 번역사로 일하고 있는 세종번역소의 사장이었다.

"김 선생이오? 허어, 역시 부럽구먼. 산수간(山水間)에서 유유자적하고 있는 김 선생이 난 늘 부럽단 말이야."

산수간은 산 밑 도랑가에 있는 내 집을 말함이리라.

"원 별말씀을, 근데 웬일이세요?"

"왜, 내가 전화를 걸면 안 되오."

"아닙니다. 하도 오랜만이라서."

"그럼 좋소. 오랜만에 전화를 거는 죄로 내가 오늘 한턱내리다. 김 선생 지금 나와 주겠소."

윤 사장이 빠르고 높은 소리로 말했다. 말투는 자못 싹싹하고 은근했지만 이야기의 내용은 역시 사장이 직원을 불러내는 것임에 틀림없었다. 어쨌든 윤 사장의 말에 마음이 솔깃해졌다. 잠시 망설이다가

"지금 당장 말입니까. 두 시간 후에 나가면 안 될까요?"

"왜, 집에 무슨 일이 있소?"

"실은 어린아이가 아파서 병원에 잠깐 다녀와야 합니다."

"나 그럴 줄 알았다니까. 역시 김 선생은 착한 가장이란 말이야, 하하하."

윤 사장이 한바탕 웃고 나서 문득 생각난다는 듯이

"아 참, 좋은 수가 있어요. 김 선생, 아이를 데리고 당장 일루 나와요. 거 왜 김 선생도 알고 있잖우, 우리 사무실 근처에서 내 처남이 소아과병원하고 있는 거 말이오. 다른 데 갈 거 없이 일루 데리고 나와요. 까짓 거, 얼마든지 무료로 치료해 줄 테니까."

"아닙니다. 그러실 거까지는 없습니다."

"허허, 염려 말고 데리고 나오라니까. 그럼, 사무실에서 기다리고 있겠소."

윤 사장이 전화를 끊었다. 내가 수화기를 내려놓자 어느새 일어났는지 두리가 손가락으로 내 등을 찌르며

"아빠, 나 안 아파. 밖에 나가 놀 테야."

하고 말했다. 언뜻 보니 두리의 얼굴이 생기가 되살아나 있는 것 같기도 했다. 내 마음이 이미 사무실 쪽으로 기울어져 있었기 때문에 반가웠다. 나는 두리에게

"약이라도 먹고 나가야지."

하고 큰소리로 말했다. 두리는 암말 없이 마당으로 나가버렸다. 나는 내 방으로 건너와서 외출복으로 갈아입기 시작했다. 두리한테 '아빠 얼른 다녀와

주일나그네

서 병원에 가자'라고 말할까, '아빠 다녀와서 창경원에 가자'라고 말할까, 옷을 갈아입으면서 속으로 궁리했다. 끝내 할 말을 결정하지 못하고 뜰로 내려섰는데 그때 뜻하지 않은 광경이 눈에 띄었다. 두리가 뜰 한구석에서 까무러쳐가고 있었다. 두리는 흙바닥에 퍼질러 앉아서 머리를 뒤로 젖힌 채 두 손을 껴서 배를 틀어잡고 있었다. 빈 나뭇가지들의 그림자가 고통으로 일그러진 얼굴 위에서 그물처럼 어른거리고 있었다. 순간 나에게 이상한 변화가 일어났다. 내 시야가 갑자기 막혀버리는 것이었다. 그리고 두리의 눈을 통해서만 사물이 보이는 것이었다. 땅으로부터 나뭇가지에 이르는 좁은 공간, 하늘처럼 뻥 뚫어져버린 그 좁은 공간에는 햇볕과 공기와 먼지만이 가득 차 있었다. 왜 이리 쓸쓸할까, 왜 이리 아득할까. 새로 태어난 내 시각(視覺)은 깊고 그윽한 하나님의 비의(秘意)를 들여다보며 내가 할 일을 어렴풋이 알려주었다. 잠시 후에 두리를 차에 태우고 병원을 향해 출발했다. 달리는 차 속에서 두리를 내려다보며 나는 안도의 한숨을 내쉬었다. 차가 사무실이 있는 시내 쪽으로 방향을 꺾었을 땐 왠지 좀 부끄러움을 느꼈다. 번역소 앞에서 차를 내려 두리를 업고 곧장 병원으로 갔다. 병원 앞에 이르자 두리가 걸어가겠다고 고집을 부렸다. 하는 수 없이 두리를 걸려서 병원 안으로 들어섰는데 그때 병원복도에서 이상한 광경이 벌어지고 있었다. 웬 사내가 두 팔로 어린아이를 받쳐 들고 복도 끝을 향해 느릿느릿 걸어가고 있었고 간호사들이 복도 가에 늘어서서 숨을 죽이고 사내의 거동을 주시하고 있었다. 접수부에 아무도 없었으므로 우리도 잠시 복도에 서서 사내 쪽을 바라볼 수밖에 없었다. 사내는 복도 끝에 이르자 몸을 돌려 묵묵히 출입구 쪽으로 걸어 나오더니 진찰실 앞에서 다시 몸을 돌려 복도 끝을 향해 걸어갔다. 사내의 눈길은 허공에 떠있었고 팔에 안긴 아이는 머리와 팔다리가 축 늘어져 있었다. 간호사 하나가 바싹 사내 뒤를 따라가며 말했다.

"아저씨, 몸이 너무 식기 전에 집으로 가셔야 합니다. 제발, 저희 말을 들어주세요. 아저씨, 이제 돌아가세요."

사내는 제정신이 아니었고 팔에 안긴 아이는 죽어 있었다. 두리가 갑자기 몸을 비틀며 신음소리를 냈다. 나는 두리를 번쩍 안아가지고 무턱대고 진찰실로 들어갔다. 진찰실에도 사람이 없었다. 복도에 서 있던 간호사가 급히 따라 들어오며,

"누구세요?"

하고 소리쳤다.

"어린아이가 몹시 아픕니다. 의사 선생님 안 계십니까."

나는 두리를 소파에 누이며 말했다.

"진찰권 끊으셨어요?"

간호사가 냉랭한 음성으로 물었다.

"미안합니다. 접수부에 아무도 없더군요. 의사 선생님 안 계십니까?"

"입원실에 가셨으니까 금방 오실 거예요. 잠깐 기다리세요."

간호사가 이번엔 좀 누그러진 음성으로 말했다. 두리는 소파에 누운 채 눈을 꼭 감고 숨을 몰아쉬고 있었다. 얼굴이 백지장처럼 창백했다.

"어린아이 안색이 안 좋군요. 어디가 아프죠?"

간호사가 물었다.

"복통인 것 같습니다. 계속해서 토했거든요."

나는 본 대로 말했다. 그때 문이 열리면서 의사와 함께 윤 사장이 들어왔다. 윤 사장은 나를 보자마자,

"나 그럴 줄 알았다니까."

하더니 두리를 한번 흘깃 보고 나서

"흐음, 좀 심한 것 같은데 이봐, 강 박사 이 아이 좀 빨리 봐줘야겠어."

하고 의사에게 큰소리로 말했다. 의사는 들은 척도 하지 않고 창가로 가서 멍하니 서 있었다. 그의 얼굴이 몹시 굳어 있었다.

"자네, 복도의 사내가 마음에 걸리는 모양이군 그래. 신경 쓸 거 없다니까."

윤 사장이 의사에게 말했다.

"꿈자리가 사납더니 별 거지 같은 것들이 다…"

의사가 혼자 투덜거렸다.

"누구 탓할 거 없네. 죽은 아이 안고 병원에 데모하는 거, 이런 거 다 세상 탓이야. 그리고 자네도 그렇지, 우선 있는 혈액이라도 좀 수혈해서 불쌍한 아이 하나 구해주면 안 돼. 돈 없는 사람이 어디 가서 당장 피를 구해온단 말인가.

"아무 때나 줄 피가 어디 있습니까. 형님두 그 속 모르는 소리 작작 하세요."

의사가 버럭 화를 냈다.

"허어, 그런가. 그러게 내가 뭐랬나, 신경 쓸 거 없다니까. 그건 그렇고 저 아이 저대로 둘 셈인가?"

윤 사장이 턱으로 두리를 가리켰다. 의사가 암말 없이 소파로 다가와서 청진기로 두리의 배를 두드리기 시작했다. 진찰은 간단하게 끝났다.

"토사곽란을 일으켰군요."

"심합니까?"

"약 먹고 한숨 자고 나면 괜찮을 것입니다."

의사가 청진기를 떼며 말했다.

"오랫동안 용케 참았군요. 어린 아이가 참을성이 대단한데요."

그 사이 복도에 나가 있던 윤 사장이 문을 벌컥 열고 들어왔다.

"사내가 방금 나갔어."

윤 사장이 의사를 끌고 창가로 갔다. 창밖으로 사내의 모습이 보였다. 사내는 복도에서 그랬던 것처럼 죽은 아이를 두 팔로 받쳐 들고 병원 마당을 터벅터벅 걸어 나가고 있었다. 사내의 걸음걸이는 조금도 흐트러지지 않았다. 화단에 피어 있는 코스모스가 잠깐 사내의 하반신을 가렸을 때 두 사람은 마치 코스모스 꽃무더기 위로 떠가고 있는 것 같았다. 샛노란 은행잎 하나가 사내의 어깨를 스치면서 땅으로 굴러 떨어졌다. 이윽고 사내가 병원 문밖으로 사라져버렸다.

"히야, 지독한데. 세 시간 만에 물러가는군."

의사가 말했다.

"보나마나 거리로 무작정 걸어갈 거야."

윤 사장이 말했다.

사내는 어디로 갈까. 나는 공연히 걱정을 했다. 윤 사장은 창가에서 나와 시선이 마주치자 그제야 생각난 듯이 후닥닥 의사에게로 다가가서 의사의 귀에 대고 뭔가를 소곤거렸다. 의사는 몇 번 고개를 끄덕이고 나서 책상으로 가서 처방을 쓰기 시작했다.

"간호원, 저 아이를 치료실로 데려가요."

잠시 후에 의사가 간호사에게 처방전을 건네주며 말했다.

"김 선생은 여기 앉아 있어요. 내가 잘 부탁하고 올 테니까."

윤 사장이 의사를 따라 치료실로 들어갔다. 제기랄, 도대체 무얼 부탁하겠다는 걸까. 나는 그의 말이 귀에 거슬렸다. 이십 분쯤 지나자 의사와 윤 사장이 치료실에서 나왔다.

"주사 맞고 막 잠이 들었습니다. 잠이 깨면 데려가시죠. 약도 그때 드리겠습니다."

의사가 나에게 말했다.

"그렇지만, 혼자 두고 어떻게…"

내가 머뭇거리며 말하자 의사는 얼른

"입원실로 잠시 옮겨 뉘어 놨으니 염려하실 거 없습니다."

하고 내 말을 막아버렸다. 그러자 윤 사장이

"자, 우리는 사무실로 갑시다."

하고 나에게 말했다. 그러고는 의사를 돌아보며

"잠이 깨면 사무실로 연락하게."

했다. 나는 입원실로 가서 두리를 한번 들여다본 다음 윤 사장을 따라 세종 번역소로 갔다.

"아이가 깨어날 때까지 해드리죠. 번역입니까, 대서(代書)입니까?"

사무실에 들어서자마자 나는 솔직히 물었다. 윤 사장도 순순히 입을 열었다.

"김 선생 실력이면 금방 해낼 수 있을 거요."

이민서류나 해외취업서류이기를 은근히 바라고 있는데 윤 사장이 어색한 웃음을 띠며

"석사논문 써머리인데 일이 좀 급하게 됐소."

하고 말했다.

역시 윤 사장은 대서 일 따위론 나를 불러낼 사람은 아니었다.

"어떡허우, 김 선생이 수고를 좀 해줘야지. 내 한턱 톡톡히 내리다. 내일 인쇄에 들어갈 걸 깜박 잊고 서랍 속에 처박아 뒀지 뭐요."

"그렇다면 집에 가서 번역해 가지고 내일 아침 일찍 보내드리죠."

나는 집으로 돌아가고 싶었다.

"한 시 반에 사람이 나오기로 돼 있거든."

"지금 연락하면 안 될까요?"

"연락이 불가능해요. 또 그럴 처지도 못 되고. 우리끼리 얘기지만 모 기관에 근무하면서 대학원을 다니는 분인데, 내가 음으로 양으로 많은 도움을 받아온 사람이오. 아하, 아이가 마음에 걸려서 그러는구먼, 걱정할 거 없다니까."

"아닙니다."

나는 피식 웃음이 나왔다. 음으로 양으로 도움을 받았단다. 말만은 똑바로 하자. 내가 알기만 해도 근래까지 윤 사장은 심심찮게 경찰에 불려 다녔으니

까 주로 음으로 도움을 받았겠지. 그럴 때마다 그의 해외 취업사기에 관한 기사가 큼직한 활자로 신문에 실렸었다. 잠시 후에 윤 사장이 내놓은 원고를 보는 순간 내가 왜 집으로 돌아가고 싶어 했는지 그 이유를 알 것 같았다. 그 것은 두리 때문만이 아니었다. 솔직히 지금 같은 정신상태로는 재깍 번역해 낼 자신이 없었던 것이다. 논문 번역은 편지나 광고문 번역과는 달랐다. 나 는 시간에 쫓기면서, 남에게 허둥대는 꼴을 보이면서 이 어려운 작업을 하고 싶지 않았다. 나는 원고를 대충 읽고 나서

"어차피 본인에게 몇 군데 물어보고 나서 차분히 번역을 해야겠는데요."

하고 말했다. 그러자 윤 사장이 자못 안타깝다는 듯이

"그러니까 물어보고 나서 번역하겠다, 이런 말씀이군요. 김 선생, 차라리 나에게 물어보시오."

"네? 아, 농담을 하고 계시군요."

"김 선생 그래도 내 말을 못 알아듣겠소?"

윤 사장이 정색을 하고 말했다.

"우리끼리 얘기지만 자기 이름을 붙여놓은 거라고 그게 어디 다 자기가 쓴 글입디까. 아예 물어볼 생각 말고 적당히 요량해서 해줘요. 허허허, 너무 순진한 것도 보기가 딱하구먼그래."

그제야 마음에 짚이는 게 있었다. '아하, 이런 논문을 두고 청부생산이라 고 하는구나.' 그렇다고 못하겠다고 할 수도 없는 노릇이었다. 무능한 자는 '유능한 자의 무능'을 이해하지 못하니까. 나는 암말 없이 사전과 원고를 싸 들고 사무실에 딸린 조그마한 방으로 들어갔다. 이 방은 근근이 사다리꼴을 유지하고 있었는데 나는 사다리꼴 윗변으로 머리를 향한 채 방바닥에 배를 깔고 엎드려서 본격적으로 작업을 하기 시작했다. 사무실의 벽시계가 열두 시를 쳤다. 무슨 수를 써서라도 한 시간 반 동안에 이 일을 끝내야 한다. 먼저 글을 완전히 해체시켜 버렸다. 어차피 전체의 조화나 균형을 볼 수 없는 바

에는 머리부터 만들건 발부터 만들건 무슨 상관이 있겠는가. 각(脚)을 떠놓고 보니 우선 내 눈에 들어오는 것은 이런 대목들이었다.

"국제 정세가 냉전체제에서 다원화체제로 옮겨감에 따라 각국은 전술적인 심리전보다는 전략적인 심리전이 필요하게 되었고 궁극에 가서는 이를 정치선전화했다. 휴전 이후로 계속돼온 북괴의 대남심리전이 그 대표적인 예라 할 수 있으므로 연구자는 그동안 살포된 전단을 중심으로 대남 정치선전의 목표를 분석했다."

비교적 평범한 문장들이었다. 나는 재빠르게 해치웠다. 시간은 그럭저럭 삼십 분가량이 흘러갔다. 이번엔 모래알처럼 메마른 언어들이 앞을 가로막았다.

"일 매로 된 전단, 16절지보다 작고 64절지를 포함하여 그 보다 큰 전단, 앞뒷면의 사분의 일 이상이 문자 중심으로 된 전단 143매를 입수하여 내용 분석을 했다. 세 차례에 걸친 예비조사에서 무작위추출 방법으로 매년 4매씩 추출한 28매를 토대로 5개 주제 ― 정치, 경제, 사회, 문화, 군사를 설정했고 이를 다시 수십 개 항목으로 조정하여 21개의 부주제를 설정했다. 주제 설정의 타당성을 측정하기 위해 전문가들의 의견을 조사했는데 그 결과 28매에 대해 합의한 수와 합의하지 않은 수는 각각 136:36으로 집계되었다. 신뢰계수는 0.78로 나타났다."

나는 기를 쓰고 헤쳐 나갔다. 이 메마른 부분들을 대강 처리하고 났을 때 벽시계가 땡 하고 한 시를 알렸다. 문틈으로 바깥을 내다보았다. 윤 사장은 사무실 안에 없었다. 대신 언제 왔는지 타이피스트가 책상 앞에 앉아서 하품을 하고 있었다. 그녀는 방에서 내 원고가 나오기를 기다리고 있는 게 분명했다. 나는 마음이 더욱 조급해졌다. 이제 남은 일은 내용이 이해되지 않는 대목이나 문맥이 엉성한 곳을 적당히 주물러서 전체를 하나로 짜깁기만 하면 된다. 예상했던 대로 이 마지막 봉합작업이 결코 수월하지 않았다. 보아하니 윤 사장은 물건의 질보다는 납품에 더 신경을 쓰고 있는 것 같으니까 그냥 적당히 얽어 맞추어 내놓아버릴까 하고 생각해 보았다. 그러자 내 생리가, 그게 비록 이민서류의 빈칸을 메우는 일이라 할지라도 쓱싹해 버리지 못하는 내 생리가 고개를 저었다. 나는 이를 악물고 다시 달라붙었다. 내가 안간힘을 쓰면서 살려내려고 하는 어떤 맥락이 좀처럼 살아나지 않았다. 한참 후에는 이 글의 테마가 오히려 나를 끌고 다니기 시작했다. "선전, 천대받고 있는 우리 시대의 총아. 급기야 부정과 역기능의 대명사가 되고 말았다. 한 방울을 더하면 독이 되어 버리는 약처럼 선전은 우리의 자유와 선택을 좀먹고 있다. 그 무서운 힘을 가지고도 고작 조건반사밖에 할 줄 모르는 생쥐들이나 최면에 걸린 사람들을 움직일 수 있을 뿐 온전한 사람은 털끝 하나도 건드리지 못하는 허수아비. 아아, 이 허수아비는 왜 그리 어리석고 무력할까. 왜 그리 무지막지하고 뻔뻔스러울까." 온몸에서 맥이 빠져나갔다. 나는 번역한 것을 죄다 늘어놓고 건성건성 첨삭을 했다. 마침내 글을 순서대로 맞춰 놓음으로써 일을 마무리해 버렸다.

"이리 주세요. 다 된 거죠?"

내가 방에서 나오자마자 타이피스트가 벌떡 일어나며 손을 내밀었다. 그녀는 나보다 더 초조하게 시간을 재고 있었던 모양이다. 벽시계가 한 시 반을 쳤다. 내 원고를 받아 책상 위에 놓고 나서 그녀는 급히 어디론지 전화를 걸었다.

"사장님이세요?"

"이제 돌아가겠다고 말해요."

나는 얼른 전화에 대고 말했다.

"김 선생님 다 끝났는데요. 네? 네, 알겠습니다."

전화를 끊고 나서 그녀가 내게 말했다.

"요 앞에 있는 다방 아시죠. 곧장 나오시래요."

나는 두리가 깨어났으면 좋겠다고 생각하면서 다방으로 향했다. 다방으로 들어섰을 때 윤 사장은 낯선 사내와 바짝 붙어 앉아서 얘기를 나누고 있었다. 그의 앞으로 다가가서 나는 선 채로 말했다.

"저는 이만 가보겠습니다."

"무슨 소릴 하는 거요. 자, 앉아요. 남의 호의를 받아들일 줄도 알아야지. 내가 한턱낸다고 했잖소."

윤 사장은 옆에 있는 사내를 곁눈질하며 말했다.

"아이는 걱정할 거 없다니까. 방금 전화가 왔는데 정신없이 자고 있는 모양이야. 그건 그렇구 김 선생 인사 드려요. 이분이 노 부장님."

"노민웁니다."

낯선 사내가 앉은 채로 손을 내밀었다.

"안녕하십니까. 김호준입니다."

나는 허리를 구십 도로 꺾어서 노 부장의 손을 잡았다.

"앉으시죠."

노 부장이 비어 있는 앞자리를 가리켰다.

"여기 커피 하나."

윤 사장이 재빨리 차를 주문했다. 내가 자리에 앉자 노 부장은 나를 한번 슬쩍 훑어보고 나서 윤 사장을 돌아보며 이야기를 계속했다.

"그러니까 운용자금으로 대부받은 돈을 가지고 시설투자를 해 버렸다, 이런 얘기로군요."

"예, 그렇습니다."

나 때문에 중단된 이야기를 이어가는 모양이었다.

"그럼 지금이라도 공장을 가동시키면 될 게 아니오."

노 부장이 말했다.

"가동이 뭡니까. 돌아갈 기계가 있어야죠. 한 달 전에 주문한 기계가 산지서 선적조차 하지 못하고 있는 실정입니다."

"건 또 왜 그러죠?"

"가격을 좀 깎아 보려고 절충 중인데 그게 뜻대로 안되는군요."

들어보니 윤 사장이 새로 벌인 무슨 사업에 대한 이야기인 것 같았다. 두 사람은 내가 그들의 대화를 듣고 있다는 걸 전혀 개의치 않는 듯했다. 경계할 필요가 없을 만큼 뱃심이 없는 사람이라고 그들 사이에 이미 사인이 오고 간 모양이었다. 나는 커피를 찔끔찔끔 마시면서 그들의 이야기를 못들은 척할 수밖에 없었다. 잠시 입을 다물고 있던 노 부장이 다시 입을 열었다.

"결국, 문제는 은행에서 이 사실을 알고 있다 이거 아닙니까?"

"역시 빠르시군요. 허허허."

"담당 직원이 누굽니까?"

노 부장이 물었다. 윤 사장이 명함 한 장을 꺼내어 노 부장에게 건네주며 은근한 목소리로 말했다.

"그자의 명함입니다. 전화 한 통만 해 주십시오."

두 사람이 수작하는 소리를 들으면서 나는 속으로 생각했다. 작달막한 키에 토실토실한 몸집, 어디로 보나 두 사람은 살찐 돼지였다. 다만 까무잡잡한 얼굴이 유난히 번들거리는 노 부장이 멧돼지라면 살집이 허여멀쑥한 윤 사장은 양돼지였다.

"점심은 애저탕으로 할까요? 어떻습니까, 노 부장님."

윤 사장이 물었다.

"거 좋지요."

노 부장이 대답했다. 나는 가슴이 철렁 내려앉았다. 막 머릿속에 돼지를 떠올리고 있는 판에 돼지를 먹자는 말을 들었으니 가슴이 섬뜩할 수밖에. 그때 타이피스트가 소리 없이 다가와서 식탁 위에 노란 봉투를 놓고 갔다.

"원고만은 노 부장님께서 직접 맡기시는 게 좋을 것 같군요. 성의껏 했습니다만 번역이 잘 됐는지 모르겠습니다."

윤 사장이 봉투를 노 부장 앞으로 밀어놓으며 말했다.

"어련히 알아서 했을라구, 정말 수고 많이 했소."

노 부장이 윤 사장을 치하했다.

"자, 나갑시다."

노 부장이 앞장서서 다방을 걸어 나갔다. 우리는 다방 앞에서 대기하고 있는 승용차에 올랐다. 무교동쯤 생각했는데 차는 강남까지 달려갔다. 나는 어리둥절했다. 정작 나를 어리둥절하게 한 것은 나 자신이었다. 강변 쪽으로 올 때까지만 해도 그토록 불안해하던 내가 어찌된 셈인지 차가 아파트단지 안으로 들어서자마자 들뜨기 시작했다. 고달픈 시작도 황막한 종말도 없는 전설 같은 풍요와 안락이 모여드는 곳, 맨션아파트. 여기서 영위하는 삶이 설사 부패와 타락 그것 자체일지라도 도시인의 향수와 욕망은 이곳으로 집결되고 있다. 마냥 분별없이 비치적거리는 나 같은 사람이 그래서 한번쯤은 몸을 눕혀 방탕해 볼 만한 곳이 아닌가. 누가 이곳을 일러 비인간화, 냉엄한 질서, 콘크리트 역사의 비정한 현장이라고 했던가. 씨가 먹지 않은 소리들이다. 적선 몇 푼으로 자기의 성공을 확인하는 사람, 박주 한잔으로 서민의 표정을 지어보이는 사람, 종이비행기로 가짜 동심을 띄워 보내는 사람, 흙은 싫어하면서 자연을 그리워하는 사람, 그런 사람들의 수작만큼이나 나는 듣고 싶지 않다. 한사코 이런 생각을 하면서 나는 차에서 내렸다. 차가 멈춘 곳은 맨션아파트 현관 앞이었다. 현관에는 수위가 없었다. 우리는 재빨리 현관을 지나서 도둑고양이처럼 계단을 올라갔다. 잠시 후 삼층 어느 문 앞에 이르러 윤 사장이 초인종을 눌렀다. 이내 우리는 안으로 들어갔다.

"어서 오세요. 어머, 노 부장님도 오셨네."

은회색 드레스를 입은 삼십대 여자가 우리를 맞았다. 그녀에게서 먼저 눈에 띄는 것은 얼굴보다는 불빛에 반짝이는 장신구였다. 실내는 어두컴컴했다. 커튼과 휘장이 햇빛을 철저히 차단하고 있었고 그 대신 전등불이 실내를 은은하게 밝히고 있었다. 그래선지 실내에는 중량감마저 감돌고 있었고 아파트 특유의 알루미늄성 그 경박한 분위기는 찾아 볼 수 없었다. 여자는 출입문 가까이에 쳐진 커튼을 들치고 우리를 밝은 데로 인도하였다. 식당이었다. 우리는 곧 식탁에 둘러앉았다.

"주 마담, 인사드려. 우리 회사에서 근무하는 김 선생님이야."

윤 사장이 나를 소개했다.

"안녕하세요. 어머, 미남이시네요."

그녀가 웃으며 말했다. 웃는 얼굴이 잠시 청순하게 느껴졌다. 나는 암말 없이 웃기만 했다.

"시장한걸."

노부장이 배를 슬슬 만지며 말했다.

"두 시가 넘었잖아요. 식사 내올게요."

주 마담이 안으로 들어갔다. 식사가 금방 날라졌는데 음식이 의외로 조촐했다. 식탁에 놓인 찬이래야 상큼한 깍두기, 풋풋한 깻잎장아찌, 정갈한 새우젓, 이런 정도였다. 뚝배기에 담긴 애저탕은 정말 진미였다. 뿌연 국물에서는 상긋한 약초 냄새가 났다. 고기는 너무 연해서 입 속에 들어가자 녹아버렸다. 손가락 마디만한 뼈를 숟가락으로 건져내기만 하면 되었다. 식사는 간단히 끝났다. '이걸 먹으려고 강남까지 왔구나.' 어쩐지 프로가 너무 빨리 끝나버린 것만 같았다. 담배를 피우고 있는데 주 마담이 들어오며

"이제 자리를 옮겨야죠."

하고 말했다. 그리고 우리를 어두컴컴한 조명 속으로 데리고 갔다. 거실에는 술자리가 마련되어 있었다. 테이블 위에는 어느새 양주병과 유리잔, 햄, 샐러드 등 마른안주들이 담긴 접시가 즐비하게 놓여 있었다. 여염집 거실은 아

주일나그네

니었다. 그 증거는 술자리 말고도 얼마든지 눈에 띄었다. 햇빛을 차단하고 있는 자주빛 커튼, 관람석처럼 늘어놓은 작은 의자들, 그 맞은편에 설치된 오디오와 비디오, 카펫을 깐 바닥 한 쪽에 드러난 맨바닥 플로어, 훌륭한 술집이었다. 가장 내 눈길을 끈 것은 테이블 주위에 놓여 있는 의자들이었다. 참으로 묘하게 생긴 것들이었다. 등받이와 팔걸이가 유난히 높고 자리가 아주 넓은 게 소파로 봐야 옳을 것 같았다. 우리는 이 큼직한 의자를 하나씩 차지하고 앉아서 술을 마시기 시작했다. 얼굴이 갸름하고 눈이 큰 여자, 식당에서 잠깐 청순하다고 느껴지기까지 했던 주 마담이 자리를 옮기자 갑자기 요염한 호스티스로 변했다. 그녀는 술을 따르며 연방 깔깔대고 웃었다.

"호호호, 오라버니."

오라버니는 윤 사장을 부르는 소리였다.

"오늘은 요지경 구경을 안 하시겠죠?"

"허허허, 척하면 삼천리지. 안 그렇습니까."

윤 사장이 노 부장을 돌아보며 말했다. 노 부장은 말없이 웃고만 있었다. 그들의 수작이 낯설었으므로 나는 술만 벌컥 들이켰다. '좋은 술을 두고 밥부터 먹다니, 시시한 사람들 같으니라고.' 나는 혼자 중얼거렸다.

"김 선생 술 실력은 내가 알고 있지. 자, 염려 말고 쭉 들어요."

윤 사장이 말했다.

"예, 고맙습니다."

"노 부장님, 우리 김 선생 정말 엘리트란 말씀예요. 잘 좀 봐주십시오."

윤 사장의 말에는 어느새 술기가 배어 있었다.

"앞으로 잘 사귀어 봅시다."

노 부장이 나에게 말했다. 나는 공손히 머리를 조아렸다. 그리고 속으로 생각했다. 윤 사장은 어쩌려고 나와 혈맹(血盟)을 맺으려는 걸까. 사실 이 수상쩍은 술자리로 나를 끌어들인 것은 혈맹이나 다름없지 않은가. 술을 몇 순배 돌리고 나서 주 마담이 안으로 들어갔다. 한참 후에 주 마담이 사라진 쪽에서 젊은 여자들이 유령처럼 튀어나왔다. 세 여자는 하나같이 간신히 무릎 위까지 내려온 짧은 치마를 입고 있었다. 두 여자는 "오셨어요, 오셨어요" 하면서 각각 노 부장과 윤 사장의 의자 속으로 거침없이 파고들어갔다. 내 앞으로 다가온 여자만 잠시 머뭇거리다가 슬며시 내 옆에 앉았다. 둘러보니 남자들은 어느새 알을 품고 있는 어미닭의 꼴이 돼 있었다. 뚜릿뚜릿하는 머리만이 의자 팔걸이 위로 보였다. 이상하게 생긴 의자가 그제야 제구실을 하고 있는 것 같았다. 주 마담이 나와서 음악을 틀어놓았다.

"이따가 심심하면 좋은 그림도 구경하고 그러세요."

주 마담이 말했다.

"그만두겠어. 메스꺼워."

윤 사장이 손을 저으며 말했다.

"그걸 보고 나면 싱싱한 걸 먹어도 어쩐지 상한 걸 먹는 듯한 기분이 든단 말야."

주 마담이 다시 들어가며

"미스 홍, 김 선생님 잘 모셔."

하고 말했다.

내 옆의 여자가 바짝 붙어 앉았다.

"아이, 간지러워요. 호호호."

"이 손 치우세요. 술 드릴게요."

다른 의자에선 이런 신호가 왔다. 나도 조심스럽게 여자의 어깨를 감싸 안았다. 여자들이 합석한 뒤로는 남자 사이에 오가는 소위 대화라는 게 없어져버렸다. 전축에서 흘러나오는 노랫소리 사이로 간간이 키득거리는 웃음소리, 괴상한 한숨 소리, 다급한 외침 소리가 났을 뿐이다. 그래도 닭대가리들은 붙었다 떨어졌다 하면서 끊임없이 먹여주고 받아먹고 하고 있었다. 층층

시하에서 나도 무슨 할 말이 있겠는가. 말없이 이렇게 끝내버렸으면 좋겠다고 생각했다. 그러나 내게 배당된 여자를 용도대로 이용함으로써 최소한 쾌적한 무드를 유지하는 데 협조해야만 했다. 나는 여자를 살짝 끌어안고 입술을 건드려보기도 하고 가슴을 더듬어보기도 했다. 몇 번 그러고 나자 미스 홍이 단박 눈치를 채버린 것 같았다. '내가 갑자기 치한(癡漢)이 되어 보려고 무진 애를 쓰고 있다는 것을.' 아닌게 아니라 노 부장과 윤 사장이 여자를 주물럭거리며 잘 놀고 있는데 나는 여자의 눈치를 슬슬 살피면서 골똘히 궁리만 하고 있었다. 어떻게 하면 여자에게 치사한 남자로 보이지 않을까 하고 말이다. 경마장에서 사람들이 모두 경마에 정신이 팔려 있는데 나만이 홀로 경마에 건 돈을 걱정하고 있는 듯한 느낌이 들었다. 나는 허둥지둥 술을 마시며 우악스럽게 여자를 주물러버렸다. 시간이 흐를수록 여자의 몸은 꼿꼿해지기만 했다. 노 부장과 윤 사장이 플로어에 나가 춤을 추고 있을 때 미스 홍이 배를 움켜쥐며 나지막한 목소리로 말했다.

"약 좀 먹고 올게요. 술을 마셨더니 배가 아파요."

그녀가 복도 쪽으로 걸어 나갔다. 자리에 돌아온 윤 사장이 나를 보고 씽긋 웃으며

"김 선생은 역시 알아줘야 한다니까. 미스 홍은 벌써 샤워하러 갔소."

하고 말했다.

나는 물수건으로 손을 훔치고 나서

"제 술 한잔 받으십시오."

하고 얼른 술을 권했다. 그때 언제 나왔는지 주 마담이 내 옆으로 다가와서

"김 선생님 저 좀 보실까요."

하고 말했다. 그녀는 나를 데리고 복도 안으로 들어갔다. 어느 방 앞에 이르러 문에다 눈을 바싹 대고 방안을 한번 들여다보고 나서 나를 돌아다보며

"보고 골라보세요."

하는 것이었다.

가까이서 보니 문에는 고양이 눈알만한 요지경(瑤池鏡)이 박혀 있었다. 나는 시키는 대로 고양이 눈을 통하여 들여다보았다. 젊은 여자들이 거의 벌거벗은 채 화투를 치고 있는 게 보였다. 그 옆에서는 방금 들어간 미스 홍이 담배를 피우며 구경하고 있었다.

"별루 생각이 없습니다."

나는 구멍에서 눈을 떼면서 말했다.

"좀 까다로운 편이군요."

"아닙니다. 오히려 그 반대죠."

거실 쪽으로 걸음을 옮기는데 주 마담이 갑자기 한 손으로 내 팔을 살그머니 잡으면서 말했다.

"우리 가서 춤이나 춰요."

우리는 곧장 플로어로 나가서 춤을 추었다.

"힘을 빼시고 몸을 맡겨보세요."

주 마담이 말했다. 그녀의 말대로 온몸에서 힘을 빼고 그 자리서 흔들기만 했더니 그런대로 춤을 추는 기분이 났다. 이윽고 몸에 감긴 여체가 보료처럼 폭신폭신하다고 느끼면서, 얼굴에 와 닿는 여자의 입김이 뜨겁다고 느끼면서 몽롱한 기분에 젖어 있는데,

"주 마담, 자그마치 기분내라구."

윤 사장이 꽥 소리를 질렀다.

"그림이 훌륭하죠? 오라버니."

"영 못 봐주겠는걸. 질투가 날 지경이야."

이건 윤 사장의 파울이라고 생각하면서 나는 자리로 돌아오고 말았다.

"주 마담, 어떻게 된 거 아냐."

윤 사장이 물었다.

"어떻게 되다니요?"

주 마담이 내 옆에 앉으며 말했다.

"좀 울적해 보이는데 파파한테서 전화가 안 와서 그래?"

"전화가 오면 뭘 해요."

주 마담이 손으로 내 몸을 더듬으며 말했다. 그녀의 손이 두더지처럼 내 몸 구석구석을 들추고 있었다.

"한밤중에 자다가 깨서 전화라고 받으면 도대체 무슨 말을 하고 있는 건지 통 알 수가 있어야죠. 여보, 사랑해. 여보, 나 못 참아. 노상 이러다가 말아버리죠. 정말 답답해 죽겠어요."

"젯, 또 ㄱ 소리야."

윤 사장이 픽 웃으며 말했다.

"사랑의 언어에는 국경이 없다던데, 그래 남편이 아내한테 하는 소리도 못 알아듣는단 말이야. 아예 녹음해 놓고 두고두고 음미해 보시지 그래."

"글쎄요, 그럴까 봐요."

주 마담이 웃었다. 점잖은 우리 노 부장이 이미 물에 젖은 솜같이 되어버린 여자를 챙겨가지고 일어나며,

"김 선생 힘을 좀 빌리면 되겠구먼그려. 이봐요 김 선생, 주 마담한테 서비스 좀 해줘요."

하고 말했다.

"오른쪽 첫 번째 방이에요."

여자를 끼고 복도 쪽으로 걸어가는 노 부장을 향하여 마담이 재빨리 말했다. 그들이 들어가 버리자 이번엔 윤 사장이 여자를 옆구리에 차고 일어나며,

"김 선생, 노 부장 말대로 주 마담을 좀 도와줘요."

"뭘 말입니까. 전 어리둥절한데요."

"허허허, 사랑의 밀어에 애태우는 저 여인이 가엾지 않소. 김 선생, 잠깐이

면 끝날 거요."

한 쪽 눈을 찡긋해 보이고 나서 윤 사장도 복도 쪽으로 걸어갔다.

"왼쪽 첫 번째 방이에요."

주 마담이 윤 사장의 등에 대고 소리쳤다. 그러고 나서 나를 돌아보고 생 긋 웃더니

"절 도와주시는 거죠."

하는 것이었다.

주 마담과 나는 복도 끝에 있는 방으로 들어갔다. 방에 들어서자마자 내 호흡이 몹시 거칠어졌다. 나는 침대 곁에 놓인 의자에 앉아서 호흡을 진정시 키려고 애를 썼다. 방안의 밝은 조명 속으로 들어오자 그녀의 은회색 드레스 속에 숨어 있던 팬티와 브래지어가 확 떠오르며 시선을 끌어당겼다. 그것은 얕은 바닷물 속에 잠겨 있는 해파리와 같았다. 잔뜩 물을 머금은 해파리들은 은은한 빛을 내뿜으며 비단물결에 이리저리 쓸리고 있었다. 이제 곧 저것들 을 물속에서 건져내겠지. 조금만 기다리자. 아랫배에 심한 팽창을 느끼면서 고통을 참고 있는데 해파리가 한번 크게 꿈틀거렸다. 주 마담이 침대 위에 털썩 주저앉으며 머리맡에 놓여 있는 녹음기를 작동시키는 것이었다. 나는 가만히 한숨을 토해냈다. 녹음기에 귀를 기울였다. 녹음기에서 흘러나오는 소리는 주로 중후한 중년 남자의 목소리였다. 간간이 여자의 말소리도 섞여 있었다. 물론 그들이 사용하고 있는 말은 우리말이 아니었다. 그것은 남녀가 전화를 주고받는 말을 녹음해 놓은 것이었다.

"제 남편 클라인 씨예요."

주 마담이 불쑥 말했다.

"그럼, 여자는 주 마담?"

"네, 그래요."

"남편은 한국지사에서 근무하다가 올 봄에 본국으로 돌아갔어요."

"네에, 그랬었군요."

나는 졸지에 아랫배가 풀리는 걸 느꼈다. 내 호흡은 어느새 진정돼 있었다. 통화 내용을 대강 듣고 나서 나는 이 방에서 내가 할 일을 어렴풋이 깨달았다. 그것은 적어도 여자와의 정사는 아니었다.

"어젯밤에 한 통화예요."

그녀가 말했다.

"알고 있습니다. 클라인 씨가 말하는 오빠는 윤 사장입니까?"

내가 물었다.

"이야기 다 들었군요."

"아닙니다. 아직 못 들었습니다."

"윤 사장이 클라인 씨 부친의 회사에다 물건을 주문했거든요."

"그래서 마담이 남편에게 부탁했겠군요. 가격과 로열티를 깎아달라고 말입니다."

"어머, 알고 계시네요."

그녀가 호들갑을 떨며 말했다.

"열흘 전에 부탁하였는데 어젯밤 남편이 그 하회를 알려온 거예요. 그런데 무슨 말인지 정확히 알 수가 있어야죠. 선생님, 남편의 얘기를 좀 설명해 주시겠어요?"

"다시 한 번 들어봅시다."

주 마담이 다시 녹음기를 틀었다. 들어 보니, 남녀 사이에 오가는 상투적인 정담이 끝나자 아닌게아니라 남자만이 일방통행으로 지껄여대는 것이었다. 그러다가 남자가 여자를 다시 불러서 몇 마디 상투적인 정담을 주고받더니 전화를 끊었다. 윤 사장의 말대로 나는 빨리 끝내기로 했다.

"오만 달러 선까지는 가격할인이 가능할 것 같다고 하는군요. 부친이 출장에서 돌아오는 대로 최종적으로 절충해서 그 결과를 알려 주겠다고 합니

다. 그리고 상표를 사용하게 되면 보통 이윤의 오 프로를 지불하는 게 원칙
이라고 하는데요. 어쨌든 금명간에 모든 걸 조정해서 다시 연락하겠다는 대
충 그런 얘기인 것 같습니다."

내 설명이 끝나자 주 마담이 눈살을 찌푸렸다.

"빌어먹을 영감쟁이, 불알을 잡고 늘어질까 부다."

그녀는 혼자 중얼거리더니 내게 메모지 한 장을 건네주며

"이걸 좀 번역해 주시겠어요? 오늘밤 당장 전화해야겠어요."

하고 말했다. 메모지에는 전화할 내용이 적혀 있었다. 무슨 수를 써서라도
십오만 달러 선까지는 깎아야겠다는 것과 로열티를 이 프로로 내려 달라는
것이 주요 골자였다. 나는 첫눈에 메모지에 쓰여 있는 글씨가 윤 사장의 필
체라는 걸 알아보았다.

왜 윤 사장은 일을 맡길 때마다 살짝 솜씨를 내보려고 하는 걸까. 하긴 간
단한 일을 한사코 복잡하게 처리하려고 하는 버릇, 이게 어디 윤 사장만의
버릇인가. 나는 잠자코 번역을 끝냈다. 그녀에게 메모지를 건네주고 자리에
서 일어서는데 주 마담이 살그머니 내 팔을 잡으며

"이제 몇 번 연습을 시켜줘야죠."

했다. 나는 다시 주저앉아서 메모지를 읽어가며 일일이 말하는 요령까지 가
르쳐주었다. 그녀는 한참동안 전화기 대신 나를 붙들고 마치 먼 곳에 있는
남편을 그리워하듯 가지가지 몸짓을 지어보였다. 그것은 나에게 수수료를
지불하겠다는 의사표시였다. 마침 옆방에 붙어있는 목욕탕에서 남녀가 물을
끼얹으며 낄낄거리는 소리가 들려왔으므로 나는 한 순간 이 여자한테 눈 딱
감고 무혈입성을 해버릴까, 하는 생각도 들었다. 그러나 이를 악물고 이 여
자를, 그러니까 여자의 선도(鮮度)따위엔 별반 관심이 없는 어느 눈먼 코쟁
이가 먹다 남겨놓은 이 고깃덩이를 제발 탐내지 말자고 자신에게 누누이 강
조했다. 그게 효과를 냈을까. 잠시 후에 나는 방에서 무사히 나왔다. 나와 보

주일나그네

니 윤 사장이 복도에 놓인 화분대 위에 걸터앉아 있었다. 그 모양으로 내가 방에서 나오기를 기다리고 있었던 모양이다. 내가 다가가자 몸을 벌떡 일으키며 적이 난처하다는 얼굴로 윤 사장이 입을 열었다.

"꼬마가 웬 고집이 그리 세지? 거 아빠 닮아서 그런 거 아니오?"

나는 두리 이야기라는 걸 직감했다. 가슴이 뜨끔했다.

"무슨 일이 있었습니까?"

"잠이 깨자마자 집에 가겠다고 떼를 쓴 모양이오. 차를 태워 보냈다니까 걱정할 건 없지만 집으로 전화를 한번 걸어보구려."

나는 급히 집으로 전화를 걸었다. 신호가 금방 떨어졌다. 두리일까 아내일까. 두리였다.

"아빠야? 나 방금 돌아와서 텔레비전 보구 있어."

두리의 말소리가 물방울처럼 튀어 올랐다.

"오, 그래? 왜 아빠를 기다리지 않구."

나는 눈물이 핑 돌았다.

"혼자서도 돌아올 수 있는데 뭘."

"이젠 안 아픈 게로구나. 잘했다, 까짓 거."

전화를 끊고 나니 벽시계가 여섯 시를 쳤다. 나는 눈에 띄는 대로 사람들에 정중히 인사를 돌리고 나서 황급히 아파트를 빠져나왔다. 현관 앞에서 택시를 잡아타고 곧바로 집으로 향했다. 거리에는 어둠이 밀려오고 있었다. 외로운 손(客)에게 한 치의 틈도 보이지 않는 것은 낮의 도시, 그 도시가 이제 밤을 살기 위하여 물기와 색깔을 뿜어내고 있었다. 문득 사방에서 끈끈하게 기지개를 켜는 소리가 들려오는 것 같았다. 사람들에게 에스프리가 돌아오는 소리일까. 그것은 부드럽고 은근한 소리였다. 나는 달리는 차 속에서 두 팔을 쭉 뻗고 가슴을 활짝 펴보았다. 한결 마음이 가벼워졌다. 나는 집 앞 골목에서 차를 내렸다. 어쨌든 이 도시의 한복판에서 놀다가 돌아오는 길이 아니냐. 진짜든 가짜든 간에 아직도 내 능력을 필요로 하는 사람들을 만나 그들과 어울려서 술을 마시다가 돌아온 것이다. 아내의 말대로 두리를 데리고 그럭저럭 병원에도 다녀온 셈이고 말이다. 이런 기분을 애써 유지하면서 대문 앞으로 다가가서 초인종을 눌렀다. 잠시 후에 대문이 열리고 그새 놀라울 만큼 싱싱하게 회복된 두리가 뛰어나오며

"아빠!"

하고 나를 반겼다.

"오! 우리 두리 말짱해졌구나."

나는 두리를 덥석 안아가지고 집안으로 들어갔다. 아내와 두희는 저녁때가 되어도 돌아오지 않았다. 날이 어두워진 뒤에 아내에게서 잠깐 전화가 걸려 왔다.

"동창생을 만나서 좀 늦겠어요. 미안해요. 두희도 함께 있어요."

아내는 이 말만 하고 전화를 끊었다. 별다른 느낌은 없었고 다만 아내의 힘없는 듯한 목소리가 마음에 걸렸다. 두리와 인스턴트식품으로 저녁을 때웠다. 두리는 저녁을 먹고 나서 잠시 텔레비전을 보는 것 같더니 이내 그 자리에 모로 쓰러져서 잠이 들었다. 아무리 앓고 난 끝이라 하지만 너무 허망하게 잠이 들어버린 것 같았다. 나는 샘 없이 잠들어 있는 두리를 한참동안 물끄러미 내려다보았다. 역시 어린아이, 천국에서 가장 큰사람, 마음을 돌이켜 어린아이처럼 되지 않으면 하늘나라에 들어갈 수 없다더니, 문득 이 아이가 어쩌면 나보다 더 큰 사람일지도 모른다는 생각이 들었다. 남을 기다릴 줄도, 남에게서 받을 줄도 모르는 두리, 이 아이가 그렇듯 소외와 무관심 속에서도 들풀처럼 크게 자라고 있었단 말인가. 암만 보아도 이 들풀은 슬픈 바람소리만 내고 있는 것 같지는 않았다. 두리의 평화스런 잠 속으로 낮의 일들이 죄다 빨려 들어가 버렸으므로 이제 아내가 돌아와서 물으면

"두리를 데리고 병원에 다녀왔소."

하고 대답할 수 있을 것 같았다. 잠든 두리는 결국 나의 하루를 거뜬하게 미봉(彌縫)해준 셈이었다. 마음이 가뿐해졌다. 그러나 모처럼의 이 마음의 평화도 오래가지 못했다. 참으로 이상했다. 잠시 후에 내 마음이 문득 외부로 향하는 순간 뜻하지 않은 불안이 엄습해 왔다. 집으로 돌아온 아내와 두희가 어쩌면 일요일의 끄트머리를 엉뚱하게 장식해 버릴지도 모른다는 예감이 나를 물고 늘어지기 시작했다. 가능성은 반반이지만 두희가 오늘 연주에서 형편없는 점수라도 받아 버렸으면 어떡할까. 아내의 힘없는 음성이 다시 들려오는 것 같았다. 어깨를 축 늘어뜨린 채 풀이 죽어 있는 두희의 모습이 눈앞에서 어른거렸다. 아내의 말마따나 나는 두희를 잘 알고 있다. 어른들의 한숨과 소망이 유난히 잘 배어드는 아이, 두희는 해면체, 물이 함빡 배어든 이 해면체는 항상 몸이 무겁고 지쳐 있었다. 두희는 그 나이에 가당찮게도 의지가 재능을 이길 수 있고 집념이 운명을 바꿔놓을 수 있다고 믿고 있었다. 그래선지 두희는 걸핏하면 신경성 위장병을 앓았다. 두희의 집념은 오늘 어떤 꼴을 하고 돌아올까. 생각이 여기에 미치자 퍼뜩 머릿속에 묘안이 하나 떠올랐다. 그렇다. 두희로 하여금 일요명화를 보게 하자. TV 프로그램에서 본 영화가 생각난 것이다. 우연이랄 수밖에 없지만 그 영화의 제목은 '집념'이었다. 물론 두희의 집념이 패배자의 꼴을 하고 돌아올 때를 대비하기 위한 것이었다. 나는 신문을 펼치고 '주말 하이라이트'에 소개된 줄거리를 읽어 보았다.

"청년은 어느 날 법률 공부를 팽개쳐 버리고 고향으로 돌아온다. 갑자기 마음에 병이 생긴 것이다. 불꽃처럼 피어오르는 예술에의 정열, 그의 병은 피아니스트가 되겠다는 집념이었다. 끝내 부모의 반대에 부딪치자 청년은 집을 뛰쳐나가 도시로 가버린다. 그 후 삼 년 동안 그는 도시의 어두컴컴한 골방에 처박혀서 세상과 담을 쌓고 오로지 피아노 연습에만 골몰한다. 마침내 목숨도 불사를 만한 그의 집념에 감동하여…"

줄거리가 이쯤 되면 이야기는 보나마나 뻔하다. 집념이 눈부신 성공을 가져온다는 상투적인 입지전이겠지. 아무튼 연주회에서 돌아온 두희가 보기에는 안성맞춤일 것 같았다. 이렇게 단정을 내리고 나서도 나는 그런 영화를 볼 필요가 없게 되기를 마음속으로 빌었다. 아내는 아홉 시가 넘어서 돌아왔다. 아내의 얼굴은 의외로 밝은 편이었지만 두희의 얼굴은 눈에 띄게 어두웠다. 내 예감이 반은 들어맞은 셈이었다. 그 어두운 반절이 잉크 방울처럼 번져갔다. 외출의 들뜸이 아직 입술에 바른 루주처럼 남아 있는 아내의 얼굴 위로 두희의 침울한 표정이 겹치면서 내 마음을 무겁게 짓누르기 시작했다. 밤참을 먹고 나서도 두희는 여전히 시무룩한 얼굴로 앉아 있었다. 얼굴 표정은 느긋했지만 아내도 잠자코 텔레비전만 보고 있었다. 그녀는 불 꺼진 방에서 홀로 자고 있는 두리에 대해서는 한마디도 물어보지 않았다.

"오늘 피아노 잘 쳤어?"

이윽고 나는 누구에게랄 것 없이 조심스럽게 물었다.

"네에, 기대 이상으로 아주 잘 쳤어요."

아내가 대답했다.

"동창들이 샘이 나서 어쩔 줄을 몰라 하더군요. 즈이네 아이들보다 비교가 안될 만큼 잘 쳤으니까요."

아내는 신이 나는 모양이었다.

"그런데."

나는 두희 쪽으로 입을 쫑긋 내밀며 아내를 바라보았다. 내 눈은 두희가 풀이 죽어 있는 이유를 묻고 있었다.

"연주회가 워낙 늦게 끝나서 심사결과는 내일 서면으로 알려 주기로 했거든요."

아내가 말했다.

"그래서 두희가 걱정이 되는 모양이구나. 연습한 대로만 쳤으면 걱정할 거 없다."

주일나그네

나는 두희를 위로했다. 그러자 두희가 내 얼굴을 빤히 쳐다보며

"아빠, 나도 열심히 치면 피아니스트가 될 수 있는 거지."

하고 말했다. 이 아이가 또 시작이로구나. 나는 얼떨떨했지만 버릇대로 눈 딱 감고,

"그렇고말고, 세상에 노력해서 안 되는 일이 어디 있니. 열심히 하면 다 되는 거야."

하고 말했다. 두희는 내 말에 아무 대꾸도 하지 않았다. 아내가 두희의 눈치를 슬슬 살피며 입을 열었다.

"우리도 이제 두희를 교수한테로 보내야 할까 봐요. 오늘 보니까 찬조 출연한 소년 피아니스트는 말할 것도 없고 웬만큼 피아노를 치는 아이들은 거의 교수한테서 지도를 받았더군요."

두희가 아내의 말을 얼른 받았다.

"오늘 선생님이 그러시는데 재능은 하나님이 주시는 거래요."

"선생님이 누구야."

"오늘 심사를 맡았던 분이에요."

아내가 설명했다. 나는 두희의 얼굴을 스쳐가는 어두운 그림자를 다시 보았다. 그리고 속으로 생각했다. 하느님이 주신 재능이 없을까봐서 잔뜩 겁을 집어먹고 있는 이 아이에게 달리 무슨 할 말이 있겠는가. 짜놓은 프로대로 진행시키자.

"하지만 재능을 갈고 닦아서 빛을 내는 건 노력이니까 무엇보다 중요한 것은 노력이야. 두희, 음악영화 좋아하지? 우리 영화 하나 볼까."

나는 텔레비전 채널을 돌렸다. 두희는 심드렁한 얼굴로 텔레비전 화면으로 눈길을 옮겼다. 벽시계가 열 시를 쳤다. 아내가 이불을 깔고 나서 손가락으로 내 옆구리를 찌르며 그만 자는 게 어떻겠냐는 눈짓을 보내왔다. 나는 아내의 의사를 묵살해 버리고 단숨에 영화 줄거리를 신문에 소개된 분량만

큼 이야기했다.

"그래서 피아니스트가 되나요?"

두희가 갑자기 눈을 빛내며 물었다.

"나중에는 하는 수 없이 피아노 공부를 시키겠죠."

아내는 졸음이 가득 찬 눈을 비비면서 말했다.

"자기대로 상상하면서 보는 것도 재밌잖아. 영국 소설가 서머셋 모음의 작품에도 이와 비슷한 이야기가 나오거든."

이야기 결말을 나도 몰랐으므로 이렇게 얼버무릴 수밖에 없었다. 나는 만족했다. 이만하면 관객의 흥미는 끌어놓은 셈이니까. 영화는 푸른 농장과 아름다운 숲으로 둘러싸인 시골의 저택이 화면에 나타나면서 시작되었다. 화사한 커튼이 드리워져 있고 싱싱한 화초가 자라고 있고 유리창 너머로 파란 하늘이 보이는 그런 방 속에서 청년이 피아노를 치고 있었다. 그것은 자신과의 고독한 싸움이었다. 청년이 벌떡 일어나서 미친 듯이 주먹으로 건반을 내리친다. 그리고 창가로 가서 먼 하늘을 바라본다. 화면에는 떠나온 학교, 헤어진 벗들, 성난 부모의 얼굴이 차례로 나타난다. 날이 저물자 청년은 가방을 하나 들고 집을 몰래 빠져나와 도시로 가는 차를 탄다. 이야기는 신문에서 소개된 줄거리대로 빠르게 진행되었다. 청년은 도시의 골방에서 밤낮없이 피아노를 친다. 그의 연습은 가히 필사적이었다. 몸은 여지없이 수척해갔다.

"아무리 연습해도 노상 그 턱이고, 어떻게 해야 할지 나도 모르겠어. 꼭 사냥꾼의 덫에 걸린 기분이야."

청년은 찾아온 누이에게 하소연했다. 이 대목에 이르러 우리의 마음은 안타깝기만 했다. 햇볕이 밝은 곳, 약속된 장래를 다 버리고 청년은 도대체 어쩌자고 침침한 골방에서 저 고생을 하고 있을까. 나는 가슴이 답답했다.

"두고 보세요. 부모가 불러들일 거예요."

아내가 말했다.

주일나그네

"어른이 치는 피아노 소리가 왜 저 모양이야."

두희가 으스대며 말했다. 마침내 아내가 예상한 대로 부모가 아들을 불러 들이고 유명한 여류 피아니스트를 집으로 초빙한다. 그리하여 청년은 난생 처음으로 선생님 앞에서 피아노를 연주하게 되는데……

우리는 잠시 얼굴이 환해졌다가 이내 도로 굳어졌다. 나는 바짝 긴장했다. 이 최초의 오디션이 어쩐지 청년의 운명을 판가름할 것만 같은 생각이 들었기 때문이다. 누가 뭐래도 이 대목이 클라이맥스니까. 장소는 볕이 잘 드는 넓은 거실. 부모들이 창가에 초조하게 앉아 있고 선생은 피아노 곁에 장식처럼 붙어 있다. 드디어 청년이 피아노를 치기 시작한다. 이때부터 내 관심을 끈 것은 피아노 연주가 아니었다. 은박지 같은 눈빛, 목에 몰린 주름살, 얼음 가루가 날리는 얼굴, 마귀, 불여우, 내 마음을 사로잡기 시작한 것은 피아노 선생의 차갑고 음산한 표정이었다. 청년의 흐느적거리는 몸짓이, 그가 들려주는 물방울을 튀겨 버리는 듯한 소리가 지겹게 느껴지면 느껴질수록 이 불여우가 숨도 못 쉬게 나를 짓누르고 있었다. 이윽고 연주가 끝났다. 부모가 피아노 곁으로 달려가고 청년이 일어나 땀을 훔친다. 선생은 미동도 하지 않고 그 자리에 앉아 있었다. 어머니가 어렵게 입을 뗀다.

"선생님, 들어보셨으니까 이제 아실 테죠. 말씀해 주십시오."

"글쎄요."

선생의 입가에는 묘한 미소가 번진다.

"선생님, 저 아이도 피아니스트가 될 수 있을까요?"

창가로 가서 홀로 서 있는 아들을 바라보며 어머니가 떨리는 목소리로 묻는다. 선생이 이번엔 입가에 흘리고 있는 미소를 거두며 정색을 한다. 순간 나는 영화의 소위 그 상투성(常套性)을 믿고 있었다. 아내는 부모의 정성을 믿고 두희는 청년의 노력을 믿었으리라. 그랬었는데 끝내 불여우의 입에서 한 말씀이 툭 떨어졌다.

"일찌감치 단념하는 게 좋겠군요. 천년만년을 쳐도 피아니스트는 될 수 없습니다."

그것은 마귀의 저주와도 같았다. 오, 저럴 수가. 나는 별안간 뒤통수를 철퇴로 얻어맞은 기분이 되었고 허탈해졌다. 그러나 재빨리 아내와 두희를 돌아다보며 내가 할 말을 생각해냈다. 납덩이처럼 굳어 있는 그들의 얼굴을 풀어줘야 하니까.

"이제부터가 시작이야. 틀림없이 해낼 거야. 두고 봐. 선생의 말은 그의 성공을 더욱 빛내 줄 테니까."

"그래요. 틀림없이 성공할 거예요."

아내가 내 말을 거들었다. 두희는 가만히 한숨을 내쉬었다. 나는 이를 악물고 다시 화면을 보았다. 화면을 보고 있는 아내와 두희의 얼굴이 어느 때보다도 기대로 부풀어 있는 것 같았다.

우리의 기대에 걸맞도록 화면이 싹 바꿔졌다. 평화스런 시골의 아침풍경이다. 청년이 기다란 엽총을 가슴에 안고 창가에 서있다. 사냥이라도 나가려는 걸까. 청년은 창밖으로 바깥 풍경을 오래오래 바라본다. 그의 모습은 먼 하늘가에 떠있는 한 조각 구름 같았다. 이윽고 청년이 창에서 눈을 떼고 천천히 고개를 숙인다. 문득 불길한 생각이 머리를 스쳐갔다. 가슴이 덜컥 내려앉았다. 나는 후닥닥 아내와 두희를 바라다보았다. 그때 요란한 총소리가 났다. 다음 순간, 두희가 방문을 박차고 마루로 뛰쳐나갔다. 내가 화면으로 시선을 돌렸을 때는 이미 청년이 엽총을 가슴에 안은 채 쓰러져 있었다.

"엉터리야, 순 엉터리야. 난 몰라, 난 몰라."

울음 섞인 두희의 말소리가 방문 밖에서 잠깐 들려왔다. 아내는 암말 없이 이불을 푹 뒤집어쓰고 누워버렸다. 나는 담배를 피워 물었다. 텔레비전에서 마지막 대사가 흘러나오고 있었다.

주일나그네

"빈총인 줄 알고 방아쇠를 잡아당긴 게 틀림없습니다."

잠시 후 나는 무수한 빛 방울들이 쇳소리를 내며 끓고 있는 텔레비전을 껐다. 그새 잠든 줄 알았던 아내가 이불자락을 확 걷어버리며 앙칼진 목소리로 말했다.

"평생 책 속에 묻혀 사는 사람이 그래, 그만한 사리분별도 못 해요. 정말 따하시구려, 딱해서."

"글쎄, 그렇게 끝나버릴 줄을 누가 알았소."

나는 피우던 담배를 그만 비벼 끄고 자리에 누웠다. 이불을 머리끝까지 뒤집어쓰고 눈을 감자 목구멍에 엉켜있던 말이 다시 튀어나왔다.

"왜 늘 이렇게 끝나버릴까. 아아, 나는 왜 늘 이렇게 끝나버릴까."

해동머리

나는 새벽같이 일어나서 묘지청소를 하였다. 묘지기로 눌러앉은 후로 처음 해보는 일다운 일이었다. 눈 녹은 잔디밭에 나뒹굴고 있는 휴지조각을 집어내고 무덤 앞에 갖다놓은 지 오래되어 이제는 꺼멓게 말라버린 꽃들을 치우고 휴지통마다 가득 차 있는 지난해의 쓰레기를 한군데 모아서 성냥불을 그어댔다. 묘지로 들어오는 한길까지 말끔히 쓸어내고 나서 묘지 철문을 활짝 열어젖히고 있는데 등 뒤에서 인기척이 났다.

"이봐, 사람들이 몰려올 시간이 됐잖아. 봉안실(奉安室) 청소는 어느 세월에 할 텐가. 어서 서둘러, 어서."

노인이 유령처럼 나타나서 큰소리로 떠들어대고 있었다. 노인의 말에 나는 몹시 기분이 상했다. 오늘따라 노인은 어쩌자고 저리 설치고 있는 걸까. 암만 생각해봐도 영문을 모를 일이었다. 오늘 이 묘지에서 거행될 추도식이 노인과는 아무런 상관도 없는 일이라고 생각하고 있었기 때문에 노인의 행동이 더욱 못마땅하게 여겨졌다. 철문만 열어 놓으면 이제 일이 대강 끝났다 싶었는데 잠깐 눈에 보이지 않던 노인이 어느새 나타나서 또 봉안실 청소를 하라고 성화를 대는 것이었다. 나는 하도 기가 차서 천천히 돌아서면서 노인을 한번 잔뜩 노려봐주려고 했다. 그러나 노인을 돌아다보는 순간 나는 하마터면 웃음을 터뜨릴 뻔했다. 새 옷으로 말쑥하게 차려 입고 나온 노인은 영락없이 옴두꺼비 형상이었다. 간신히 웃음을 참고 도망치듯 봉안실 쪽으로 걸음을 옮겼다. 나는 노인이 정말 귀찮고 싫었다.

봄이 되면서 묘지 주위가 조용히 술렁이며 차츰차츰 영채(靈彩)를 잃어 가고 있었다. 겨울 동안 내가 관리실 창문을 통하여 내다볼 수 있었던 풍경은 흰 눈이 덮인 묘역과 묘소 뒤를 뻥 둘러싸고 있는 잡목 숲과 건너편 산비탈에 있는 과수원의 까만 나무들뿐이었다. 이 까맣고 하얀 풍경이 겨울 동안은 그런대로 투명한 빛깔을 내뿜고 있었는데 지금은 물에 젖은 동양화처럼 서서히 흑백의 물감이 번지면서 군데군데 지저분한 얼룩이 나타나기 시작했다. 그런데 어디선가 바람같이 나타나서 이젠 날마다 잔디밭에 웅크리고 앉아 있는 노인이 그만 어쩌다가 내 눈에 가장 잘 띄는 얼룩이 되고 말았다. 노인이 가장 큰 얼룩으로 보이는 것은 적이 안타까운 일이었지만 나로서는 어쩔 도리가 없었다. 왜냐하면 노인이 내 눈에는 까닭 없이 두렵고 밉살스러운 존재로 비쳤기 때문이다. 노인이 처음부터 그랬던 것은 아니었다. 오히려 노인은 남쪽에서 날아든 화신만큼이나 반가웠다. 내가 유난히 춥고 긴 겨울을 도시가 끝나는 북쪽 끝, 이 산 밑에서 무사히 견디어 냈다는 사실을 실감하게 해주었다.

작년 겨울 어느 날, 내가 교도소 문을 걸어 나오자 매형은 나를 마치 납치라도 하듯 차에 실었다.

"오락실은 잘되고 있겠죠?"

차가 움직이자 나는 우선 내가 근무했던 매형의 오락실부터 물어보았다.

"오락실이고 뭐고 신경 쓸 거 없다."

매형이 내뱉듯 말했다.

"무슨 일이 있었습니까?"

그제야 나는 그의 얼굴에 어른거리는 불안한 빛을 알아차리고 이상하다는 생각이 들었다.

"교도소 문밖에서 맞아 죽지 않은 것만도 다행으로 알아라."

갑자기 매형이 협박 비슷한 어조로 말했다.

"네?"

그의 얼굴이 눈에 띄게 실룩거리고 있었다.

"너한테 맞은 놈이 몇 차례 수술을 받은 모양이야."

"그래서요?"

"한 쪽 눈을 잃었어. 왕초가 그 모양이 됐는데 똘마니들이 널 곱게 놔둘 줄 아니? 벌써부터 눈을 뻘겋게 뜨고 널 기다리고 있어. 널 잡으면 아마 사시미로 만들어 놓을 거야.

매형이 한숨을 내쉬었다. 그의 말이 내 마음에 회오리바람을 일으켰다.

"염려할 거 없어요. 까짓 거, 부딪쳐보는 거죠, 뭐."

"기훈아."

매형이 정색을 하며 나를 불렀다.

"상대는 악명 높은 칼잡이들이다. 그래봤자 죽기 아니면 교도소 행이야. 이젠 사람 치구 감옥을 들락거릴 나이는 지났잖아."

"그럼, 날더러 달아나란 말인가요."

내 음성이 쇳소리를 냈다.

"군대시절 나와 의형제를 맺은 분이 과수원을 하고 있는데, 거기라면 안심할 수 있어. 한겨울 동안만 게 가서 꼼짝 말고 있거라. 그리고 형편 봐서 내년에 함께 시골로 내려가자."

매형이 내 눈치를 살피면서 조심스럽게 말했다.

"싫어요. 싫습니다. 죽을 때 죽더라도 숨어 살기는 싫단 말예요."

나는 달리는 차 속에서 다리를 쭉쭉 뻗으며 소리를 질렀다. 매형이 나직이

해동머리

말했다.

"제발, 내 시키는 대로 해라. 여태까진 내 말 잘 들어왔잖니. 쥐뿔도 없는 그 객기 때문에 이 고생 아니냐."

'내 말 잘 들어왔잖니' 이건 맞는 이야기였다. 어려서 부모를 잃고 도시로 흘러들어온 뒤로 매형은 줄곧 내게 부모나 다름없었으니까. 나는 부모의 말을 한 번도 거역해 본 적이 없었다. 그러나 '쥐뿔도 없는 객기 때문에 이 고생 아니냐' 이건 틀린 이야기였다. 왜냐하면 내가 왕초를 때린 것은 어디까지나 우발적인 사고였으니까. 그랬다. 그건 순전히 착각 때문이었다.

그날 밤, 매형의 오락실에서 일어났던 일이 눈앞에 선히 떠올랐다. 웬 사내들이 머신 뒤쪽에 놓여있는 빈 탁자에서 팔씨름을 하고 있었다. 그들은 몇 차례 바꿔간 코인을 구멍 속으로 몽땅 털어 넣고 나더니 이젠 구멍엔 자신을 잃어 버렸는지 엉뚱하게도 팔씨름으로 맞붙어버린 것이었다.

"하우밧 쏴핑 컨츠?"(How about swapping cunts?)

팔씨름을 한 판 하고 나서 온 얼굴에 시커멓게 수염이 난 사내가 말했다.

"네 껀 자구 있잖아."

쌍꺼풀눈이 닭똥구멍처럼 가슴츠레한 사내가 말했다.

"열쇠를 주면 될 게 아냐. 가서 깨우든지 그냥 덮치든지 그건 네 맘대로 해."

텁석부리가 눈을 번들거리며 말했다.

"좌우간 팔씨름으로 결정하자. 내가 이기면 바꿔 끼우는 거구. 네가 이기면 제 짝으로 끼우는 거다. 알겠어?"

텁석부리가 왕초 냄새를 물씬 풍겼다. 닭똥구멍은 내캐지 않는 얼굴로 팔뚝을 내밀었다. 그때 내 눈길을 끌기 시작한 것은 닭똥구멍 곁에 바짝 붙어 앉아있는 젊은 아가씨였다. 그녀의 블라우스 단추가 풀어져서 왼쪽 젖가슴이 훤히 들여다보였다. 유방 위에는 하얀 실밥 하나가 얹혀 있었고 나는 시선으로 그 실밥을 핥아 내리고 있었다. 여자가 움찔 놀라며 가슴께로 눈을 내리깔았다. 그리고는 한 손으로 가만히 단추를 채우고 나서 나를 보고 배시시 웃었다. 그때였다. 텁석부리가 벌떡 일어나며 아가씨의 엉덩이를 손바닥으로 철썩 때렸다.

"미스 양, 기뻐하라. 오늘 밤 네 서방이 바뀌었다. 자, 내 방으로 가자."

사내가 여자의 손목을 우악스럽게 낚아채며 말했다. 여자는 몸을 발딱 뒤로 젖히면서 필사적으로 바동대기 시작했다. 진짜 서방 놈은 앉아서 싱글벙글 웃고만 있었다. 화가 난 텁석부리가 블라우스 자락을 와락 움켜잡더니 북찢어 버렸다. 그러자 아가씨의 젖가슴이 송두리째 드러났다. 아까 내가 은밀히 보았던 왼쪽 유방에는 여전히 하얀 실밥이 얹혀 있었다. 사내가 사정없이 유방을 찔러대며 고함을 질렀다.

"개 같은 년, 네 서방 놈이 오케이 했는데 무슨 앙탈이야."

"싫어요. 이 손 놔요. 제발 이 손 놔주세요."

한 손으로 유방을 가린 채 아가씨가 질질 끌려갔다. 그 순간, 나는 그만 내 계집을 빼앗기고 있는 듯한 착각에 빠지고 말았다. 순전히 순간적인 착각 때문이었다. 나는 정신없이 달려가서 텁석부리의 면상을 사정없이 주먹으로 후려갈겨 버렸던 것이다.

차는 어느새 도심을 벗어나 먼지가 풀풀 날리는 신작로를 달리고 있었다. 차창 밖으로 가로수가 빠르게 지나가고 있었다. 심신이 몹시 피곤해지면서 문득 왕초가 무섭다는 생각이 들기도 했다. 나는 속으로 가만히 도시로 드나드는 이 신작로를 다시는 보지 않으리라 결심했다. 그런데 잠시 후에 매형이 나를 풀어놓은 곳은 과수원이 아니라 엉뚱하게도 널따란 묘지(墓地)였다. 둘러보니 묘지 울타리 너머로 맞은편 산비탈에 과수원이 보이긴 했다. 매형은 나를 데리고 묘지 관리실 쪽으로 걸어갔다.

"한겨울만 고생해라. 필요한 건 다 마련해 두었으니까 큰 불편은 없을 거다. 아무튼 봄이 올 때까지 견뎌내야 한다."

매형이 이렇게 말했을 때 어처구니가 없었다. 무덤을 실컷 구경하면서 열심히 살아갈 궁리를 하라는 건지 혹은 마냥 죽음처럼 깊은 잠을 자라는 건지 매형의 속을 꿰뚫어 볼 수는 없었지만, 하여튼 매형의 마음은 나를 위하는 쪽일 거라고 생각하고 나는 묵묵히 그의 뒤를 따라 관리실 안으로 들어갔다. 관리실에는 아무도 없었다. 빈집만이 우리를 기다리고 있었다. 관리실이래야 부엌이 딸린 방 한 칸과 유리문이 달린 조그마한 홀뿐이었다. 나는 방문턱에 걸터앉아서 매형이 당부하는 말을 귓등으로 듣고 있었다. 이윽고 매형이 자리에서 일어나며 내뱉듯이 말했다.

"종종 들르겠다. 몸조심해라. 그리고 죽을병에 걸리기 전엔 전화도 하지 마라."

매형은 곧 떠났다. 그날 밤부터 흰 눈이 펑펑 쏟아지기 시작했다. 바깥은 무릎이 빠지도록 눈이 쌓였다. 밤이 되자 기온이 뚝 떨어졌다. 방안 벽에는 얼음이 눌어붙기 시작했다. 30촉짜리 전등불빛을 받아 얼음이 생선비늘처럼 번뜩이었다. 묘지는 온통 얼음 속에 잠겨 버린 것 같았다. 이 얼음구덩이 속에서 영영 헤어나지 못할 것만 같아서 나는 밤새도록 몸을 뒤척이며 잠을 이루지 못했다.

"가족이나 연고자가 찾아오면 안내하고, 잡인 출입을 단속하고, 가끔 청소를 해야 한다."

매형이 일러준 묘지기 수칙은 아무 소용이 없었다. 겨우내 가족이나 연고자는커녕 잡인도 얼씬하지 않았다. 나는 도대체 할 일이 없었다. 매형도 두 번 다시 찾아오지 않았다. 흰 눈과 정적과 주검만이 무겁게 짓누르고 있는 폐허, 묘지는 살아 있는 사람들에게 완전히 버림받은 폐허였다. 나는 이 묘지에 대해 눈곱만큼도 흥미나 애착을 느낄 수가 없었다. 이곳은 예사주검이 묻혀 있는 곳은 아니었다. 무덤마다 거느리고 있는 빨래판만한 것으로부터 문짝만한 것에 이르기까지 크고 작은 묘비에 새겨진 죽음의 내력을 보면 그들은 대개 비명(非命)에 간 사람들이었다. 그들의 비명횡사는 하나같이 사람들로 하여금 보다 씩씩하고 당당하게 살아가도록 용기를 북돋워주고 있었고 그들의 이름 앞에 붙어있는, 일테면 투사나 열사 같은 말은 죽어서도 산 사람을 조종할 수 있는 신묘한 힘을 가지고 있는 것 같았다. 그러나 나는 그들의 지배를 받고 있다고 생각해 본 적이 없었다. 죽음을 섬기는 게 때론 나를 어떤 침해로부터 보호해 주는 방편이 될 수도 있다는 생각이 들었지만, 차라리 멋대로 굴다가 언제이고 때가 오면 조용히 자폭해 버리리라 마음먹고 있었다. 나는 하루같이 방 속에 틀어박혀서 흰 눈이 덮인 묘역과 묘소 뒤를 빙 둘러싸고 있는 잡목 숲과 건너편 산비탈에 자리 잡고 있는 과수원의 까만 나무들을 내다보면서 겨울을 보냈다. 이 단조로운 생활에 걸맞도록 내 자신이 변해갔다. 내 심신 중에서 맑고 흐린 것, 뜨겁고 차가운 것, 아름답고 추한 것, 억세고 허약한 것, 이 모든 것이 한데 엉겨 녹아내리면서 나중에는 욕망은 회칠한 벽처럼 단순해졌고 생각은 뻥 뚫린 천정처럼 공허해졌다. 그러는 동안 겨울은 그럭저럭 지나갔지만 솔직히 나는 단 하루도 사람을 그리워하지 않은 적이 없었다. 외롭고 답답해서 늘 징징거렸고 머릿속은 오만가지 상념으로 터져버릴 것만 같았다. 그런 참에 노인이 불쑥 나타났으니 어찌 반갑지 않을 수가 있으랴. 겨울의 마지막 달력을 뜯어버리게 하는 봄의 화신임에 틀림없었다. 그러나 노인을 맞은 기쁨은 금세 사라져 버리고 겨울 동안 절대적 정밀(靜謐)과 평온 속에서 겨우 틀이 잡혀진 내 생활이 노인의 출현으로 말미암아 서서히 흔들리면서 까닭 모를 불안이 나를 휘감기 시작했다. 확실히 노인에게는 기묘한 데가 있었다.

노인이 나도 모르게 묘지 안으로 들어올 수 있었던 것부터가 이상했다. 묘지로 들어오는 하나밖에 없는 철문은 언제나 굳게 닫혀 있었고 누구도 밖에서 열고 들어올 수가 없었다. 문에 붙어있는 버저를 누르면 내가 나가서 열어주도록 되어 있었다. 그런데 노인이 내가 잠들어 있는 사이에 유령처럼 묘지 안으로 들어온 것이다. 보아하니 노인은 철책을 뛰어넘거나 개구멍으로 들어올 만한 위인도 못 되었다. 그렇다면 노인은 다른 출입구를 통해 들어온 게 틀림없는데 나로서는 그 출입구를 찾아낼 수가 없었다. 나는 노인이 드나드는 통로를 꼭 찾아내리라 굳게 결심했다. 그러나 그로부터 사흘 동안 나는 내리 허탕만 치고 말았다. 아침에 눈을 떠보면 노인은 어느새 와 있었고 한나절 내내 노인에게 눈독을 들이대고 있다가 깜빡 한눈을 파는 사이에 노인은 감쪽같이 사라져 버렸다. 날이 어두워지면 노인은 더욱 유유히 자취를 감추곤 했다. 사흘 후에는 놀랍게도 노인은 어디서 가져왔는지 의자까지 들여놓고 그 위에 버젓이 앉아 있었다. 나는 그만 내 방심과 부주의를 한없이 나무라며 그 비밀통로를 찾는 일을 단념해 버렸다. 홧김에 노인을 쫓아버릴 궁리를 하기 시작했다. 그러나 정작 노인을 쫓아버릴 작정을 하고 나니 그럴 만한 이유가 없는 것 같았다. 이상한 출입 말고는 노인에게서 트집을 잡을 만한 게 하나도 없었다. 사실 그때까지 나는 노인의 얼굴을 한 번도 똑바로 쳐다본 적이 없었다. 노인은 거의 언제나 관리실에서 빤히 내다보이는 묘소 앞 잔디밭에 앉아 있었다. 이 묘지는 철문을 들어서면 조약돌이 깔린 마당과 넓은 연못이 있었고 마당에서 돌계단을 오르면 널찍한 잔디밭이 있었다. 묘소 앞에 있는 이 잔디밭은 열십자로 길이 나 있었는데, 그것은 잔디밭에 큼직한 십자가를 그려놓은 형상이었다. 노인은 십자가 먼 아래쪽, 그러니까 십자가 기둥 오른쪽 잔디밭에 늘 부적(符籍)처럼 붙어 앉아서 십자가 맨 끄트머리에 서있는 열세 개의 하얀 탑을 정면으로 바라보고 있었다. 열세 개의 탑을 중심으로 그 뒤로는 이백여 개의 무덤이 흩어져 있었고 무덤 뒤로는 잡목 숲이 삥 둘러싸고 있었고 그 너머로 먼 산이 보였다. 탑 오른쪽으로는 칠판만한 안내판이 서있었고 뒤로는 멀리 잡목 숲에 묻혀 있는 봉안실 일부가 삐죽이 내다보였다. 내 눈에 보이는 노인은 이런 풍경을 정신없이 바라보고 있는 그의 뒷모습이었는데, 옆얼굴에 비슥이 걸려 있는 안경다리와 빛이 바랜 밤색 파커의 뒤 잔등머리와 바람에 너풀거리는 머리카락 정도였다. 노인이 그곳에 온종일 앉아서 주로 탑을 바라보고 있는 건지, 탑 사이로 보이는 무덤을 바라보고 있는 건지 잡목 숲 너머로 먼 산을 바라보고 있는 건지 나로서는 알 바가 아니었지만 때론 나도 마음에 짚이는 게 있어서 혼자 쿡쿡 웃을 때가 있었다. 노인이 없는 사이에 나도 십자가 기둥에 가서 앉아본 적이 있었기 때문이다. 그 자리에서 보니 과연 탑과 묘지와 잡목 숲과 숲 너머로 세 겹으로 된 먼 산의 능선이 참 묘한 형상으로 내 눈에 들어왔다. 그건 흡사 가랑이를 벌리고 누워 있는 여자를 아래쪽에서 올려다보는 광경이었다. 우람한 탑 하나가 한복판에 정통으로 꽂혀 있었다.

"히히히, 어쩐지 항상 삐뚜름하게 앉아 있더라니, 엉큼한 영감태기, 수연만장(垂涎萬丈)했겠구먼."

내가 킬킬거리고 있는데 안내판 뒤로부터 불쑥 노인이 나타났다. 나는 후닥닥 일어나서 관리실로 돌아와 버렸다. 노인이 십자가 기둥에 꼼짝 않고 앉아 있는 거야 어디까지나 내가 신경 쓸 일은 아니었다. 노인은 두 시간에 한 번 꼴로 자리에서 일어나서 탑과 무덤 사이를 샅샅이 뒤지며 쏘다니곤 했다. 맨 먼저 안내판 앞으로 다가가서 거기서 잠시 우두커니 서 있다가 이내 탑 쪽으로 걸음을 옮긴다. 탑 사이엔 이 묘지에 묻혀 있는 주검을 기리는 나지막한 비석이 박혀 있다. 노인은 이 비석 앞에서 한참동안 멍하니 서 있었다. 그럴 때 보면 노인은 정신 나간 사람 같기도 하고 하릴없이 남의 집 창문을 기웃거리는 외로운 사람 같기도 했다. 이윽고 비석 앞을 떠나 본격적으로 이리저리 쏘다니기 시작한다. 열세 개의 탑을 하나하나 손으로 만져보기도 하고 무덤 사이를 꿰어 다니면서 묘비를 쓰다듬어보기도 하고 철책 위로 뻗어 나온 덩굴을 걷어 올리기도 한다. 그러노라면 노인은 대개 묘지를 한 바퀴 돌게 되는데 마지막으로 봉안실까지 둘러보고 나서 십자가 기둥에 있는 자기 자리로

해동머리

돌아간다. 문제는 노인이 나를 제쳐두고 진짜 묘지기 노릇을 하고 있다는 점이었다. 물론 노인 때문에 나는 더욱 할 일이 없어져버렸지만 그러나 뭔가 보이지 않는 힘에 끌려서 내가 밖으로 나오는 횟수가 빈번해졌고 그럴수록 나는 노인에게 접근하지도 못한 채 먼발치에서 불안한 마음으로 노인을 바라보기만 했다. 노인이 나타난 후로 하루에 한두 사람 꼴로 묘지를 찾아오기 시작한 사람들도 실은 노인이 불러들인 거라고 생각하기 시작했다.

노인이 묘지에 나타난 지 거의 일주일이 지난 어느 날, 나는 마침내 노인과 마주쳤다. 그리고 처음으로 이야기할 기회를 갖게 되었다. 그날 아침 나는 참으로 오랜만에 한 여자를 맹렬하게 깔아뭉개고 있었다. 그건 자못 질탕한 정사였다. 내 밑에 깔려 있던 여자는 제 발로 걸어 들어왔고 그래서 내겐 분에 넘치는 습득물이었다. 그날 새벽 버저 소리에 잠이 깼을 때 나는 노인이 찾아온 거라고 생각했었다. 새삼스레 대문을 통해 들어오려는 노인의 심사가 괴이쩍게 여겨졌지만 나는 그저 귀찮다는 생각만 들었다. 바깥으로 나오자 희끄무레한 새벽빛 속에 사람이 철문 앞에 서있는 게 보였다. 가까이 가보니 찾아온 사람은 뜻밖에도 젊은 여자였다. 낯선 여자가 어깨를 잔뜩 웅크리고 긴 머리칼을 치렁치렁 늘어뜨린 채 유난히 반짝이는 눈으로 나를 뚫어지게 바라보고 있었다.

"당신 누구요?"

나는 잠이 확 달아났다.

"문 좀 열어주세요."

여자가 고개를 숙이고 힘없는 목소리로 말했다. 머리카락이 한꺼번에 쏟아지면서 여자의 얼굴이 묻혀버렸다.

"여기는 묘지요. 다른 데로 가보시오."

나는 떨리는 목소리로 말했다.

"도와주세요, 아저씨."

여자가 고개를 번쩍 쳐들며 말했다. 가슴이 철렁 내려앉았다.

"당신 누구요? 도대체 무슨 일로 묘지를 찾아왔소?"

나는 나도 모르게 큰소리를 질러댔다.

"들어가서 말하겠어요. 무서워 죽겠어요."

여자는 사방을 두리번거리며 발을 동동 굴렀다. 나는 여자의 행색을 찬찬히 뜯어보았다. 뭐라고 꼭 집어서 말할 수는 없었지만 어쩐지 정신이 온전한 사람 같지 않았다. 치마가 약간 깡동한 느낌을 줄 만큼 키가 훤칠했고 설명한 다리는 가로수 밑둥처럼 단단하고 미끈했다. 갑자기 여자의 아랫도리가 추워 보이면서 퍼뜩 묘지에 묻힌 사람의 가족일지도 모른다는 생각이 들었다. 그러자 이렇다 할 이유도 없이 여자를 잔뜩 경계하며 문을 열어 주지 않고 있는 자신이 오히려 이상스럽게 여겨졌다. 나는 지체 없이 여자에게 문을 열어주었다. 그리고 이건 또 무슨 심사에선지, 문을 열어주는 순간 마치 여자의 존재를 까맣게 잊어버렸다는 듯이 여자를 거들떠보지도 않고 몸을 돌려 관리실로 돌아와 버렸다. 그건 여자를 문밖에 세워두고 바싹 긴장했던 것과는 사뭇 어울리지 않는 행동이었다. 분명히 이상한 점은 여자 쪽에도 있었다. 여자는 암말 없이 천연스럽게 방안까지 따라 들어왔다. 자, 여자를 방안으로 들여다 놓고 내가 무엇을 할 수 있을까. 나는 책상 앞에 앉아서 잠깐 생각했다. 여자는 방구석에 옹송그리고 앉아서 내 눈치를 살피고 있었다. 여자의 뺨이 빨갛게 물들어가고 있었다. 방안 온기 때문이리라.

"말해 보시오. 무슨 일로 왔소."

내가 맥 빠진 소리로 물었다.

"조금만 기다리세요. 몸 좀 녹이구요."

여자가 딴전을 부렸다. 그리고 놀랍게도 진짜 몸을 녹이려는 듯이 비스듬히 벽에 몸을 기대면서 눈을 감아버리는 것이었다. 그런 여자를 그냥 쳐다보고 있기가 민망해서 이불을 끌어다가 살며시 무릎 위로 덮어 주었더니 여자가 확 걷어버렸다. 그 바람에 치마가 무릎 위로 훌렁 걷어지면서 허벅다리 사이로 하얀 속옷이 확 드러났다. 그것은 계곡에 쌓인, 그렇다, 하얀 눈처럼 내 시선을 강렬하게 자극했다. 순간 나의 내부 깊숙한 곳으로부터 욕망이 끓어오르기 시작했다. 겨우내 정리되지 않고 여태 살아남은 악바리들이었다. 수음으로 때워버리기에는 너무나 억세고 끈질긴 욕망들이었다. 사실 누군지 알 수 없고 좀 아둔한 인상에 나무줄기처럼 밋밋하고 단단한 다리를 가진 여자는 얼마나 안성맞춤인가. 만약 그 여자가 김 아무개고, 누구의 딸이며 집안이 어떤가를 알았더라면, 요컨대 그 여자에게서 라벨이 붙은 마네킹처럼 맑고 깨끗한 인상을 받았더라면, 여자의 사타구니를 보는 순간 그토록 쉽게 녹지근하고 짜릿한 감정을 맛보지는 못했을 것이다. 얼른 여자한테 아무것도 물어보지 않기로 작정하고 여자의 몸을 시선으로 핥기 시작했다. 마침내 여자가 잠시 후에 눈을 살짝 떴을 때 나는 기어이 손가락으로 망측한 꼴을 만들어 가지고 그걸 여자의 얼굴 앞에 확 뿌려 버렸다. 이 무모하기 짝이 없는 내 상형문자가 행여 뺨을 맞을까봐 가슴을 죄며 해해거리고 있는데 여자가 내 손가락을 보자마자 히죽 웃더니 두 다리를 쭉 뻗어버리는 것이었다. 나는 지체 없이 여자를 쓰러뜨리고 덮쳐버렸다.

"저 물 말예요…"

여자가 내 몸을 떠받고 누운 채 턱으로 문 옆에 있는 플라스틱 물통을 가리켰다. 아까 여자가 들어오면서 놓아둔 것이었다.

"사실은 가짜 약수거든요. 요 앞 샘에서 슬쩍한 거예요. 약수터까진 가기 싫은데 한사코 약수를 떠오라고 하니 어떡해요. 나 삼십분만 여기서 자다가 갈래요. 아이, 자꾸 이러시지 마세요. 정말 무서워 죽겠어요."

여자는 흥분하여 몸을 떨면서도 무서운 듯이 아랫도리를 움츠러뜨렸다. 나는 두 팔로 여자를 옥죄면서 계속 아랫도리를 파고들었다. 그러느라고 약수를 두 번씩이나 떠올 수 있는 시간이 흘러가 버렸는데 그때 유리문을 흔드는 소리가 들려왔다. 재빨리 여자를 이불 속으로 밀어 넣고 나가보니 뜻밖에도 노인이 밖에 와있었다. 노인은 유리문에 바싹 얼굴을 대고 안을 들여다보고 있었다. 두 개의 검은 안경알이 유리창에 찰싹 붙어 있었다. 나도 모르게 진저리를 쳤다. 노인의 얼굴이 끔찍한 것에 다시 한 번 흠칫 놀랐다. 코 언저리가 부글부글 끓어올라 색색으로 꽈배기가 되어 있었고 온 얼굴에 양은(洋銀)색 얼룩이 퍼져 있었다. 언뜻 보아 화상을 입은 얼굴 같았다. 나는 황급히 신발을 신고 문께로 다가갔다. 노인은 미동도 하지 않고 문밖에 서서 나를 맞았다. 어쩔 수 없이 나는 풀이 죽고 잔뜩 주눅이 든 채 노인과 첫 대면을 하고 말았다. 밖으로 나오자 노인은 잠시 내 얼굴을 유심히 바라보더니 이내 잔디밭 쪽으로 몸을 돌리며 명령조로,

"따라오게."

했다. 나는 자석에 끌리듯 노인의 뒤를 따라갔다. 잔디밭쪽으로 걸어가는 동안 우리는 말이 없었다. 십자가 기둥에 이르자 노인이 걸음을 멈췄다. 노인은 한참동안 우두커니 서서 탑 쪽을 바라보았다. 나는 숨을 죽이고 노인의 동정을 살폈다. 이윽고 노인이 턱으로 의자를 가리키며

"이리 앉게."

했다. 나는 얼떨떨했다. 하나밖에 없는 의자에 나를 앉히고 그렇다면 노인은 서 있겠다는 말인가. 처음으로 노인의 얼굴을 똑바로 쳐다보았다. 그러나 내 시선은 검은 안경알에 부딪쳐서 미끄러져 내리기만 했다.

"앉으라니까 뭘 하고 있는 게야."

노인이 짜증 섞인 목소리로 말했다.

"괜찮습니다."

내가 처음으로 노인에게 말했다. 그때였다. 노인이 눈에 띄게 풀이 죽으며 갑자기 슬픈 목소리로 말을 걸어왔다.

"이봐, 여기 앉아서 저 탑을 한번 봐주게. 암만 봐도 맨 앞의 탑이 왼쪽으

로 조금 기울어져 있단 말이야. 자네 눈에도 그렇게 보이나 한번 봐주게."

노인이 나에게 의자에 앉으라고 한 까닭을 재깍 알아차렸다. 참으로 어처구니없는 수작이었다. 순간 나는 노인이 머리가 돌아버린 게 틀림없다고 생각했다. 그러자 그동안 노인 때문에 입었다고 생각되는 유형무형의 피해를 보상받고 싶은 충동을 느꼈다. 쉽게 말해서 노인을 한번 골려 주고 싶었다.

"그래서 절 불러냈습니까?"

우선 노인이 나를 밖으로 끌어낸 이유를 나는 확인하고 싶었다. 노인이 가만히 고개를 끄덕였다. 하아, 이런 영감태기를 두고 겁에 질려 떨었으니, 나 원 참. 나는 자못 엄숙한 표정을 지으며 의자에 떡 앉았다. 그리고 오랫동안 탑을 바라보았다. 노인은 초조한 얼굴로 나를 지켜보았다.

"탑은 멀쩡합니다. 제 말을 믿으세요."

한참 후에 내가 일어서며 말했다

"하긴, 내 눈에도 똑바로 보일 때가 있거든."

노인은 여전히 풀이 죽은 목소리로 말했다. 손가락으로 살짝 건드리기만 하면 금방 쓰러져버릴 것만 같았다. 이럴 때 노인은 살(煞)이 내리고 있는가 보았다.

"자, 앉아서 한 번 더 자세히 보세요. 이번엔 똑바로 보일 겁니다."

노인이 엉거주춤 의자에 앉았다.

"어떻게 보입니까?"

"하아, 이거 환장하겠네. 열두 번째 마디서 분명히 왼쪽으로 휘어졌단 말이야."

노인이 탄식했다. 얼핏 보니 노인의 앉음새가 오른쪽으로 비뚜름했다. 필시 치질 때문이리라.

"알겠어요. 탑이 한쪽으로 기울어지는 까닭을 설명해 드리죠."

나는 자신 있게 말했다.

"그 이유를 설명할 수 있단 말이지."

노인이 느릿느릿 일어나며 말했다.

"물론이죠, 이제 보니 탑을 바라볼 때 영감님의 몸이 약간 오른쪽으로 기울어지는군요. 그래서 탑 중턱이 중심을 잃고 왼쪽 시선 위로 얹히면서 윗동아리가 왼쪽으로 비스듬하게 보이게 되는 거죠. 하하하, 역시 영감님의 치질이 말썽이군요."

내 말을 곧이들은 모양이었다. 노인이 의자에 앉아서 몸을 바로잡으려고 애를 쓰다가 급기야 엉덩이를 들썩한 자세로 다시 탑을 바라보기 시작했다. 그런 노인을 내려다보며 나는 웃음을 참고 있었다. 마침내 노인이 벌떡 일어서며 소리쳤다.

"암만 봐도 그 턱이야. 저 탑은 분명히 왼쪽으로 휘어졌단 말이야."

노인의 얼굴에 실망의 빛이 감돌기 시작했다. 나는 앙탈을 부리고 있는 노인을 더욱 이죽거려주고 싶었다.

"좋습니다. 한 가지만 더 말씀드리죠."

나는 다시 사설을 늘어놓기 시작했다.

"결국 왜 탑이 휘우듬하게 보이느냐 그게 문제인데, 영감님에겐 뭔가 크게 잘못된 게 있는 것 같습니다. 말하자면 비뚤어진 건 탑이 아니라 영감님의 눈이라는 겁니다. 사물은 사람에 따라서 얼마든지 달리 보일 수가 있으니까요. 요컨대 '자신의 마음부터 바로잡아야 한다' 이런 이야기가 되겠군요."

이 대목에 이르러 노인의 얼굴이 험상궂게 일그러졌다. 나는 얼른 말꼬리를 돌렸다.

"저기 철책 뒤에 서있는 은행나무에도 원인이 있는 것 같습니다."

나는 은행나무를 손가락으로 가리키며 말을 이었다.

"보시다시피 이 나무는 탑보다 훨씬 뒤쪽에 위치하고 있습니다만 그 줄기가 탑과 나란히 뻗어 올라가다가 열두 번째 마디쯤에서 남쪽으로 심하게 휘

해동머리

어져 있습니다. 얼핏 보면 은행나무가 탑의 앞부분에 보이지 않은 밧줄을 얽어매가지고 마구 끌어당기고 있는 것 같은 느낌을 주거든요. 영감님이 직접 한번 확인해 보세요. 어떻습니까?"

노인의 얼굴에 생기가 돋아났다. 노인이 다시 열심히 은행나무를 바라보기 시작했다. 나는 이 따위 수작을 더 이상 계속하고 싶지 않았다. 이 시답잖고 얼빠진 노인에게 마지막으로 한마디 던져주고 자리를 뜨고 싶었다.

"탑이 휘움하게 보이건 곧게 보이건 그게 무슨 상관입니까. 괜히 안달해 봐야 결딴나는 건 영감님 몸뿐이라구요. 하지만 탑을 똑바로 볼 수 있는 방법은 있습니다. 영감님, 오늘이라도 병원에 가보세요, 하하하."

한바탕 크게 웃었던(破顏大笑)게 실수였을까. 갑자기 내 눈에서 불똥이 튀었다. 눈 깜짝할 새에 노인이 웃고 있는 내 얼굴을 후려갈긴 것이다.

"네 이놈, 뉘 앞에서 함부로 주둥일 놀리는 게야. 뭐, 맘이 비뚤어졌다구. 듣자듣자 하니 네놈이 못하는 소리가 없구나."

노인의 돌변한 태도에 나는 기절할 뻔했다.

"이놈, 바로 네놈이었구나. 바른대로 대라. 네놈이 무덤에서 꽃을 훔쳐갔지?"

노인이 이번엔 엉뚱한 말로 나를 윽박질렀다. 아아, 꽃을 훔치다니 나는 경악했다. 문득 며칠 전에 한 부인이 묘지를 다녀간 일이 생각났다. 그 여자는 어느 무덤 앞에 앉아서 묘비를 매만지기도 하고 마른 풀을 뜯어내기도 하면서 온종일 무덤과 이야기하다가 돌아갔을 뿐이다. 그때 그 여자가 무덤 앞에 꽃을 놓고 갔는지, 무덤에서 꽃을 훔쳐갔는지 나로서도 알 수 없는 일이었다. 그날 주책을 부렸던 사람은 오히려 노인이었다. 노인은 눈꼴사나울 정도로 여자의 주위를 빙빙 돌면서 번번이 여자를 기웃거리곤 했으니까. 그러고도 이제 와서 느닷없이 꽃을 훔쳐갔다고 하면서 내게 손찌검까지 하는 걸 보면 확실히 거짓말을 하고 있는 사람은 노인이었다. 나는 노인은 제정신이 아니고 내가 한 말에는 추호도 거짓이 없다고 굳게 믿으면서 얼른 관리실로 돌아와 버렸다. 방안에 돌아와 보니 여자는 그새 가고 없었다. 다만 방바닥에 하얀 쪽지 하나가 떨어져 있었는데 쪽지에는 〈약수만 가지고 돌아갑니다, 은실〉이라고 쓰여 있었다. 여자가 누워 있던 자리에 이불이 움푹 패어 있었다. 나는 조심스레 그 굴속으로 파고 들어가서 반듯이 누웠다. 이불 속에는 여자의 체취가 흥건히 고여 있었다. 여자의 체취가 콧속으로 스며들자 머릿속이 차츰 맑아지면서 가슴속에 응어리져 있던 게 확 풀려져 버리는 것 같았다. 이건 또 무슨 변덕인지, 내가 좀 전에 노인에게 걸었던 모든 수작들이 문득 하나같이 거짓과 장난이었다는 생각이 들었다. 뿐만 아니라 타인에게 잔뜩 약점을 노출해버렸을 때처럼 기분이 찌뿌드드해졌다. 어쩌면 노인이 알아버렸을지도 모를 내 칠칠찮은 사람 됨됨이가 자꾸 마음에 걸려서 나는 노인 쪽을 다시 내다보았다. 노인은 아무런 일도 없었던 것처럼 여전히 탑 쪽을 바라보며 앉아 있었다. 그런 노인의 모습에서 허점이라고는 하나도 찾아볼 수가 없었다. 다시 노인이 두려워졌다. 나는 불안에 떨면서 뭔가 몹시 후회하고 안타까워하기 시작했다.

그로부터 사흘 후, 새벽에 누군가 나를 흔들어 깨워서 눈을 떴다. 잠을 깨고 보니 방안에 여자가 앉아 있었다. 나는 자지러지게 놀랐다. 여자가 찾아온 것은 조금도 놀라울 게 없었다. 여자는 첫날 이후 새벽마다 나를 찾아왔으니까. 그러나 버저를 누르지 않고 여자가 방안까지 곧장 들어온 적은 없었다.

"어서 일어나서 옷 입으세요. 밖에서 이상한 소리가 났어요."

여자가 새파랗게 질린 얼굴로 말했다. 그날따라 물통이 눈에 띄지 않았다.

"약수터에 다녀오는 길이 아닌가."

"함께 빨리 나가봐요."

여자는 바깥 기척에만 온통 신경을 곤두세우고 있었다. 도대체 무슨 소리가 났다는 걸까. 밖은 춥고 캄캄했다. 새벽이라기에는 너무 이른 시간이었다. 묘지는 완전히 어둠에 묻혀 있었다. 가까운 숲속에서 툭툭 눈덩이가 떨어지는 소리가 들려왔다. 아무리 둘러봐도 이상한 데라고는 눈에 띄지 않았다. 다만 희뿌연 탑 끝에 매달려 유난히 영롱한 빛을 발하고 있는 별들이 내 눈길을 끌었을 뿐이다.

"대체, 무슨 소리를 들었다는 거야."

여자는 한참동안 잠자코 서 있다가 갑자기 생각난 듯이 입을 열었다.

"무너지는 소리가 났어요. 아, 맞아요. 분명히 기둥 같은 게 쿵 하고 무너지는…"

여자의 말을 더 들을 필요가 없었다. 나는 열 발짝 가량 떨어져 있는 십자가 기둥 쪽으로 빠르게 걸어갔다. 거기서 탑 쪽을 바라보았다. 탑신 왼쪽의 하늘이 휑하게 뚫려 있었고 하늘에는 별이 몇 개 미세한 수은 방울처럼 흔들리고 있었다. 나는 급히 관리실로 가서 톱과 도끼를 챙겼다.

"왜 그랬을까요?"

철책 위에 윗동을 걸친 채 잡목 숲속에 베어져 있는 은행나무를 쳐다보며 여자가 물었다.

"어떤 미친놈의 소행이겠죠."

나는 쓰러진 은행나무를 바라보며 속으로 웃고 있었다. 어리석고 치졸한 노인의 행위를 눈앞에 보는 것 같아서 마음이 고소하기까지 했다. 자못 유쾌한 마음으로 숲속으로 들어가서 은행나무의 줄기와 가지를 자르기 시작했다. 도끼로 나무를 내리찍었을 때는 온몸에서 힘이 솟고 기분이 상쾌하기 짝이 없었다. 여자와 나는 다정한 부부처럼 일했다. 마침내 은행나무를 완전히 해체한 다음 숲속 한구석에 차곡차곡 쌓아 두었다. 새벽에만 작업을 하였으므로 이 일을 끝내는 데 사흘이나 걸렸다. 그 사흘 동안 노인은 한번도 묘지에 나타나지 않았다. 당연했다. 자신이 저지른 어리석은 짓을 깨닫게 되면 아무리 뻔뻔스러운 노인일지라도 사람들 보기가 쑥스럽고 민망할 테니까.

나는 노인이 당분간 묘지에 나타나지 못할 것이라고 생각했다. 그런데 그런 내 생각은 여지없이 빗나가고 말았다. 마지막 날에 나는 작업을 하다가 손가락을 심하게 다쳤다. 여자가 약을 구해 와서 치료했지만 나중엔 손목까지 띵띵 부어올랐다. 여자가 돌아가지 않고 저녁밥을 지어주었다. 저녁을 먹고 나서 우리는 이불 속에 나란히 누워 있었다. 그때 노인이 나타났다. 노인은 내가 이틀 동안 상상했던 것과는 전혀 다른 모습으로 나타났다. 말하자면 노인은 내게 빚을 진 셈이니까 다시 나타날 때는 좀 풀이 죽어 있을 거라고 생각했는데 노인이 더 당당한 모습으로 돌아온 것이었다. 더구나 이번엔 노인이 유리문을 열고 홀 안으로까지 들어왔다. 노인이 들어오는 기척을 듣고 여자가 질겁하여 이불을 뒤집어썼다. 나는 후닥닥 뛰어나가서 노인 앞을 가로막고 섰다.

"무슨 일로 오셨습니까?"

내가 다급하게 물었다.

"몸이 아파서 꼼짝 못하고 누워 있었거든."

노인이 딴전을 부렸다.

"그랬었군요."

그러고 보니 노인의 얼굴이 몹시 초췌해 보였다.

"자리에 누워 있는데 묘지 쪽에서 꼭 무슨 소리가 들려온단 말이야."

노인이 또 엉뚱한 소리를 했다.

"여기 와서 그게 무슨 소린가를 알아냈어. 들어보게. 자네 저 소리가 안 들리나?"

노인이 갑자기 내게 물었다.

나는 숨을 죽이고 귀를 기울였다. 그것은 탑 쪽에서 나는 소리 같기도 하고 먼 산 너머에서 들려오는 소리 같기도 했다.

"알겠어요. 저건 산 너머 석공소에서 돌 쪼는 소리군요."

"맞았어. 자네 가서 부탁해볼 수 없겠나? 제발 밤일은 그만두라고 말이야. 나는 그 소리 때문에 통 잠을 이룰 수가 없어. 꼭 탑 쪽에서 나는 소리 같거든. 냉큼 가보게."

나는 어이가 없었다. 다친 손을 노인 앞으로 내밀며

"손을 다쳤습니다. 다음에 부탁해 보죠."

하고 말했다.

그러자 노인은 내 손을 흘낏 보더니 아무 말 없이 밖으로 휑 나가버렸다. 잠시 멍하니 홀에 서 있다가 방안으로 돌아왔다. 여자가 방에서 훌쩍훌쩍 울고 있었다. 여자의 얼굴이 종잇장처럼 창백했다.

"은실, 왜 그래, 어디 아파?"

나는 여자의 이런 모습을 본 적이 없었다. 그녀는 항상 표정이 없었고 시선은 공중에 떠 있었고 욕정으로 몸이 달아오를 때 말고는 이렇다 할 감정을 내보인 적이 없었다. 그리고 나, 나로 말하면 그러한 여자에 대해 이름 빼고는 알고 있는 게 거의 없었다. 새벽마다 샘물을 물통에 퍼 담고 그걸 약수라고 속이기 위해 내 방을 찾아와서 심심찮게 뒹굴다가 돌아가는 여자, 내가 알고 있는 것은 그것밖에 없었다. 여자는 내가 찌들대로 찌들어서 온전한 사람이라 할 수 없는 꼴을 하고 있을 때 하나님이 가끔 내게 내려주는 축복 같은 것이었다. 나는 여자에 대해 무엇을 알려고도 하지 않았다. 그건 다분히 여자를 계속 맘 편하게 범하려는 속셈에서였다. 그렇지만 나는 여체 속에서 지렁이처럼 꿈틀거리는 생명력을 내 것으로 만들기 위해 여자를 한두 번 탐색해 본 적은 있었다. 그러나 결과는 공허뿐이었다. 그 공허 속에서 겨우 떠오른 것은 여자는 제정신이 아니고 뭔가 몹시 두려워하고 있다는 어렴풋한 느낌뿐이었다. 그런데 이 느낌도 따지고 보면 여자가 언젠가 내게 들려준 이야기에 그 뿌리를 두고 있었다.

"졸려 죽겠어요. 잠깐만 이대로 잠자게 해주세요."

어느 날 새벽 여자는 한사코 나를 떠밀며 말했다.

"왜 이래?"

"간밤에 한숨도 못 잔걸요."

그녀는 반수면 상태에서 입만 놀렸다.

"개가 짖는 밤이면 전 잠을 이룰 수가 없어요. 아마 병인가 봐요. 오빠도 개가 몹시 짖던 밤에 죽었거든요. 아버지 오빠 그리고 나, 우리 세 식구가 산 아래 과수원에서 살고 있던 때였죠. 어느 날 밤 칼 든 괴한 두 명이 우리 집에 들어왔어요. 한 놈이 나를 끌고 뒷방으로 갔죠. 그 틈을 타서 오빠가 문을 박차고 도망을 쳤나 봐요. 전 곧 기절해 버렸으니까 그 뒤의 일은 잘 모르지만 정신이 들었을 때 오빠가 안 보이더군요. 다음날 아침 오빠는 결국 대문 밖에서 시체로 발견됐죠."

"저런, 칼에 맞았군 그래."

"아니에요. 오빠는 머리에 심한 타박상을 입고 죽어 있었어요."

"아버지는 무사했소?"

"네, 아버지는 오빠가 달아났기 때문에 목숨을 잃은 거라고 하면서 몹시 슬퍼했어요."

"괴한들은 잡혔소?"

"아뇨. 한데 오빠를 죽인 건 그들이 아니었어요."

여자가 진저리를 치며 말했다.

"그럼 누가 오빠를 죽였단 말이오?"

하고 내가 물었을 때 여자를 어느새 잠들어 있었다. 그때 나는 솔직히 여자의 말을 정신이 온전한 사람의 이야기라고는 생각하지 않았다. 그러나 방안에서 방금 울고 있던 여자의 모습은 그동안 그녀가 만들어 보인 분위기를 갑자기 뒤흔들어 놓았고; 여자에 대한 내 느낌을 활화산처럼 아슬아슬하게 만들어버렸다. 얼마 후에 여자가 울음을 그치고 돌아가 버렸으니까 결국 이 조

해동머리

그마한 소동도 조용히 끝나고 말았다. 여자가 돌아간 뒤로 잠을 이룰 수가 없었다. 이상하게도 가슴이 답답해오고 온몸이 펄펄 끓어올랐다. 새벽녘이 돼서야 겨우 잠이 들었는데 나는 또 그 무서운 꿈을 꾸고 말았다. 꿈속에서 사내는 내 주먹을 맞고 헉 소리를 내며 얼굴을 감쌌다. 사내의 손가락 사이로 시커먼 핏물이 댓줄기같이 뻗쳐오르더니 내 얼굴에 확 끼얹어졌다. 나는 눈을 똑바로 뜰 수가 없었다. 간신히 눈을 뜨고 보니 텁석부리가 은어배때기 같은 비수를 손가락 사이에 꽂아가지고 나를 향해 다가오고 있었다. 그때 요란한 여자의 웃음소리가 들려왔다. 한 여자가 사내의 뒤쪽에 서 있었는데 묘지의 여인 같기도 하고 오락실의 여인 같기도 했다. 여자는 한 손으로 손목에 칭칭 감겨 있는 뱀 대가리를 거머쥐고 있었고 다른 손으로는 벌거벗은 아랫도리를 틀어막고 있었다. 나는 도망치려고 발버둥을 쳤다. 몸이 말을 듣지 않았다. 나는 옴짝달싹 못하고 발부리로 흙바닥만 후벼 파고 있었다. 마침내 텁석부리가 해골바가지 같은 얼굴로 성큼 다가왔다. 그의 얼굴에 희미한 미소가 떠올랐다. 웃음소리가 자지러졌다. 그는 세 개의 비수가 꽂힌 주먹을 힘껏 내 가슴팍에 내리꽂았다. 나는 악 소리를 지르며 잠을 깼다. 들창에 어느새 햇볕이 들어와 있었다. 나는 쿵쿵거리는 가슴을 쓸어내리며 방안을 둘러보았다. 아무것도 눈에 띄지 않았다. 여자가 다녀간 흔적도 없었다. 방안을 가득 채우고 있는 것은 그 어쭙잖은 꿈의 잔상(殘像)뿐이었다. 어딘지 묘지 한 쪽 풍경이 무너져 내리면서 봄기운이 사납게 밀어닥칠 것만 같은 예감이 나를 압도하기 시작했다. 그 뒤로 여자는 다시 나타나지 않았다. 좀 어처구니없고 앙증스러운 바람기둥이었다. 햇볕이 말간 뜰에서 잠시 빙글빙글 돌다가 이내 스러져 버리는 돌개바람처럼 여자는 그렇게 나타났다가 사라져 버린 것이었다. 노인은 여전히 날마다 묘지에 나타나서 탑을 바라보며 앉아 있었고 나는 밤으로 무서운 꿈을 꾸면서 묘지를 떠나갈 생각에만 골몰하고 있었다. 좀 달라진 게 있었다면 그것은 내 눈에 비치는 노인의 모습이었다.

멀리서 보면 노인은 전보다 한결 의연해 보였다. 가파른 빙벽을 홀로 타고 있는 알피니스트처럼 완벽하게 고독해 보였다. 어찌 보면 노인은 자기 시야만큼의 생의 부피 속에서 완전히 유유자적하고 있는 사람 같았다. 노인이 그렇게 보인 것은 어쩌면 여자를 잃고 나서 내 마음이 허전해져서 그랬을지도 모른다. 가까이서 보면 노인의 몸에서는 이상한 생기가 돋아나고 있었다. 나는 그 까닭을 알 수 없었다. 바깥에서 서로 맞닥뜨리거나 노인이 나를 찾아오는 횟수도 빈번해졌다. 노인은 간간이 묘지 밖에서 일어난 일이며 묘지를 찾아오는 사람들에 대해 나에게 이야기해 주곤 했다. 아마 나에겐 닫혀 있는 세상이 노인에게는 열려 있는 모양이었다. 그러나 노인이 그러는 게 나는 요즘 들어 점점 늘어나는 방문객만큼이나 두렵고 싫었다. 오늘 거행되는 추도식만 해도 그렇다. 어제 인부들이 조촐한 식장을 꾸며놓고 간 뒤로도 노인은 나를 찾아와서 추도식에 대비해 내가 할 일을 몇 번씩이나 일러주는 것이었다. 오늘은 새벽같이 나를 깨우더니 사방으로 끌고 다니면서 청소를 시켰다. 나는 귀찮아서 미칠 지경이었다.

노인의 말과는 달리 봉안실은 말끔히 청소되어 있었다. 촛불까지 휘황하게 밝혀져 있었고 실내는 향연이 자욱했다. 다만 봉안실 전면에 붙어 있는 사자(死者)의 초상화들이 뿌연 먼지를 뒤집어쓴 채 준수했던 이상(李箱)의 마지막 초상화처럼 하얗게 들뜬 광기를 내뿜고 있었다. 초상화의 먼지를 털어내고 마침내 내 할 일을 모두 마쳤다. 나는 향탁(香卓) 앞에 깔아놓은 젯돗 위에 퍼질러 앉아서 멀리 봉안실로 올라오는 계단 쪽을 바라보고 있었다.

"향갑에 이걸 넣어두게. 오늘은 아무래도 향이 부족할 것 같단 말이야."

문 뒤에서 불쑥 나타난 노인이 나에게 향로를 건네주었다. 그러고는 묘지 쪽으로 가버렸다. 그의 모습이 안내판 뒤로 사라지자 문득 마음에 짚이는 게 있어서 나는 부리나케 봉안실 뒤로 돌아가 보았다. 봉안실 뒤쪽을 둘러싸고 있는 철책이 한군데 뜯겨져 있었고 그곳에 사람이 드나들 만한 길이 나 있었다. 그 길은 건너편 산 아래 과수원으로 이어져 있었다. '아아, 그랬구나.' 관리실과 안내판과 봉안실이 일직선상에 위치하고 있어서 노인이 봉안실 뒤쪽에서 나타나는 것을 여태껏 볼 수 없었던 것이다. 노인의 출입에 대한 의혹이 풀리자 노인을 조금 알 수 있을 것 같은 생각이 들었다. 불현듯 노인이 만나고 싶어졌다. 잰 걸음으로 묘지 쪽으로 갔다. 그런데 정작 노인을 발견했을 때 나는 그만 그 자리에 우뚝 서버리고 말았다. 때마침 내리기 시작한 이슬비를 맞으며 노인이 좀 엉뚱한 곳에 앉아 있었기 때문이다. 탑 앞에 현수막이 세워지고 그 아래 조그마한 단(壇)이 만들어졌는데, 노인이 바로 단 왼쪽에 있는 내빈석에 홀로 덩그마니 앉아 있는 것이었다. 추도식을 구경하기 위하여 많은 사람들이 와 있었으나 그들은 하나같이 철저한 구경꾼이 되어 여기저기 나무 아래 모여서 웅성거리고 있었다. 단상이나 내빈석에 앉을 만한 사람들이 아직 나타나지 않은 터에 노인이 무명베자투리 같은 구경꾼 틈에 끼어 있지 않고 비를 맞으며 내빈석에 앉아 있는 이유를 나로서는 도무지 알 수가 없었다. 정작 나를 흠칫 놀라게 한 것은 자리에 앉아 있는 노인의 모습이었다. 깍지 낀 손으로 베를 끌어안고 턱을 약간 치켜든 채 하늘을 우러러보고 있는 노인의 모습은 턱 부분만 유난히 크게 그려놓은 데포르메 같았다. 그의 얼굴은 더할 수 없이 엄숙했고 어찌 보면 기쁨으로 빛나고 있는 것 같았다. 노인은 무엇이 저토록 대견하고 신명이 날까. 나는 노인 앞을 지나서 그냥 관리실로 돌아와 버렸다. 추도식이 시작된 것은 오전 열시쯤이었다. 묘지로 들이닥친 승용차와 대형버스에서 쏟아져 나온 사람들이 묘지에 때 아닌 꽃밭을 이루면서 단상과 그 주위를 메우고 나서였다. 식은 국민의례, 묵념, 헌화, 추도사, 조총, 합창 이런 순으로 진행되었는데 채 한 시간도 안 되어 끝나버렸다. 금세 추도식은 온데간데없고 삐걱거리는 마이크 소리와, 공기총처럼 울림이 없는 조총(弔銃)소리와, 북소리로만 쿵쾅거리는 악대소리가 내 감각에 잠시 머물다가 사라져버렸다. 추도식 따위는 애초부터 내 관심 밖이었으므로 식이 진행되는 동안 나는 줄곧 노인의 동정만 살피고 있었다. 노인이 혹시 내빈석에서 쫓겨나지 않을까 하는 염려, 노인이 군중 속에서 너무 초라하게 보이지 않을까 하는 걱정 때문이었다. 그것은 가족을 거리에서 만났을 때 곧잘 느끼는 연민과 불안 같은 것이었다. 다행히 꽃물결처럼 사람들이 내빈석을 덮쳤을 때 노인은 떠밀리지 않았다. 노인이 끝까지 그 자리에 버티고 앉아 있는 게 신통하기만 했다. 식이 끝나자마자 나는 봉안실로 달려갔다. 사람들이 봉안실로 우르르 몰려들었다. 한동안 봉안실 안은 밀려드는 사람들로 북적거렸다. 사람들은 다투어 영정(影幀)앞에 절하며 영령들의 명복을 빌었다. 그들은 향을 피우고 제석 위에 꿇어 엎드려서 큰절을 하기도 하고 여럿이 쭉 늘어서서 기도를 하기도 했다. 그러나 얼마 후에 확성기에서,

"-유족과 -회원 여러분에게 알려드립니다. 추도식에 이어서 여러분을 위한 위로회가 마련되어 있습니다. 참배를 마친 분들은 곧바로 승차해 주시기 바랍니다. 유족과 회원 여러분에게 거듭 알려드립니다."

안내 방송이 있자 사람들은 서둘러 차가 대기하고 있는 묘지마당 쪽으로 몰려갔다. 갑자기 썰물이 빠져 나가는 것 같았다. 봉안실은 다시 썰렁해졌다. 묘지 안은 삽시간에 텅 비어 있었다. 다만 소복 입은 여인들 몇 사람만이 무덤 앞에 웅크리고 앉아 있었다. 나는 어슬렁어슬렁 마당 쪽으로 걸어가 보았다. 마지막 버스가 막 출발하고 있었다. 노인은 떠나가는 버스를 멀거니 바라보며 홀로 마당에 서 있었다. 차가 묘지 밖으로 사라져 버리자 노인은 연못가로 걸어가서 털썩 주저앉았다. 어느새 내리기 시작한 빗줄기가 점점 굵어지고 있었다. 어깨를 축 늘어뜨리고 고개를 숙인 채 노인은 한참동안 땅만 내려다보고 있었다. 이윽고 노인이 고개를 들고 손으로 마당의 조약돌을 한 움큼 집어 들더니 연못을 향해 던지기 시작했다. 여느 때 볼 수 없던 노인

의 행작이었다. 노인이 던진 조약돌이 사오 미터 앞 연못에 퐁퐁 소리를 내며 떨어졌다. 빗방울의 무늬가 조약돌의 파문에 밀려가고 있었다. 나는 소리 없이 노인에게로 다가갔다. 노인은 이미 비에 젖어 있었다.

"영감님은 회원이 아니었던가요?"

"회원이면 뭘 해."

노인이 고개를 번쩍 쳐들며 말했다.

"역시 회원이셨군요. 근데 왜 함께 가시지 않았어요?"

"난 이곳을 떠날 수 없어."

노인이 화난 듯이 말했다.

"사람들이 한바탕 휩쓸고 가면 더욱 떠날 수 없단 말이야."

노인은 다시 고개를 떨구었다.

"댁이 산 아래 과수원인가요?"

나는 물끄러미 노인을 바라보며 화제를 돌렸다. 노인은 내 말을 들은 척도 하지 않고,

"여보게, 탑 뒤쪽 세 번째 무덤에 가면 노파가 앉아 있을 걸세. 오늘두 진종일 무덤 앞에 앉아 있을 게야. 자네, 우산 하나 챙겨서 노파한테 가져다주지 않겠나?"

하고 말했다. 그러고는 부스스 일어나서 봉안실 쪽으로 가버렸다. 노인이 일러준 대로 조금 후에 우산을 가지고 무덤을 찾아갔다. 노파는 이미 우산을 받치고 있었다. 좁은 우산 속에 촛불을 밝혀놓고 쪼그리고 앉아서 노파는 성경을 읽고 있었다. 하릴없이 막 돌아서려고 하는데 가까운 탑에 기대서 있던 한 젊은 여자가 노파 바로 옆에 있는 무덤 앞으로 걸어가더니 갑자기 푹 꼬꾸라졌다. 여자는 어깨를 들먹거리며 목 놓아 울기 시작했다.

"나의 원수를 인하여 주의 의로 나를 인도하시고 주의 길을 내 목전에 곧게 하소서."

젊은 여자의 오열 사이로 노파의 기도소리가 들려왔다. 두 사람을 번갈아 보며 서 있자니까 까닭 모를 울화가 치밀었다.

"내 가슴을 축축이 적시고 있는 이 따위 감정은 원래 내 몫이 아니었는데, 어쩌자고 나는 자꾸 이런 어쭙잖은 감정의 포로가 되어가고 있을까."

그때 봉안실 쪽에서 한 떼의 사람들이 우르르 몰려오고 있는 게 보였다. 한 사내가 싱글벙글 웃으며 앞장서 걸어왔고 다른 사람들은 그 뒤를 줄레줄레 따라왔다. 묘지를 참배하러 온 어느 거물과 그를 수행하는 사람들인 것 같았다. 그런데 뒤따라오고 있는 사람들 틈에 노인이 끼어 있었다. 노인은 왠지 화가 잔뜩 나 있는 얼굴이었다. 일행은 여자가 울고 있는 무덤 앞에 이르자 걸음을 멈추었다. 그들은 여자의 뒤를 뻥 둘러싸고 섰다. 그때 키가 유난히 크고 어깨가 두툼한 사내 하나가 카메라를 들고 거물 앞으로 나오며,

"여자를 바라보며 포즈를 취해 주세요" 하고 말했다.

그러자 다른 사람들은 한 발짝씩 물러서고 거물만이 우두커니 여자 뒤에 서 있었다. 그의 얼굴은 어느새 침통한 표정을 짓고 있었다. 커다란 웃음, 굵은 몸짓, 암만 봐도 호탕한 한량으로밖에 보이지 않는 사람이 신문에선 그토록 사나운 맹수처럼 보였던 까닭을 알 수 있을 것 같았다.

"어깨에서 힘을 빼시구 손을 앞으로 모으세요. 됐어요. 자, 좋아요."

키다리는 카메라를 얼굴에 찰싹 붙인 다음 상체를 바싹 낮추고 엉덩이를 쑥 내민 채 뒷걸음질을 치기 시작했다. 그런데 어찌된 셈인지 계속 뒷걸음질이다. 그의 엉덩이가 노파의 머리 쪽으로 아슬아슬하게 육박해갔다. 비닐우산 한 겹을 사이에 두고 가까스로 사내의 엉덩이가 멎었을 때 '찰칵' 하고 셔터 누르는 소리가 났다. 그러나 그 순간 키다리는 엉덩이를 하늘로 쳐들고 머리를 땅으로 처박으면서 앞으로 픽 고꾸라져버렸다. 눈 깜짝할 새에 노인이 그의 엉덩이를 걷어차 버린 것이었다. 이 뜻하지 않은 사태에 일행은 잠시 긴장했다. 이내 한 쪽에서는 웃음이 터져 나오고, 웃음을 감추려고 얼굴

해동머리

을 돌렸다. 키다리는 맹렬한 기세로 발딱 일어났으나 정작 험악하게 일그러진 노인의 얼굴을 보자,

"아이고, 미안하게 됐습니다."

하고 씩 웃어버렸다. 일행은 급히 그 자리를 떠났다. 노인이 그들은 놓치지 않고 뒤따라갔다. 막무가내로 일행을 따라가는 노인에게 적잖이 흥미를 느꼈기 때문에 나도 허겁지겁 노인의 뒤를 쫓아갔다. 무덤 사이를 빠져 나가는 순간 일행 가운데서 왁 웃음이 터져 나왔다. 보아하니 키다리가 뭐라고 떠들어대면 그럴 때마다 사람들이 허리를 꺾고 큰 소리로 웃었다. 무덤 앞에서 봉변도 당하고 했으니까 잠시 입을 다물고 있을 법도 한데 키다리는 연방 지껄여대고 있었다. 탑 사이에 박혀 있는 비석 앞에서 일행이 걸음을 멈췄다. 키다리가 다시 거물 곁으로 붙어서며 말했다.

"선생님은 '몇 대 대통령'을 가장 결정적인 시기라고 생각합니까?"

"몇 대 대통령이라니, 그게 무슨 말이오?"

사람들이 킥킥 웃었다.

"아, 그렇구요. 선생님은 몇 대 대통령에 출마할 의향을 가지고 계시느냐는 말입니다. 금번 대통령선거에 출마 않겠다는 선생님의 발언을 두고 일부 언론에서는 '보도용 인기발언'이라고 하던데 어떻게 생각하십니까?"

거물이 미간을 찌푸리며 개탄조로 말했다.

"허어, 아직도 착각을 하고 있는 사람들이 많군요. 언론보도를 통해 인기를 얻으려고 할 만큼 나는 어리석은 사람은 아닙니다."

말은 마치고 거물이 비문을 읽기 시작했다. 그러자 이번엔 키다리가 손가락으로 비문을 가리키며 말했다.

"보세요, 고상한 맛이라고는 하나도 없잖아요. 접동새 울음이니, 피의 전통이니, 피 묻은 혼이니 이 딴 원색적인 말만 늘어놓았으니 유치하게 느껴질 수밖에 없는 거죠."

"어디까지나 진실하게 표현했을 뿐입니다. 도대체 진실을 이야기하면 유치하다고 생각하는 것은 어느 나라 풍속이오?"

거물이 화난 음성으로 말했다. 키다리가 그쯤에서 입을 봉했더라면 얼마나 좋았을까. 아무튼 녀석이 조금만 더 철이 들었더라면 옆에 서 있는 노인의 붉으락푸르락하는 얼굴을 얼마든지 눈치 챌 수 있었을 것이다.

"이걸 보세요."

녀석이 비석 앞에 서 있는 조각을 손가락으로 탕탕 두드리면서 말을 이었다.

"어느 원로 조각가의 작품인데 이걸 보면 소위 원로들의 자만과 아집을 한눈으로 볼 수 있거든요. 자, 보세요. 부드러운 선이나 안정된 공간이라고는 하나도 찾아 볼 수 없잖아요. 오로지 힘과 생명력만을 강조하고 있단 말예요. 시각보다는 운동감각이랄까, 역동성에만 어필해보려고 했던 거죠. 창 끝처럼 뾰족뾰족한 이 손들을 보세요. 벌써 녹이 발갛게 슬어 있지 않아요. 예각으로 붙여놓은 이 이음매도 너무너무 허술하구요. 이것 보세요. 벌써 덜렁덜렁하지 않아요."

키다리는 발끝으로 수호상의 밑동을 톡톡 차보였다. 그때였다.

"이놈아, 어디다 대고 함부로 발길질이야."

노인이 벽력같이 고함을 지르며 키다리의 정강이를 까버렸다.

"어이쿠!"

키다리는 한 쪽 다리를 부둥켜안으며 주저앉고 말았다. 사람들이 우르르 몰려들어 키다리를 일으켜 세웠다.

"쌍놈의 영감태기야, 뭣 땜에 사람을 치는 거야 엉! 죽여 버릴 테다."

녀석이 펄펄 날뛰며 악을 썼다.

"어허, 안 돼. 상대는 노인이야. 정 기자가 참아. 엉, 참으라구."

사람들이 키다리를 붙잡았다. 그러는 사이에 노인이 다시 비호처럼 날쌔게 키다리에게 달려들었다. 이번엔 두 손으로 키다리의 어깨를 꽉 움켜잡더

해동머리

니 껑충 뛰어오르면서 키다리의 이마를 들이받았다. 퍽 소리가 나는 순간, 노인이 두 손을 맥없이 풀면서 스스로 주저앉아 버렸다. 받힌 사람은 끄덕도 하지 않고 서 있는데 가격한 사람이 오히려 충격을 받고 제풀에 쓰러져버린 것이다. 사람들은 모두 어리둥절해져버렸다. 유독 나만이 끓어오르는 분을 참느라고 이를 악물고 있었다. "씨팔, 그렇게 허망하게 주저앉아 버릴 거면 개좆이나 뭣 하러 달려들어." 그것은 이웃집 개한테 할퀴고 물어 뜯겨서 피투성이가 된 자기 집 개가 뒷다리 사이에 꼬리를 감아 넣고 돌아왔을 때 느끼는 그런 울분이었다. 노인은 두 다리를 쭉 뻗고 고개를 숙인 채 한참동안 멍하니 앉아 있었다. 정신이 가물가물한 모양이었다. 내가 달려가서 겨드랑 밑으로 손을 넣어 일으키려고 하자,

"괜찮아."

하고 노인은 내 손을 뿌리쳤다.

"일어나시겠어요?"

사람들이 걱정스럽게 묻자 노인은 고개를 가만히 쳐들고

"당신들, 빨리 이곳을 떠나시오."

하고 힘없는 목소리로 말했다. 일행은 키다리를 데리고 곧바로 그곳을 떠났다. 사람들이 가버리자 노인은 쭉 뻗었던 다리를 오므리고 두 손을 무릎 위에 올려놓았다. 나는 얼른 한 손을 노인의 어깨 위에 얹으며

"부축해 드릴까요?"

했다. 그러자 노인은 내 말이 떨어지기가 무섭게 끙 소리를 내며 무릎을 짚고 벌떡 일어섰다. 다음 순간 몸의 중심을 잃고 비틀거리더니 기어이 탑에 머리를 심하게 부딪치고 뒤로 벌렁 넘어져버렸다. 탑 아래 반듯이 누운 채 노인은 끝내 의식을 잃고 말았다. 나는 무덤가에서 달려온 노파의 도움을 받으며 황급히 노인을 관리실 방으로 옮겼다. 노인은 깨어나지 않았다. 그때 마흔 살쯤 보이는 안경 낀 사내 하나가 헐레벌떡 관리실 안으로 들어섰다.

노파의 연락을 받고 달려온 노인의 친척일 거라고 생각하고 얼른 방문을 열어 주었다. 사내는 방에 들어서자마자 대뜸 나에게 손을 내밀며

"정판술입니다. 묘지를 책임 맡고 있는 사람입니다."

하고 말했다. 나도 얼떨결에 사내의 손을 마주잡으며

"아, 그러세요. 박기훈입니다."

하고 말했다.

"그동안 수고해 주신 거 감사합니다. 보조도 끊어져 버린 판에 참으로 많은 도움이 되었습니다. 손 회장님도 칭찬이 대단하더군요."

분명히 사내가 나에게 치사를 하고 있었다. 노인이 쓰러져서 명재경각(命在頃刻)인 판에 도대체 저런 말을 해서 어쩌자는 걸까. 그리고 손 회장님이라니, 나는 어처구니가 없었다. 그제야 사내가 노인을 흘낏 돌아다보며 물었다.

"손 회장님이 어쩌다가 쓰러졌습니까?"

'아, 노인이 바로 손 회장님이로구나.' 나는 사내에게 노인이 쓰러지게 된 경위를 이야기해 주었다. 사내가 멍멍하게 듣고 있더니 별안간 미간을 좁히며 물었다.

"그러니까 머리를 탑에 부딪쳤단 말씀이죠. 손 회장님이 앞으로 넘어졌습니까?"

"아닙니다. 잠시 비틀거리다가 뒤로 넘어졌습니다."

사내는 미심쩍다는 표정을 지었다.

"혹시 노인이 탑을 들이받은 건 아닌가요?"

사내가 엉뚱한 소리를 했다.

"아니오. 근데 그런 말은 왜 묻습니까?"

노인에게 자살할 이유라도 있다는 말인가. 나는 사내를 뚫어지게 바라보며 다그쳤다.

"아닙니다. 잠시 이상한 느낌이 들어서 물어본 것뿐입니다."

해동머리

"이상한 느낌이라뇨?"

"암튼 손 회장님이 좀 이상해졌어요. 요샌 복덕방 출입도 끊어 버리구, 묘지에 틀어박혀서 도대체 뭘 하는지 알 수가 없단 말예요."

"생활이 어려워진 게 아닐까요?"

"손 회장님은 땅 부잡니다. 요 근처 땅이 죄다 회장님의 땅이에요. 나라에 공을 세우고 하사받은 땅이라고 하지만 믿을 수 없구요. 선대(先代)에 이곳에 아주 싼 값으로 땅을 많이 사뒀다는 이야기가 맞은 것 같아요. 암튼 여기 땅 한 평이 얼만 줄 아세요? 옛날엔 채소도 제대로 가꿔먹지 못한 땅이 이젠 금싸라기 땅이 돼 버렸죠. 오천 평이 넘는 이 묘지도 노인이 희사한 땅입니다."

"아, 그랬었군요."

놀라지 않을 수 없었다. 다소 시답잖고 입이 헤픈 사내를 나는 계속 물고 늘어졌다.

"몸이 불편하고 마음이 외로워서 그런 게 아닐까요?"

"회장님은 제대할 때부터 몸이 불편했으니까 그건 문제가 안 되구요. 노인은 외롭다, 글쎄요, 그 점에 대해선 저도 참 많이 생각해 봤습니다. 사실 회장님은 외로운 분입니다. 아내를 전쟁 통에 잃었고 아들 하나 있는 것도 새파란 나이에 누군가의 몽둥이에 맞아 죽었습니다. 아들이 죽고 나자 집안은 쑥대밭이 되고 말았죠. 회장님은 어쩌다가 '아들을 죽였다는 구설수'에 오르게 되어 경찰서를 제집 드나들듯 뻔질나게 들락거렸고, 외동딸은 실성하여 사흘이 멀다 하고 가출해버렸으니까요. 암튼 회장님만을 의지하고 살아온 저로서는 걱정이 이만저만이 아닙니다. 만약 회장님에게 무슨 일이 생기면 정말 큰일입니다. 묘지 관리기금으로 내놓은 땅도 아직 팔리지 않고 있거든요. 땅만 팔리면 묘지기에게도 약간의 보수를 줄 수 있을 텐데 말입니다."

사내의 이야기가 다소 엉뚱한 데로 흘러가버렸다. 나는 사내에게 좀 섭섭하다는 생각이 들었다. "그래서 땅이 팔리기 전에 노인이 죽을까봐 전전긍긍

했군요" 하고 막 사내를 규탄하려고 하는데 그때 방문이 열리고 노파가 의사를 데리고 들어왔다.

"맥박이 어지럽고 손발이 몹시 차갑군요. 당장 큰 병원으로 옮겨야겠습니다. 가벼운 뇌진탕을 일으킨 것 같습니다."

잠시 후에 의사가 청진기를 가방 속에 챙겨 넣으며 말했다. 안경잡이 사내가 부리나케 밖으로 나갔다. 노파와 나는 늘컹거리는 육신에서 빠져나가는 온기를 붙잡아 보려고 노인의 손발을 열심히 주물렀다. 안경이 벗겨져버린 노인의 얼굴은 민물에 담가놓은 해삼처럼 풀기 없이 흐물흐물했다. 노인의 가슴께가 가만히 오르내리고 있었다. 노인에게 살아 있는 건 가느다란 숨결뿐인 것 같았다. 차가 금방 왔다. 사내가 노인을 안아다가 차에 실었다. 축 늘어져서 차에 실리는 노인을 멀거니 바라보며 나는 속으로 노인에게 작별인사를 했다.

"다시 깨어나거들랑 부디 탑에 머리를 부딪치지 마십시오. 차가운 돌, 탑은 피도 눈물도 없는 냉혹한 돌덩일 뿐입니다. 부디 다시 광명을 보십시오."

노인을 차에 싣고 나서 사내와 노파도 차에 함께 탔다. 차가 떠날 때 나는 문득 그들이 영원히 묘지에 다시 돌아오지 않을 것만 같은 생각이 들었다. 사내가 차창 밖으로 손을 내밀고 흔들었다. 그것은 묘지가 나에게 손을 흔드는 것 같았다. 방안으로 돌아와서 나는 오랜만에 외출복으로 갈아입었다. 몇달 동안 내 생활을 떠받쳐 주었던 것들이 한꺼번에 무너져 내리는 것 같았다. 따지고 보면 내가 그동안 묘지서 그럭저럭 살아갈 수 있었던 것은 말하자면 보복에 대한 공포, 매형의 강권(强勸)과 그가 주고 간 돈, 그리고 무엇보다 노인에 대한 팽팽한 적의와 증오, 이런 것들 때문이었다. 그런데 이젠 탑과 묘지를 끝내 좋아할 수 없었던 내가 탑과 묘지를 너무나 좋아했던 노인이 쓰러졌을 때 노인을 더 이상 미워할 수 없게 되어 버렸다. 노인이 쓰러지고 난 뒤에야 나는 뜻밖에도 묘지에 어떤 어지러운 기운이 감돌고 있다는 것을

해동·머리

감지하게 되었는데, 그것은 나를 붙잡으면 사시미로 만들어 놓겠다는 무법자들보다도 훨씬 무서운 기세로 나에게 달려들기 시작했다. 그 기세를 당해내기엔 내가 노인보다 형편없이 허약하다는 것을 나는 깨달았다. 게다가 안경잡이 사내는 나에게 '이젠 끼니에 라면을 끓일 돈마저 바닥이 났다'는 사실을 일깨워 주었는데, 만약 그런 이유로 내가 이 묘지를 떠나게 된다면 그건 너무 억울하다는 생각이 들었다. 이만하면 외출할 만한 이유는 충분했다. 나는 외출하고 싶었다. 드디어 나는 묘지를 한 바퀴 휘 돌아보고 나서 유유히 묘지를 빠져나갔다. 큰길로 꺾어들기 전에 꼭 한번 묘지를 돌아다보았다. 어느 틈에 나타났는지 한 여자가 철문에 기대서서 나를 바라보고 있었다.

"거기 서 있을 시간이 없어. 아버지가 사경을 헤매고 있거든. 빨리 병원에 가보라구. 내가 다시 돌아올 땐 떳떳하게 내 발로 걸어올게."

나는 혼잣말로 중얼거리며 돌아섰다. 버스정류소 앞 가게에서 우선 소주 한 병을 샀다. 나는 길가 가로수 밑에 앉아서 병째로 소주를 마셨다. 그리고 매형에게 전화를 걸었다. 예상했던 대로 매형은 전화를 받지 않았다.

"그런 분 안 계시는데요. 이사 갔습니다."

두 번 다 귀찮다는 듯이 아가씨가 수화기를 탕 놓아버렸다. 나는 가까운 철물점을 찾아갔다. 차비만 남기고 돈을 몽땅 털어서 식칼 두 개를 샀다. 칼날을 붕대로 정성스레 감아서 양쪽 품속에 넣은 다음 다시 전화박스로 갔다. 다행히 텁석부리의 전화번호는 정확하게 기억 속에 남아 있었다.

"지금 전화하는 곳이 어디요?"

녀석은 금방 나를 알아보고 물어왔다.

"공중전화입니다. 만나고 싶소."

"좋소. 어디서 만날까요."

"그쪽으로 찾아가겠소."

"그럼 전에 와본 그 다방으로 나오시오. 언제 오겠소?"

"지금 출발하리다."

산 밑에서 달려 나온 개인택시 한 대가 내 앞에 와서 스르르 멎었다.

나는 차에 오르며 큰소리로 말했다.

"시내로 갑시다."

이 모처럼의 나들이가 '영원한 외출'이 되지 않기를 나는 달리는 차 속에서 빌고 있었다.

해동머리

알리바이 서설

    아직 미쳐있을지도 모르는 친구를 찾아가서 도대체 어쩌자는 걸까. 나는 차라리 우이동 숲속을, 모충사(慕忠祠)로 올라가는 그 차갑게 빛나는 아스팔트길을 온몸에서 땀이 솟을 때까지 함께 걸어보리라 작정하고 있었다. 유중서와의 만남은 어쩐지 그렇게 끝내고 싶었다. 그런데 오월로 접어들어서는 해를 볼 수가 없었다. 구름 낀 하늘에서는 으레 거미줄 같은 가랑비가 내리고 있었고 구름을 헤쳐 놓을 만한 바람이 없어서 시야는 늘 한 모양으로 하늘은 낮게 땅은 높게 보였고 사람들은 그 어둑신한 풍경 속에서 하늘이 열리기를 기다리고 있었다.

    그날도 어두컴컴한 방에 앉아서 비가 그치기를 기다리고 있는데 윤 박사한테서 전화가 왔다.

    "저와 함께 우이동에 가지 않겠습니까?"

    "비가 오고 있는데요."

    "무슨 상관입니까. 병원에서 기다리고 있겠습니다."

    나의 우이동행이 단순히 퇴원한 친구를 위로하기 위한 그런 의례적인 것이었다면 나는 무슨 수를 써서라도 그의 청을 물리쳤을 것이다. 그러나 그럴 수가 없었다. 그리고 그것은 바로 윤 박사 때문이었다. 자기 손으로 치료해온 유중서를 두고 그는 왜 그렇게 불안해하고 있었을까. 적어도 내가 알고 있는 윤 박사는 내게 그런 태도를 보인 적이 없었다. 궁금해서 더 이상 방안에 틀어박혀 있을 수가 없었다. 나는 윤 박사의 병원을 향해 집을 나섰다. 혹시 내가 너무 허둥대느라고 잘못 판단한 것은 아닐까. 사흘 전 내가 윤 박사에게 전화를 걸었을 때 아닌게 아니라 나는 좀 덤비고 있었다. 그건 나로서도 어쩔 수 없는 일이었다. 우연히 서점에 들렀다가 잡지표지에서 유중서의 이름을 발견했을 때 나는 온 몸이 얼어붙는 듯한 공포를 느꼈다. 여남은 해 동안의 투병 끝에 유중서가 다시 소설을 발표한 것이다. 그가 앓았던 병이 다름 아닌 정신병이었고 그가 거의 폐인이 되어 버렸다는 소문이 쫙 퍼져 있는 터에 그가 이제 와서 소설을 내놓는다는 것은 그의 그런 비참한 현실을 낱낱이 증명해 보일 것이 뻔한 일이었기 때문이다. 말하자면 그것은 그의 재능이 그동안 얼마나 무참하게 짓밟혀 버렸는가를 우리에게 다시 확인시켜 주는 일에 지나지 않았다. 그렇다고 그의 소설을 안 읽어 볼 수는 없었다. 나는 진열대 앞에 선 채로 그의 소설을 읽기 시작했다. 그러나 한 서너 페이지 읽다 말고 그만 책을 덮고 말았다. 손이 떨려서 도저히 더 읽을 수가 없었다. 그것은 감동 때문이었다. 아아, 그의 소설은 뜻밖에도 너무나 아름다웠다. 그랬다. 극채색으로 번쩍이는 그 아름다운 언어를 가지고 유중서는 다시 우리 앞에 나타난 것이다. 문득 윤 박사가 눈앞에 떠올랐다. 나는 부리나케 밖으로 뛰어나가 윤 박사에게 전화를 걸었다.

"오오, 기어이 해내셨군요. 선생님은 유중서를 살려냈습니다."

나는 수화기에 대고 큰소리를 질러댔다.

"그는 불꽃입니다. 불꽃은 다시 일기 시작했습니다."

그런데 그때 윤 박사의 반응이 참으로 뜻밖이었다. 처음엔 당황하여 어찌할 바를 모르는 것 같더니 나중에는 말소리까지 목구멍으로 기어들어갔다. 무엇보다 나를 어리둥절하게 한 것은 그가 되풀이해 내게 부탁하는 말이었다.

"윤 선생님과 함께 우이동에 가고 싶습니다. 부탁합니다. 꼭 한번 들려주십시오."

같은 종씨로서 그동안 허물없이 지내온 터였지만 그가 그토록 나에게 인간적으로 매달려본 적이 없었다. 결국 나는 비가 그치기를 기다리느라고 차일피일 하고 있었는데 그에게서 전화가 걸려온 것이었다.

그래도 윤 박사를 찾아가는 동안 내 마음은 기쁨으로 차 있었다. 어쩌면 그를 만나서 근사하게 축배를 들게 될지도 모르고 그러다가 운이 닿으면 이젠 말짱하게 된 친구를 만나게 될지도 모른다는, 그런 기대에서였다. 그러나 윤 박사의 삼선동병원에 도착한 순간부터 내 기대는 이상하게 비틀거리기 시작했다. 병원 안은 싸늘하고 축축한 공기가 초록빛 물살처럼 흐르고 있었고 창문에는 안개비가 뿌옇게 엉기고 있었다. 그리고 정적이, 무서운 광포를 힘겹게 휩싸고 있는 듯한 정적이 실내를 무겁게 누르고 있었다.

"안녕하세요. 아아, 눈이 빠지게 기다렸네."

병원 안으로 들어서자 어두운 복도에서 한 여자가 불쑥 튀어나오며 나에게 말했다. 순간 나는 몸이 무섭게 움츠러드는 걸 느꼈다. 창문으로 스며드는 희미한 역광을 받아 얼굴이 보랏빛으로 빛나고 목이 길어서 유난히 키가 커 보이는 여자, 나는 그 여자를 본 적이 없었다.

"날 기다렸다는 말입니까?"

"네에, 어머 또 약속을 잊으셨군요."

그녀는 무엇이 우스운지 한차례 키득키득 웃고 나서 한손을 깃발처럼 흔들어대기 시작했다. 그녀의 손끝이 원장실을 향하고 있었다.

"보세요. 문이 열려 있잖아요."

나는 잠시 멍하니 그녀의 손짓을 바라보고 있다가,

"그렇군요. 윤 박사 계십니까?"

하고 물었다. 그녀는,

"들어가 보세요. 커피 끓여 가지고 갈게요."

이렇게 말하고는 정확히 폴카스텝으로 복도 끝을 향해 껑충껑충 뛰어가는 것이었다. 그녀가 만약 단발머리 소녀였다면 그 광경은 얼마나 아름다웠을까. 병원 같은 데서 문득 뭔가가 이상하게 느껴졌을 때 그 원인은 결국 자신에게서 찾아진다는 걸 알고 있었기 때문에 나는 그냥 못 본 체하고 원장실로 들어갔다.

"어서 오세요."

나지막한 목소리가 커튼 사이에서 들려왔다. 문을 닫자 푸른색 커튼이 바람을 안고 마구 펄럭거리며 안개비를 먼지처럼 털어냈다. 머리카락이 먼지속에서 나풀거리고 있는 게 보였다. 윤 박사였다. 그는 소파에 비스듬히 기대앉은 채 나를 맞이했다. 나는 소파 끝에 가만히 걸터앉으며,

"몸이 불편하신 모양이군요."

하고 말했다.

"아닙니다. 좀 피곤해서요."

그는 몸을 꿈쩍하기도 싫다는 듯이 여전히 소파에 기댄 채 힘없는 목소리로 말했다. 그의 머리카락이 이마 위로 흘러 내려와 청청한 풀잎처럼 나풀거리고 있었고 얼굴에는 피로의 빛이 허옇게 버짐처럼 피어 있었다. 나는 가슴이 천천히 무너져 내리는 걸 느꼈다. 늘 그랬다. 나의 생활을 단 하루라도 떠받쳐 줄 만한 것들은 늘 이 모양으로 허망하게 무너지고 말았다. 어느 틈에 내 고정관념이 고개를 쳐들었다.

"비가 그치면 오려고 그랬습니다."

나는 죄 지은 사람처럼 말했다.

"어느 세월에 비가 그칩니까?"

윤 박사가 혼잣말처럼 중얼거렸다. 나는 할 수 있는 한 쾌활한 음성을 꾸

　　　　　　　　　　　　　　　　　　알리바이 서설

며서 말을 하기 시작했다.

"솔직히 말해서 얼마 전 유군의 쾌유소식이 지상에 났을 때 나는 믿지 않았습니다. 그의 정신이 말짱해졌다는 게 도무지 믿어지지 않더군요. 죄송한 얘깁니다만 정신병 치료란 내겐 마냥 허무맹랑한 걸로 생각되었으니까요. 환부도 고통도 치유도 볼 수 없는 걸 어떻게 믿습니까? 하지만 이젠 다릅니다. 그의 글도 읽었구요. 예전 그대로였습니다. 그만큼 확실한 증거도 없을 것 같더군요. 나는 이젠 선생님의 정신요법을 완전히 신뢰할 수 있게 되었습니다. 그런데……"

"잠깐."

지금은 당신 때문에 내 희망과 믿음이 흔들리고 있습니다. 이렇게 말하려고 하는데 윤 박사가 내 말을 막았다.

"난 정신요법을 쓴 적이 없습니다."

그가 강경한 어조로 말했다.

"아, 내가 깜빡 잊었군요. 무슨 화학요법이라 그랬던가요? 광수에서 뽑아낸 탄산리튬을 사용한다는, 그렇죠? 여전히 철저하시군요."

내 말에 그가 허허허 하고 소리 내어 웃었다.

"세상에는 자신의 데스마스크에까지 신경을 쓰는 사람이 있으니까요."

나는 갑자기 즐거워졌다. 어느새 그의 말에 바위처럼 부딪쳐오는 힘이 되살아나 있었기 때문이다. 처음 만났을 때 내가 그에게 완전히 압도당해 버린 것도 그 힘 때문이었다. 철통같은 신념과 뜨거운 의욕으로 뭉쳐진 사나이, 나는 그때 얼마나 그에게 매달리고 싶어했던가. 그해 가을 몇 발의 총탄 때문에 세상은 온통 들끓고 있었다. 사람들은 모두 묘한 격류에 휩쓸려가고 있었다. 비굴하리만큼 침묵하고 있던 사람들이 갑자기 참으로 많은 것을 들춰내기 시작했다. 유언비어가 그 악명을 씻고 버젓이 뉴스의 전면으로 부상했다. 무서운 뉴스의 하극상이었다. 수많은 사건들이 한꺼번에 역사의 시궁

창에서 햇볕 속으로 떠올랐다. 사람들은 저마다 앞을 다투어 자기 몫의 분노를 터뜨리고 있었다. 마침내 내게도 내 몫의 분노를 터뜨릴 만한 사건이 하나 걸려들었다. '소설가 유중서의 자살미수사건.' 한 천재 소설가가 한 천재 소설가가 깨진 술병으로 스스로 손목의 동맥을 그어 버린 것이었다. 어느 정치폭력에 시달리다가 정신분열증을 일으켜 결국 그 지경이 되고 말았다는 것이었다. 그 무렵 그가 신문에 소설을 연재하다가 갑자기 중단해 버린 일도 있었기 때문에 그 소문은 단박 틀림없는 사실로 받아 들여졌다. 우리는 결코 좌시할 수 없었다. 마땅히 그 진상을 밝혀서 불의를 처단해야만 했다. 그리하여 의사, 정치인, 언론인 각각 한 사람씩, 그리고 내가 친구이자 문인 자격으로 유중서의 집을 찾아 갔던 것이다. 그때 우리 앞을 떡 가로막고 나선 사람이 윤 박사였다.

"면담을 허락할 수 없습니다."

응접실에서 유중서를 기다리고 있는데 한 사내가 안방에서 나오면서 단호하게 말했다. 이 뜻밖의 사태에 우리는 잠시 아연했다. 그러나 그 당시 누구나 경험했겠지만 우리는 자신에게서 느껴지던 어떤 막연한 힘을 과신하고 맹렬한 기세로 대들었다.

"당신 누구야?"

세상이 어떻게 돌아가는 줄도 모르느냐. 권력의 탄압을 받고 한 천재 소설가가 스스로 목숨을 끊으려고 했는데, 그래 가만히 보고 있으란 말이냐. 불의는 마땅히 척결되어야 한다. 무엇보다 유중서를 정확하게 진단하여 빨리 치료해야 한다. 직접 그를 만나봐야겠다. 가족이 허락했는데 당신이 뭐 길래 우리를 막느냐. 우리는 기세등등했다. 우리 앞엔 무적이라고 생각했다. 그러나 윤 박사의 태도는 시종 강경했다.

"이유는 간단합니다. 이 자해사건은 여러분이 알고 있는 사실과는 거리가 멀기 때문입니다."

알리바이 서설

"닥쳐. 관등성명을 대. 당신 누구야?"

정치인이 벌컥 화를 내며 소리쳤다.

"유중서를 치료하고 있는 의사입니다."

윤 박사는 눈도 깜짝하지 않고 대답했다.

"고집 피우지 말고 데려와요."

정치인이 다그쳤지만 소용이 없었다.

"전 환자를 보호할 의무가 있습니다."

"우리도 보호할 의무가 있소."

"그건 차후의 일입니다."

윤 박사는 한 치도 물러서지 않았고, 마지막으로 단호한 목소리로 말했다.

"다시 분명히 밝혀두고 싶습니다. 이번 사건은 소문과는 다릅니다. 전 불확실한 소용돌이 속에 환자를 내맡길 수는 없습니다. 미안합니다."

결국 우리 일행은 철수할 수밖에 없었다. 나는 달랐다. 홀로 응접실에 남아서 다음날 아침까지 윤 박사와 대치했다. 갑자기 내 일상이 무색(無色)으로 조용한 허공으로 보이며 그 속으로 유중서의 존재가 밀려들기 시작했다. 내 끈질긴 태도에 감동했음인지 입을 꼭 다물고 있던 윤 박사가 마침내 입을 열기 시작했다. 그의 말투도 한결 부드러워졌다.

"어느 날 유중서의 아버지가 찾아왔더군요. 처음엔 사업상의 의논을 하러 온 줄 알았습니다. 내가 귀국했을 때 그의 제약회사에서 일한 적이 있었으니까요. 그런데 참으로 뜻밖의 부탁을 하더군요. 아들의 정신병을 고쳐달라는 것이었습니다. 그것도 집으로 와서 말입니다."

"그건 비밀이 샐까봐 그랬겠죠?"

"그런 셈이죠. 유중서는 소설가지만 언젠간 아버지의 기업을 이어받아야 할 사람이니까요. 하여튼 유중서를 보는 순간 나는 그의 병을 금방 알아볼 수 있었습니다. 그래서 그동안 자신 있게 그의 병을 치료해 왔는데 이번에 그만 자살 소동이 터지고 만 겁니다."

"병세를 좀 말씀해 주십시오. 난 그의 친구입니다."

"이런 정도는 얘기해 줄 수 있겠군요. 그가 앓고 있는 병은 일종의 감정 장애입니다. 순전히 내적인 부조화와 불균형에서 온 병이죠. 사람에 따라서는 감정이 원형(圓形)으로 마치 고무풍선처럼 무한히 팽창하거나 수축하는 수가 있는데 이때 타고난 능력이 그걸 감당하지 못하면 정신의 조화와 균제가 깨지고 맙니다. 마치 강력한 모터를 단 배가 그 힘을 이기지 못해 선체가 부서져 버리듯이 말입니다."

"무슨 말인지 잘 모르겠군요. 하지만 요컨대, 그의 병은 어떤 사회적, 환경적 원인에서 온 게 아니라 어디까지나 선천적으로 타고난 기질에서 온 것이다, 이런 얘기 아닙니까?"

"그렇습니다."

"요즘 보면 걸핏하면 피해망상이니 관계망상이니 하면서 정신장애를 으레 무슨 망상 쪽으로만 둘러맞춰 버리려는 경향이 있습니다. 게다가 정신분석 같은 걸 한답시고 곧잘 그럴듯한 심리적 허구를 만들어 내더군요. 우리가 경계해야 할 것은 바로 이 심리적 허구들입니다. 그게 환자를 영원한 악순환 속에 가두어버릴 수도 있으니까요. 정신요법이나 정신분석 같은 게 엉터리란 얘기가 아닙니다. 세상엔 그런 방법으로 치료할 수 없는 병이 얼마든지 있다는 얘기죠."

"박사님의 치료방법은 어떤 것입니까?"

"일종의 화학요법이죠. 광수에서 생긴 하얀 리튬분말을 주로 사용합니다. 이 요법을 정신의학의 제삼혁명이라고들 하더군요. 과학이 정신을 치료하는 가장 좋은 예라고나 할까요."

그는 어느새 그의 비법을 내게 털어놓고 있었다. 우리는 갑자기 친해진 것 같았다.

알리바이 서설

"선생님의 혁명을 믿겠습니다. 유군을 구해 주십시오. 그는 나의 태양입니다."

나는 이런 말을 남기고 그날 자리를 떴다. 그 이후에도 가끔 병원으로 윤 박사를 찾아갔는데 어찌된 셈인지 그는 유중서에 대한 얘기는 한마디도 하지 않았다.

"뭐가 잘못 돼 가고 있는가요?"

윤 박사가 좀 기운을 내는 것 같아서 나는 얼른 물어보았다.

"뭐가요?"

그는 무엇에 찔린 사람처럼 움찔했다. 안개비 속에서 뭔가가 잘못되어가고 있는 듯한 느낌, 이것은 오월의 불안이었다. 나는 불안을 빨리 떨쳐 버리고 싶었다.

"모르겠어요. 하지만 지난 사흘 동안 전 선생님이 좀 이상하다는 느낌에 시달려왔습니다. 혹시 유중서가 다시 어떻게 된 거 아닙니까?"

나는 그의 눈을 천천히 들여다보며 말했다.

"그렇게 보입니까?"

그는 잠시 당황한 표정을 지었다가 이내,

"이상하게 보였다면 그건 내 문제 때문이겠죠."

이렇게 얼버무리고는 슬며시 손을 뒤로 뻗쳐 창문을 닫았다. 안개비가 차단되고 펄럭거리던 커튼이 창문 위로 조용히 가라앉았다. 허공에 남아 있던 안개비가 몸으로 배어들면서 실내는 어항 속처럼 맑아지기 시작했다. 그때 문이 열리면서 복도에서 본 여자가 찻잔을 들고 들어왔다. 그녀의 긴 머리카락이 커튼과 함께 한번 크게 출렁거렸다. 여자는 찻잔을 탁자 위에 놓고 나서 슬그머니 내 옆에 앉았다. 우리 사이에는 잠시 어색한 침묵이 흘렀다. 윤 박사가 암말 없이 차를 마시기 시작했다. 나는 찻잔을 입으로 가져가며 여자

에게 가만히 고맙다고 했다. 여자가 갑자기 빠르고 높은 소리로,

"내 커피가 늘 맛없다고 그랬죠. 오늘은 자신 있어요."

하며 고개를 쭉 빼고 나를 똑바로 쳐다보았다. 나는 엉겁결에 얼른 커피를 한 모금 마시고 나서

"커피 맛이 그만인데요."

하고 말했다.

"그럼 오늘밤 함께 가주시는 거죠."

여자가 이번엔 엉덩이까지 들썩이며 말했다.

"롯데리아는 싫어요. 우리 신라에 가서 저녁 먹어요, 네."

얼떨떨했지만 나는 잠시 여자와 가고 싶다는 충동에 시달렸다.

"우리끼리 할 얘기가 있소. 이제 가 봐요."

어느새 다가왔는지 윤 박사가 여자의 어깨 위에 손을 얹으며 말했다. 여자는 슬픈 얼굴로 나를 한번 쳐다보고 나서 찻잔을 챙겨들고 나가버렸다.

"저 여자의 커피는 처음 마셔보는데요."

"당연하죠. 나도 처음이니까요."

"누굽니까?"

"내 아냅니다."

윤 박사가 담담하게 말했다. 나는 이상하게도 그의 말투에서 혐오감을 느꼈다. 밖에서 차가 급히 멎는 소리가 나고 조금 후에 한 사내가 숨을 헐떡이며 들어왔다.

"방금 나갔으니까 찾아서 빨리 집으로 데려가요."

윤 박사가 사내에게 큰소리로 말했다. 사내는 후닥닥 밖으로 뛰어나갔다. 나는 그제야 윤 박사를 둘러싸고 있는 그 음울한 분위기를 이해할 수 있을 것 같았다. 우이동행이 어쩐지 무의미하게 느껴지기 시작했다. 나는 속으로 우이동에 가지 않기로 결심했다.

알리바이 서설

"어떻습니까, 청진동에 가서 술이나 한잔 할까요? 제가 사겠습니다."

나는 내 결심을 말했다.

"그럽시다. 우리 이야기나 합시다."

윤 박사가 흔연스럽게 대답했다. 나는 자리에서 일어날 차비를 했다. 그런데 그가 소파에 몸을 묻으며 차분히 이야기를 시작하는 것이었다.

"요샌 아내를 보면 어릴 때 생각이 납니다."

윤 박사가 불쑥 아내 이야기를 꺼냈다. 이상한 부부의 이야기를 늘 좋아해 왔지만 이것만은 재미가 없을 것 같았다. 나는 귀를 기울이지 않을 수 없었다.

"산길이나 논두렁에서 뱀을 발견하면 나는 사생 결단코 막대기로 쳐 죽였습니다. 그럴 때마다 밤에 꿈을 꾸면 그 뱀이 되살아나서 내 발등을 물어뜯곤 하더군요. 그럴수록 난 다음에 뱀을 만나면 꼬리의 마지막 꿈틀거림이 멎을 때까지 더 철저하게 죽여 놓았습니다. 그러나 뱀은 꿈속에서 여전히 살아나더군요."

윤 박사가 잠시 말을 끊고 손바닥으로 얼굴을 쓸었다.

"그래서 어떻게 됐습니까?"

"뻔하지 않습니까? 나중엔 뱀을 만나면 달아나버렸죠."

문득 이상하다는 생각이 들었다. 나는 손목시계를 한번 들여다보고 나서

"이상한데요. 그런 얘기는 왜 합니까?"

"불안해서 그렇습니다."

나는 깜짝 놀랐다. 그의 입에서 그런 말이 거침없이 나올 줄은 몰랐다. 의사는 생명의 개념을 조금은 안다. 불안 절망 분노 이런 어설픈 것들로 결코 생활을 낭비하지 않는다. 그래서 그들이 현실적으로 좀 유복하게 살아가는 것은 당연하다. 내가 의사를 조금이라도 부러워했다면 이런 점들 때문이었는데 윤 박사는 형편없이 자신을 소모하고 있는 것 같았다.

"왜 불안해하십니까?"

"아내는 나를 찾아온 환자였습니다."

윤 박사는 대답 대신 아내의 이야기를 계속했다.

"병력이 화려하더군요. 세 차례의 자살 미수에다 삼 년 동안이나 침묵에 싸여 있었으니까요. 나는 그녀에게서 한마디 말을 끌어내기 위하여 사 년이란 세월을 보냈습니다."

"그러니까 칠 년 만에 말을 하게 된 셈이군요."

"그런 셈이죠. 어째서 내가 여자의 침묵에 그토록 오랫동안 매달려 있었는지 지금은 그 이유를 알 것 같습니다. 그녀의 침묵을 거부의 몸짓으로 봐버린 겁니다. 여자의 거부의 몸짓이 죽음이나 매음에 의해 보강돼 있을 때 그건 정말 무서운 매력을 지니고 있더군요. 봄이 되면 으레 강물에 뛰어들어 목숨을 끊어버리려고 해서 좀 고생을 했습니다만 여자에게서 한마디의 말을 끌어내기 위해 밤낮 낑낑대던 그때가 난 오히려 행복했습니다. 그러던 중 어느 날 갑자기 그녀 입에서 말이 터져 나왔습니다."

"무척 실망……."

실망했겠군요. 하려다가 난 입을 다물어버렸다.

"하아, 나 정말 놀랐습니다. 그날 이후로 여자가 그렇게 돌변해버릴 수가 없었습니다. 쉴 새 없이 지껄이고 까불고, 그리고 남자를 유혹하기 시작했습니다."

"그 그물에 결국 박사님이 걸렸군요."

나는 재미있다는 듯이 말했다. 그가 허허허 하고 잠시 공허하게 웃고 나서 말을 이었다.

"하여튼 한때는 유혹에 걸린 사내들을 털어내느라고 진땀을 흘리는 것 같더군요. 이제 와서는 그녀가 거절할 만한 남자가 없게 돼 버렸습니다."

"선생님의 치료가 그녀를 참으로 외롭고 쓸쓸한 여자로 만들어 버렸군요."

나는 진심으로 여자가 측은해서 이렇게 말했다.

알리바이 서설

"문인이라 역시 빠르시군요."

윤 박사가 혼잣말처럼 중얼거렸다. 그의 말이 귀에 거슬렸다.

"난 문인이 아닙니다. 월간문학에 단편소설을 몇 편 발표했을 뿐입니다."

"게나 가재나 그게 그거 아닙니까. 유중서씨는 왜 좋아하십니까?"

이제 아내에 대한 이야기는 다했다는 듯이 그가 별안간 화제를 돌렸다.

"극복할 수 없었으니까요."

나는 갑자기 감회어린 목소리로 말했다. 이번엔 내가 회상에 잠겼다.

"대학에서 창작을 함께 공부했습니다. 그가 재빨리 신춘을 뚫고 데뷔하더군요. 왠지 나는 갑자기 절망적인 기분에 빠져버렸습니다. 그를 능가하지 못하면 영영 내가 소설을 쓰지 못할 것만 같은 예감이 들더군요. 그때부터 그의 소설을 열심히 읽기 시작했습니다. 끝내 그를 극복하지 못했고 나는 한때 소설에서 손을 떼고 말았습니다."

"그게 그를 좋아하시는 이유입니까?"

윤 박사가 어이없다는 듯이 말했다.

"그렇습니다. 분명히 가슴에 와 닿는 감동과 메시지는 있는데 도무지 그 실체를 알 수 없단 말씀예요. 그렇지만……."

나는 말을 끊고 잠시 생각했다. 자궁처럼 무섭게 열리는 감성, 나는 숨을 죽이고 그 속으로 추적해 들어갔다. 그러면 그는 재빨리 새벽바다보다 더 깊은 환상 속으로 자취를 감춰 버렸다. 한참 안개 속을 헤매다가 간신히 그를 다시 발견했을 때는 그는 또 어느새 찬란한 영채(靈彩)로 둘러싸인 극계를 배회하고 있었다. 허공에 떠있는 높은 성, 그 아득한 거리 저 편에서 그는 언제나 나를 내려다보고 있었다. 화려한 그의 문체는 그러니까 내겐 언제나 황금빛 채운(彩雲)이었고 생동하는 그의 묘사는 높은 극계에서 그가 내게 보내는 영혼의 목소리였다. 그러나 그를 찾아 헤매는 일이 조금도 고통스럽지가 않았다. 그랬다. 그건 내게 오히려 유일한 즐거움이 되고 있었다. 그 시절 누가 뭐래도 나를 가장 괴롭혔던 것은 속살이 훤히 들여다보이는 허구들, 나를 한 번도 속여본 적이 없는 우리 시대의 허구들이었으니까. 아아, 바보 같은 거짓말들, 이 병신들 때문에 나는 혼자서 얼마나 가슴을 쳐야 했던가.

"결국 내가 유중서를 좋아한 건…… 재미가 있어서 그랬던 것 같군요. 아무리 지겨울 때도 그의 글을 읽으면 며칠씩은 버틸 수가 있었으니까요."

내 말에 흡족해서 내가 혼자 고개를 끄덕이고 있는데 윤 박사가 갑자기 눈을 빛내며 말했다.

"옳은 얘깁니다. 백동전(白銅錢) 같은 광기가 온몸을 달아오르게 하는가 하면 어느새 철사 같은 냉기가 가슴을 찌릅니다. 사실 그만 재미도 그리 흔치 않거든요."

이런 말을 할 수 있다는 게 의사에겐 장점이 될까, 단점이 될까 아무래도 단점이 될 거라고 생각하고 있는데,

"오늘 우이동에 가 버립시다."

하며 그가 자리에서 벌떡 일어났다.

"벌써 날이 어두워지고 있는데요."

"아닙니다. 구름 위엔 해가 떠 있을 겁니다. 어쩐지 오늘 안 가면 내 맘이 흔들릴 것만 같군요."

윤 박사는 종잡을 수 없는 말을 했다. 의사의 흔들리는 마음은 도대체 누가 잡아줄 수 있을까. 그를 따라 나는 자리에서 일어났다. 잠시 후 우리는 나뭇잎이 빗물에 엉겨 붙은 미끄러운 비탈길을 내려와서 병원 앞에서 차를 탔다. 거리엔 벌써 어둠이 내리고 있었다. 종일 내리다가 밤만 되면 으레 그치는 비, 염병할 비는 어느 틈에 그쳐 있었다.

"손님은 누구세요? 초대권을 가졌나요."

인터폰에서 갑자기 여자의 목소리가 튀어나왔다. 나는 깜짝 놀라 대문에

서 한 발짝 물러섰다. 뒤따라온 윤 박사가 재빨리 대문에 대고 말했다.

"무관한 사람이오. 문을 열어요."

이윽고 대문이 소리 없이 열렸다. 우리는 도둑고양이처럼 잽싸게 안으로 들어갔다. 제기랄, 대문 어디엔가 박혀 있는 눈이 우리를 감시하고 있었던 모양이다. 숲속의 저택은, 소리 소문 없이 잘 살아가는 사람들이 늘 번뜩이는 눈초리로 바깥세상을 감시하고 있는 유중서의 집은 역시 하나의 성(城)이었다.

"경계가 심하군요."

"당신은 낯선 사람이니까요."

윤 박사가 속삭이듯이 말했다. 사방은 이미 어두워져 있었다. 나무 사이로 보이는 하늘은 잿빛으로 번들거리고 있었고 천둥이 먼 하늘가로 굴러가며 둔중한 북소리를 내고 있었다. 시커멓게 웅크리고 있는 숲 너머로 불빛이 안개처럼 뿌옇게 몰려 있는 게 보였다. 우리는 불빛을 향해 빠른 걸음으로 걸어갔다. 숲은 좀처럼 밝은 데를 드러내놓지 않았다. 숲속은 그만큼 깊고 멀고 견고했다. 어둠을 뚫고 눈에 익은 광경이 떠올랐다. 한두 번 구경한 적이 있는 이 숲속의 풍경이었다. 높은 철책으로 둘러싸인 밋밋한 산기슭에는, 숲이 우거지고 개울물이 흐르고 숲 한복판에는 웅장한 대리석건물이 서 있고, 건물을 중심으로 사방 숲속으로 부챗살처럼 길이 나 있고, 길 끄트머리에는 돌기둥에 붉은 기와를 올린 집들이 자리 잡고 있었다. 곳곳엔 분수가 물을 뿜는 그림 같은 연못이 있었다. 산기슭을 휘감고 도는 개울을 아예 거대한 인공 풀장으로 바꿔놓았고 그 옆엔 한강에서 모래를 실어 와서 만들어 놓은 백사장이 있었다. '시농소'(時弄巢) 유중서는 이곳을 그렇게 불렀다. 성주는 유 회장이었다. 이젠 그가 죽고 없으니 유중서가 그 자리를 계승했다. 불빛은 대리석건물의 창에서 새어나오고 있었다. 창에는 안으로 커튼이 쳐져 있었고 커튼 위에는 많은 사람의 그림자가 한데 엉겨서 움직이고 있었다. 그림자가 머리와 손을 흔들 때마다 요란한 박수 소리가 터져 나왔다. 집안은 온통 이상한 열기로 술렁이고 있었다. 이윽고 그림자들이 잠잠해지면서 음악소리가 흘러나오기 시작했다. 건물입구로 오르는 계단 앞에 이르렀을 때 쭉침묵을 지키고 있던 윤 박사가 입을 열었다.

"어두운 거리보다는 이곳이 나을 것 같더군요."

나는 가슴으로 달려와서 쿵쿵거리고 있는 북소리를 듣고 있었다.

"예, 여기는 재미있을 것 같군요."

시농소 안에서 일어나고 있는 일이라면 나는 조금은 알고 있었다. 그중에는 가끔 엄청나게 비용이 드는 음악회 같은 게 들어있었다. 오늘밤 그 음악회가 열리고 있는 것 같았다.

"오늘도 피에르 푸르니에 연주회 같은 겁니까?"

내가 가만히 물어보았다.

"아닙니다. 요샌 여성보컬 같은 게 판치더군요. 가끔 소문난 저질들이 찾아오거든요."

몹시 불만이란 듯이 윤 박사가 얼굴을 찡그리며 말했다. 가슴이 덜컥 내려앉았다. 내 방문의 목적을 어느새 음악회 쪽으로 맞춰놓고 있었는데 그게 틀려버린 것 같았다. 윤 박사가 소문난 저질들을 내게 구경시켜 줄 리가 없었다. 나는 한번 매달려 보았다.

"구경시켜 주지 않겠습니까?"

나는 턱으로 건물 쪽을 가리키며 말을 이었다.

"실은 몹시 걱정을 했거든요. 유중서 씨를 만나면 무슨 말을 하나 하구요."

그건 사실이었다. 구름보다 높은 미망에서 깨어난 사람, 쉽게 말해 미쳤다가 깨어난 사람에게 도대체 무슨 말을 할 것인가.

"저 총중에서 슬쩍 만나보겠다는 얘기로군요."

윤 박사가 건물 안의 불빛을 가리키며 말했다. 우리는 석조건물의 마지막

알리바이 서설

계단을 오르고 있었다.

"유중서는 저 속에 있지 않습니다."

계단을 다 오른 윤 박사가 나직이 말했다. 우리는 불빛이 번쩍이는 대리석 기둥 사이를 지나 오른쪽으로 난 길로 들어섰다. 그 길은 숲속의 집으로 통하는 길이었다. 순간 그의 등을 잡아끌고 대리석건물 속으로 들어가고 싶은 충동을 느꼈다. 나는 음악회가 몹시 그리웠다.

"노래하는 저 여인을 보십시오."

언젠가 유중서가 우리에게 음악회를 설명했다.

"검은 벨벳 속에 그녀는 빛나는 육체를 감추고 있습니다. 무대에는 청회색 막을 드리우고 백열등 하나만을 켜놓았습니다. 나는 단조로운 저 빛살 속에 오로지 음악만을 잡아두고 싶었습니다. 휘황한 조명이나 분별없는 갈채는 곧잘 음악을 몰아내버리더군요. 예술이 떠나고 나면 남는 건 소음과 색깔과 관능뿐입니다."

아무리 부자지만 요컨대 매음 같은 예술에 마구 돈을 쓰는 바보는 아니다, 대개 그런 내용의 이야기였는데 나는 그때 그의 음악회를 좋아할 수가 없었다. 지금은 달랐다. 촛불 같은 어두운 조명 속에서 노랫소리는 유령처럼 커가고 그 소리의 격류에 휩쓸려 모두가 어디론가 떠내려가곤 했던, 그래서 천장의 화려한 장식이며 대리석 기둥이 더욱 어지럽고 음산하게 느껴지곤 했던, 그 음악회를 나는 꿈꾸고 있었다. 그 음악회에 대한 나의 꿈은 금방 깨지고 말았다.

"조용히 말씀드릴 게 있습니다."

윤 박사가 불쑥 말했다. 우리는 숲속의 집 앞에 와 있었다.

"우선 집안으로 들어갑시다."

윤 박사가 뚜벅뚜벅 현관 쪽으로 걸어갔다.

"어디로 가는 겁니까?"

나는 뒤따라가며 불안한 음성으로 물었다. 윤 박사가 걸음을 멈추고 잠시 나를 돌아다보더니,

"여태 모르고 있었군요. 내가 여기 살고 있다는 거. 그렇다면 유 회장이 내 장인이라는 것도."

"예? 그러니까 박사님이……. 아, 정말 몰랐습니다."

나는 정신을 차릴 수가 없었다. 온몸이 뜨겁게 달아오르는 걸 느꼈다. 부자가 우리에게 줄 수 있는 그 무궁무진한 재미, 어쩌면 희망 같은 것, 나는 어느새 그런 걸 기대하면서 가슴을 설레고 있었던 것이다. 희망이래야 강남 신개지나 피서지 같은 데서 느낄 수 있는 그 방만하고 허망한 욕망 같은 것이었지만 그것은 내 마음을 흔들어 버리기에 충분했다. 내 마음은 도망치고 싶도록 죽고 답답했으니까. 안개비의 불안, 그 끝없는 미망 속의 방황, 저문 날에 찾아온 이 저택에는 우정 대신 적의가 얼음처럼 눌어붙어 있고 아아, 나는 달리 무엇을 바랄 것인가. 집 안으로 들어서자마자 내 마음을 꿰뚫어 보고 있었다는 듯이 윤 박사는 참으로 뜻밖의 말을 했다.

"제 자리를 맡아 주십시오."

소파에 털썩 주저앉으며 윤 박사가 말했다. 그의 목소리가 떨리고 있었다.

"무슨 얘긴지 모르겠군요."

내 귀를 의심했다.

"내 얘기는 아주 간단합니다. 나 대신 동해제약회사를 맡아달라는 겁니다."

"오, 이럴 수가. 나는 그럴 만한 능력도 지식도 없습니다. 왜 갑자기 나 같은 사람에게 맡기려고 하는 겁니까?"

"내가 맡기고 싶다는데 무슨 이유가 필요합니까. 회사는 내 소유니까 얼마든지 가능하구요. 특별한 능력이나 지식은 필요 없고 그냥 자리에 앉아서 판단하고 결정을 내리기만 하면 됩니다. 어떻습니까?"

나는 꿈을 꾸고 있는 것만 같았다.

"글쎄요, 하도 꿈만 같은 얘기라서."

꿈같은 이야기는 오래 가지 않았다.

"유중서에게도 내 생각을 말했습니다. 당연한 순서입니다. 우리는 회사를 공유하고 있으니까요. 오늘밤 함께 만나서 결정을 내리자고 하더군요."

나는 꿈속에서 확 깨어났다. 이 저택에서 내가 할 일을 다시 한 번 깨달았다. 그것은 누가 뭐래도 유중서를 만나는 일이었다. 가슴이 무섭게 부풀어 올랐다.

"고맙습니다."

나도 모르게 이런 소리까지 하고 말았다. 내가 잠시 머쓱해질 수밖에 없었는데 그래서 얼른,

"벌써 손을 떼려고 하는 이유가 뭡니까?"

하고 물었다.

"사실 그동안 나는 너무 쉽게 계속 떠맡기만 했거든요."

어색해서 그냥 물어본 것인데 그가 내 말을 길게 물고 늘어졌다.

"나는 맨 먼저 병든 내 아내를 맡았습니다, 천신만고 끝에 아내의 병을 고치고 나니까 삼선동병원을 내게 떡 맡기더군요. 삼선동에선 주로 유중서를 치료했습니다. 한참 정신없이 유중서에게 매달려 있는데 이번엔 느닷없이 방학동 공장을 떠맡기더군요. 그로부터 얼마 안 되어 유 회장이 세상을 떠났습니다. 하아, 그런데 그 양반 유언 속에서 또 어느새 내게 동해제약회사 사장 자리를 맡겨놓았더군요. 모든 게 운명이었습니다. 하지만 이젠 더 이상 맡을 수 없습니다. 난 피곤해요. 게다가 아내가 다시 앓기 시작했습니다."

그는 고백을 많이 했다. 사람을 제정신이 아닐 때 고백을 많이 하지 않던가. 나는 빨리 유중서를 만나고 싶었다.

"유중서는 지금 어디 있습니까?"

"숲속에서 바람을 쐬고 있을 겁니다."

윤 박사가 자신 있게 말했다. 나도 좀 허세를 부리며,

"아하, 음악회가 신통찮았던 모양이군요. 그럴 땐 곧잘 어디론가 숨어버리곤 했죠."

라고 말했다. 윤 박사가 나를 멀거니 바라보며,

"잘 알고 있군요."

하고 혼잣말처럼 중얼거렸다. 그때 방문이 열리고 한 여자가 들어왔다. 얼굴이 갸름하고 퍽 육감적인 서른 살쯤 먹어 뵈는 여자였다. 그녀의 서른 살은 여자의 색깔 눈빛 살빛에서만 볼 수 있었고 가는 허리며 탄탄한 둔부며 팽팽한 가슴에는 팔팔한 이십대가 그대로 살아 있었다. 드레스 밖으로 드러난 하얀 가슴이 눈부셨다. 여자는 나를 보자 활짝 웃어 보이더니 이내 윤 박사 옆으로 다가가서 귓속말을 하기 시작했다. 잠시 여자의 웃음을 떠올리면서 가슴이 뭉클하도록 신선한 충격을 느끼고 있는데 별안간 윤 박사가 큰소리로 말했다.

"그렇게 심한가?"

돌아다보니 그의 얼굴이 어느새 굳어져 있었다.

"두 차례나 수술을 받았는데도 아직 깨어나지 못하고 있어요. 이번엔 무사할 거 같잖은데 어떡하죠?"

여자가 떨리는 목소리로 말했다. 잠시 방안은 무거운 침묵에 싸여 있었다.

"알겠소. 내 곧 가리다."

윤 박사가 내뱉듯이 말했다. 여자가 내게 눈웃음을 보내고 나서 문 밖으로 걸어 나갔다. 윤 박사가 여자의 등에 대고 큰소리로 말했다.

"친구가 찾아왔다고 전해 줘요."

잠시 후 윤 박사도 문께로 걸어 나가며

"잠깐 가봐야겠소. 유중서를 만나보세요. 기별이 곧 올 겁니다. 그럼 이따 만납시다."

하고 말했다. 윤 박사가 밖으로 사라져 버렸을 때 내 마음이 그렇게 적막해질 수가 없었다. 퍼뜩 그냥 가버릴까 하고 생각했다. 유중서에 대해서라면 난 희망을 잃어본 적이 없었다. 완벽한 환경, 유복한 시간, 쾌적한 공간 속에서 그가 창출해 보여준 것들은 내겐 늘 즐거움이었으니까. 그를 만나서 그 즐거움을 확인하고 싶었다. "이 속악한 땅에 네가 살고 있으니 아아, 여기는 아직 살아갈 만한 곳이로구나." 하다못해 이런 말이라도 하고 나서 떠나리라 마음먹었다. 문득 깨닫고 보니 그사이 내 가슴에 붙어서 쿵쾅거리고 있던 음악소리가 어느새 그쳐 있었고 그 대신 사람들이 왁자지껄 떠들며 돌아가는 소리가 바람통에서 들끓고 있었다. 음악회가 끝난 모양이었다. 인기척이 멀리 사라져 갔을 때, 내 마음이 별안간 또 걷잡을 수 없이 적막해지며 그 적막한 기운을 이기지 못해 쩔쩔매고 있을 때, 그때 요란하게 벨이 울렸다.

"지금 수영장으로 가 보세요. 회장님이 기다리고 계십니다."

인터폰이 나긋나긋한 여자의 목소리로 말했다. 그 목소리는 잠시 허공을 맴돌다가 사라져갔다. 나는 그 목소리를 추적해가듯 부리나케 수영장으로 갔다. 물가에는 군데군데 정자가 서있었고 정자에는 수은등이 켜져 있었다. 수은등은 안개비 속에 부옇게 떠있었다. 불빛 속에는 아무도 없었다. 건너 편 산그늘에 갇혀 있는 어둠은 칠흑, 그 칠흑 속에서 간간이 물 끼얹는 소리가 들려올 뿐이었다. 그건 어둠 속에서 거울이 깨어지는 소리 같았다. 나는 정자에 앉아서 캄캄한 수면을 내려다보며 수은등의 파란 불빛 속으로 유중서가 나타나기를 기다리고 있었다. 이윽고 가까이서 별안간 물장구 소리가 나고 이내 눈 아래 시커먼 수면이 천천히 수은등의 파란 불빛으로 바뀌지더니 불쑥 사람의 머리가 물 위로 떠올랐다. 나는 진저리를 쳤다. 다음 순간 사방으로 물방울을 튕기면서 물 밖으로 걸어 나오는 발가벗은 유중서를 보았다. 그는 나를 보자 히죽 웃으며 한 팔을 번쩍 쳐들어 보였다.

그 맑고 깨끗한 산수(山水) 속에서 그는 왜 싱싱하고 튼튼한 성충이 될 수 없었을까. 그날 밤 내가 만난 것은 누가 뭐래도 검고 누렇게 찌들어버린 한 마리의 못 생긴 번데기였다.

"밤 수영을 즐기는가?"

너무 반가워서 유중서를 한바탕 부둥켜안고 나서 내가 물었다.

"이 얼음물 속에서 수영을 즐겨? 하하하."

어림없는 소리 말라는 듯이 유중서가 소리 내어 웃었다.

"오늘밤도 온 몸에 쥐가 나서 난 하마터면 익사할 뻔했어. 이건 참담한 싸움이야."

"그런 일을 왜 하는가?"

"열이 뻗쳐서야. 오늘밤 가수의 노래를 듣고 난 또 발기하고 말았어. 요샌 왜 썩은 감정만 끓어오르는지 모르겠어. 재깍 개울물로 뛰어 들었지. 이런 식으로 난 치욕과 싸워 왔으니까."

내 눈을 똑바로 쏘아보며 유중서가 말했다.

"발기할 테면 얼마든지 하라지 뭐. 불연하면 수음으로도 풀 수 있는 거 아냐?"

내가 짐짓 농담조로 말하자 유중서가 펄쩍 뛰었다.

"안 돼. 철저히 짓눌러서 응징해야만 해."

나는 픽 웃음이 나왔다. 그악스런 목소리, 쏘는 듯한 그의 시선에서 옛날의 광기는 사라지고 없지만 치기 같은 게 엿보였다. 음악회서 예술적 감동 말고 성적 흥분을 느꼈다고 해서 얼음물에 뛰어들어 정화해보겠다는 발상 자체가 한없이 유치하게 느껴졌다. 설사 예술이 골백번 우리를 발기시킨다 해도 그렇듯 악착을 떨 것까지는 없지 않는가. '참으로 한심스럽구나.'

"몸이 안 풀려. 빌어먹을, 이건 순전히 자네 때문이라구."

유중서가 버럭 소리를 질렀다. 그의 얼굴이 험하게 일그러져 있었고 눈에는 파란 불이 켜져 있었다. 내게 노골적으로 화를 내고 있었다. 왜 그럴까?

알리바이 서설

내가 쩔쩔매고 있는데 그가 내 어깨를 탁 치며,

"방법은 있어. 짐(gym)에 가서 땀을 한 바께쓰쯤 흘리는 거야."

하고 말했다. 그는 정자 난간에 걸어놓은 옷을 걷어서 어깨에 메고는 황급히 물가를 떠났다. 허둥지둥 그의 뒤를 따라갔다. 우리는 산기슭을 돌아서 숲가에 있는 단층 시멘트 건물 앞에 이르렀다. 첫눈에 체육관임을 알 수 있었다. 유중서가 안으로 들어가자 집 안팎이 별안간 대낮같이 밝아졌다. 육칠십 평돼 보이는 건물 안에는 가지가지 운동기구들이 즐비하게 놓여 있었고 한쪽 벽에는 샤워장과 간단한 홈바까지 있었다. 유중서는 안으로 들어서기가 무섭게 마룻바닥에 찰싹 엎드려서 팔굽혀펴기를 시작했다. 금세 그의 몸에서 불빛에 번쩍이며 땀이 흐르기 시작했다. 홈바 앞에 놓인 의자에 앉아서 나는 그가 땀을 빼는 광경을 구경할 수밖에 없었다. 몸이 으슬으슬 떨리고 배가 몹시 고팠다. 유중서는 실내에 있는 그 많은 운동기구와 나를 거들떠보지도 않은 채 팔굽혀펴기만 계속했다. 간간이 힘이 빠지면 벌떡 일어나 서너 번 팔을 앞뒤로 흔들어보고 나서 다시 엎드리곤 했다. 이윽고 땀을 뻘뻘 흘리며 내 앞으로 다가왔다.

"이제야 좀 풀리는 것 같군."

그가 가쁜 숨을 몰아쉬며 말했다.

"아주 건강해 보여. 정말 반가워."

참으로 나는 반가웠다.

"반가울 거 없네. 좋은 포도주, 좋은 음식 덕분에 좀 기름져 보이는 것뿐이니까. 건강은 순 기분이라구. 내 선친을 보게."

난데없이 유중서가 죽은 그의 아버지 이야기를 끄집어냈다.

"나흘 만에 콧수염을 몽땅 밀어버리고 돌아왔더군. 세컨드 집들을 죄다 뒤져봤지만 그의 행방을 알 수 없었던 건 수염을 밀어버려서 그랬던가 봐. 어쨌든 집에 돌아온 지 사흘 만에 그토록 단단하던 양반이 쓰러져 숨을 거두고 말았어. 그런데 자네…"

그가 갑자기 언성을 높였다.

"내 화를 돋울 셈인가?"

그가 나를 노려보기 시작했다. 왜 또 갑자기 저럴까. 참으로 성이 가셨다.

"이봐 윤어평, 자네 어쩌자고 지금 여기 와서 떨고 있는 거야?"

나는 왈칵 부끄러움을 느꼈다.

"미안해. 밤늦게 찾아와서."

나는 슬그머니 자리에서 일어났다.

"난 자네가 안 올 줄 알았어. 내게 구걸할 만큼 궁색해졌나?"

그가 조소하는 듯한 웃음을 띠며 말했다.

"구걸을 하다니."

나는 도로 자리에 앉았다. 퍼뜩 내게 화를 내는 이유를 알 수 있을 것 같았다. 그가 빈정거리는 말투로 다그쳤다.

"언제부터 우리 회사에 관심을 갖게 됐나?"

"나 그런 적 없네."

"윤과는 언제부터 손발을 맞추기 시작했나?"

"말을 삼가게. 모욕을 당하는 건 죽기보다 싫어."

"닥쳐!"

그가 벌떡 일어서며 고함을 질렀다. 나는 숨을 죽이고 뚫어지게 그의 얼굴을 쏘아보았다. 그의 얼굴은 벌겋게 상기되고 두 눈은 무섭게 번뜩이고 있었다.

"비열한 자식."

그가 씨근덕거리며 말했다.

"내가 제 놈의 술수에 넘어갈 줄 알고 있다니까, 윤 박사 이놈이."

유중서가 옹졸하고 강퍅해진 것 같았다. 사납기가 짐승 같았다. 나는 이를 악물고,

"지금 오해하고 있는 거야. 자네 글을 읽고 맨 먼저 윤 박사에게 감사했네. 자네가 다시 글을 쓸 수 있게 된 건 그 분 덕 아닌가."

라고 했더니 그가 폭발해버렸다. 벌떡 일어나서 벽에 걸린 죽도를 빼어들고 냅다,

"어라차, 아흐."

소리치며 내 머리 너머로 번개같이 죽도를 내리쳤다. 벽 선반에 놓인 청자 하나가 박살이 났다. 그는 몸을 날려 내리치고 또 내리쳤다. 잠시 실내에는 고함소리와 병 깨지는 소리만이 요란하게 울려 퍼졌다.

"어라차 아흐, 철커덩 철커덩. 어라차 아흐 아흐, 철컹 철컹."

삽시간에 선반 위의 청자들이 죄다 박살나고 말았다. 이번엔 참으로 놀라운 일이 벌어졌다. 유중서가 눈 깜짝할 새에 벽에 걸린 패검(佩劍)을 뽑아 들더니 휭 구석으로 달려가서 마네킹을 난도질하기 시작했다. 구석에 서있는 마네킹은 칼받이 과녁으로 만들어 놓은 인형이었다. 인형은 순식간에 가슴이 찢어지고 배가 터지고 팔다리가 떨어져 나갔다.

"죽어라 아흐 아흐, 죽어라 아흐 아흐."

유중서는 칼질을 계속했다. 그의 눈은 허옇게 뒤집혀 있었고 땀으로 뒤범벅이 된 어깨의 근육이 지렁이처럼 꿈틀거리고 있었다. 어쩌다가 저런 원초적인 카타르시스만을 배워버렸을까. 인형의 머리까지 싹 베어 놓고 나서 유중서는 칼질을 멈추었다. 그는 숨을 헐떡거리며 샤워장으로 뛰어 들어갔다.

"어차피 기분을 풀어야했어. 자네도 왔으니까."

샤워장에서 나왔을 때 유중서는 사뭇 딴 사람이 되어 있었다. 그가 잔잔한 목소리로 말했다.

"광에 가서 포도주 맛을 보지 않으려나? 햇것 묵은 것 얼마든지 있어."

그가 앞장서서 그곳을 떠났다. 우리는 휘적휘적 산모퉁이를 돌아갔다. 수영장도 지나고 개울도 건너갔다. 이윽고 산자락 속에 숨어 있던 길쭉한 건물

이 우리 앞에 나타났다. 우리는 곧장 안으로 들어갔다. 확 끼쳐오는 향수냄새와 쏟아져 나오는 불빛 때문에 나는 잠시 어리둥절했다. 그가 말한 광(庫)이란 게 포도주뿐만 아니라 온갖 쾌락을 저장해 놓은 일종의 사설유곽이라는 걸 알았다. 그 긴 건물의 한쪽은 복도를 낀 방들로 되어 있었고 한쪽은 삼면을 유리창으로 터놓은 홀로 되어 있었다. 우리는 홀 한복판에 놓인 호화로운 식탁에 자리 잡고 앉았다. 식탁에는 어느 틈에 여러 가지 색깔의 술들과 앙증스럽게 생긴 안주들이 차려져 있었다. 방안이 너무 향기롭고 포근해서 그랬던지 갑자기 목이 메어왔다. 눈물을 삼키듯 나는 얼른 그가 따라주는 술을 마셨다. 방안으로 들어온 뒤로 유중서가 아주 싹싹해졌다.

"자넨 오늘밤 초대받은 거야. 여기 초대 받았던 사람은 아무도 없었어. 자넨 역시 내 친구야."

이런 말을 하기도 하고,

"말랑말랑하고 축축한 생활의 속살, 부패 또 부패, 잘 봐두게. 여기엔 내 서재도 있고 침실도 있고."

라고 지껄여대면서 요란하고 화려할 뿐 내 눈길을 끌 만한 거라곤 거의 없는 방안 구석구석을 보여 주었는데, 이 같은 행위는 나에 대한 우정을 새삼스레 강조하고 있는 것 같았다. 뒤늦게나마 그가 살갑게 굴기 시작한 것은 퍽 다행한 일이었다. 왜냐하면 그가 한때 미쳐 버렸던 사람이란 걸 깜빡 잊어버리고 하마터면 내가 폭발해 버릴 뻔했으니까. 그랬다. 그 무렵 나는 걸핏하면 기분 좋게 술 마시다가 술집을 쑥대밭으로 만들어 버리기 일쑤였고 그린파크에 놀러 갔다가 느닷없이 숲속의 연인들을 개울물 속으로 처박아 버리기 일쑤였고 눈물가스로 눈물을 흘리다가 냅다 가로수를 들이받아 이마를 으깨 놓기 일쑤였고, 그랬다. 단지 답답하다는 이유만으로 그런 짓을 해댔으니까 따지고 보면 그날 나는 골백번 폭발할 만했다. 안개비의 불안, 끝없는 미망 속의 방황, 저문 날에 찾아간 친구는 턱없이 날 조소하고 증오하고, 난들 달

리 어떻게 할 것인가. 술잔을 들고 꽤 즐거워져 있는데,

"방금 난 자넬 채용하기로 결정했네."

유중서가 갑자기 보스티를 내며 말했다.

"요즘 글이 너무 잘 써져서 골치라니까. 내 글 쓰는 일을 좀 도와 줘야겠어."

문득 우이동에 오기를 참 잘했다 싶은 생각이 들었다. 아무리 지겨울 때도 그의 글을 읽으면 며칠씩 견딜 수 있었으니까.

"자네 글이 보고 싶어. 당장 안 될까?"

내가 열띤 목소리로 말했다.

"그건 비즈니스야. 맑은 정신으로 읽어보는 게 좋겠어."

유중서가 턱을 치켜들고 거만하게 눈을 내리깔며 말했다. 술 냄새가 확 풍겨왔다. 그의 말투와 독한 술 냄새가 나를 불안하게 했다.

"내가 도울 수 있을까?"

"가끔 답답할 때 풀어주기만 하면 돼. 자넨 할 수 있을 거야. 마담 시농이 추천한 사람이니까."

마담 시농이라니, 누굴까. 나는 그 여자를 몰랐다.

"자네도 다시 글을 써 보게."

그가 계속 이상한 소리를 했다.

"이젠 웬만큼 에이징(aging)이 됐을 테니까. 다만 자넨 유명해 본 적이 없어서 치기를 부리고 엉뚱한 우화를 만들어 버릴 위험이 있단 말야. 그 점은 내가 알아서 유명 광고를 내줄게."

그의 말을 흉내 내며 이번엔 내가 밑도 끝도 없는 말을 했다.

"이번엔 진짜 천재가 돼 보게. 자네가 앓을 때도 나는 천재가 되려고 그러는 줄 알았다니까. 세상 사람들이 넋을 빼고 부러워하는 명성과 돈을 헌신짝처럼 버림으로써 '하, 이 친구, 일상을 한번 비극적으로 꾸며 보려고 그러는구나' 하고 어디까지나 실속 있게 나는 생각했거든. 누가 뭐래도 자넨 어설픈

천재였으니까. 자, 이젠 진짜 천재가 돼 보라구."

서로 상대를 위해 한 말이란 건 분명했지만 우리의 기분은 우리의 말에 의해 상처를 입고 있는 것 같았다. 우리는 깊은 침묵 속으로 떨어졌다. 그 침묵 속에서 한참 동안 헤어나지 못했다. 그때 문이 열리고 여자가 들어왔다. 윤 박사의 거실에서 만났던 여자였다. 여자가 들어왔을 때 유중서가 그 여자를 보고 "시농, 준비 됐어?" 했으니까 나는 그녀가 마담 시농임을 알았다. 시농이 다가가자 유중서가 말했다.

"3호실 푸른 장미, 서울산, 덕수궁 수석전서 만났던 여자. 시농, 난 오늘밤 그 여자로부터 해방되고 싶어."

"알겠습니다. 회장님."

나는 그들의 수작을 이해할 수 없었다. 그 후에 안 일이지만 유중서는 방마다 미녀들로 채워놓고 어느 때고 욕망이 끓어오르면 곶감을 빼먹듯 한 여자씩 집어세워갔던 것이다. 해방 운운한 것은 한 여자를 실컷 뜯어먹고 나서 싫증이 나면 내동댕이쳐 버리겠다는 말과 다름이 없었는데 내가 그런 말을 알아들을 리가 없었다.

"정욕을 느꼈던 여자들은 몽땅 사들였어."

여자가 물러가자 유중서가 말했다. 부자는 역시 미녀를 살 때 가장 부자답게 보이는 것 같았다. 나도 모르게 부자가 뿌려줄지도 모를 그 무궁무진한 재미를 기대하면서 얼른,

"그래서 모두 포도주처럼 재워놓았군 그래."

하고 말했다.

"아냐, 저 년의 음부를 돈으로 샀지 싶으면 거 왜 입맛이 싹 가시는 거 있지. 그런 년들은 깨끗이 돌려보냈어. 여기는 그러니까 순 악바리들, 한없이 탐식하고 싶은 것들만 남겨 놓았지. 아아, 섹스는 절망이야."

나는 픽 웃음이 나왔다. 내 마음을 적시기 시작한 것은 슬픔과 분노였다.

알리바이 서설

유중서는 계속 지껄였다.

"성교는 어디까지나 천박한 민중들의 서정이라고. 위대한 예술에 정진할수록 정욕을 덜 느끼게 되니까. 먼지, 그을음, 더럽게 따뜻해진 개숫물 같은 정욕이 끓어오를 때면 신에게 바칠 사랑도, 인간에게 바칠 재능도 순식간에 흩어져 버리고 말거든. 천재가 살아남으려면 저 세 치도 못 되는 음부, 그 끝없는 혼곤 속에서 벗어나야 한단 말야. 섹스는 절망이라고."

"아냐, 섹스는 희망이야."

나는 그의 말을 반박했다.

"그건 순수한 직관이요, 무한한 희열이요, 생명의 불꽃이야. 달이 가고 해가 가도 성교는 항상 희망이었어."

"가만, 지금 무슨 소릴 하고 있는 거야."

험악하게 일그러진 얼굴로 그가 소리쳤다. 문득 그의 얼굴을 한 대 갈겨주고 싶었지만 빙글 말을 돌렸다.

"내게도 희망을 달라는 걸세. 설마 이 밤을 수음으로 때우게 하진 않겠지."

어디까지나 농담으로 한 말이었는데 그의 입에서 뜻밖의 말이 떨어졌다.

"시농을 갖게. 자네에게 줘버리기로 방금 결심했네."

"……."

"시농이 자네를 원하고 있으니까. 그만 눈치는 내게도 있어. 그 여자를 어떻게 알게 되었나?"

어처구니가 없었다.

"내게 묻고 있는 건가? 난 맹세코 그 여자를 몰라."

나는 강경한 어조로 말했다.

"그럼 내 얘기를 들어보게. 생각날지도 모르니까. 시농은 보기 드문 다음질(多淫質)이거든. 알아, 우선 물건이 기가 막히게 좋단 말야. 거짓말 좀 보태서 그녀가 용을 썼다 하면 그 깊은 여자의 샅에서 몸을 빼낼 재간이 없어. 게

다가 다음질이 대개 그렇듯이 그녀는 다발성 폭죽이라고. 알아, 다발성 폭죽 히히히. 그러니까 한번 꽂았다 하면 적어도 서너 번은 터뜨려 줘야지 그렇지 않음 큰일 나. 약차하면 불알이고 뭐고 사정없이 훑어 버리는 버릇이 있으니 까. 히히히, 하도 걸근거리는 거 같아서 한번은 맘먹고 단 일합으로 여섯 바 퀴나 돌려 버렸거든. 그때 반송장이 돼 버린 나를 끌어안고 그년이 뭐랜 줄 알아. 하, 글쎄 여보 나 죽어. 제발 한번만 더 응, 흐응 내 정량은 일곱 고개란 말야, 하지 않겠어. 허허허 나는 그만 코피를 쏟으며 까무러쳐 버렸지. 됐어, 자네가 그년의 배를 채워주게. 나머지 한 고갤 말야.”

　유중서의 이야기가 정확하게 주효했다. 내 기억의 풀섶에서 갑자기 꽃뱀 한 마리가 튀어나왔다. 아, 시농이 누군지 생각났다. 밤늦은 시간에 광교버 스정류장이나 소공동 골목어귀에서 얼마든지 만날 수 있는 여자였다. 현숙 한 30대 주부로 꾸미고 나오는 늙은 창녀들, 그랬다, 그녀는 창녀였다. 자정 이 가까워서 약간 슬픈 얼굴을 하고 힘없는 걸음으로 그곳을 걸어가보라. 틀 림없이 점잖은 부인이 가만히 다가와서 살그머니 팔을 잡으며 ‘놀다가세요’ 할 것이다. 시농은 그렇게 해서 나에게 왔다. 어떻게 잊을 수 있단 말인가, 그 날 밤 관철동 허름한 여관에서 그녀가 나에게 조목조목 펴 보인 그 속살의 추억을. 뜨거운 모래주머니, 그녀의 음부는 무수한 빨판을 가진 뜨거운 모래 주머니였다. 그건 끝없이 웃고 울고 신음하고 헐떡이고 꿈틀거리며 내게서 마지막 여벌의 힘까지 빼앗아 갔다. 그러나 그녀를 기억 속에 떠올릴 수 있 었던 것은 그 뜻하지 않던 사건 때문이었다. 막 사정을 끝내고 여자 위에 널 브러져 있을 때였다.

　“문 열어!”

　웬 사내가 부서져라 방문을 걷어찼다. 내 몸이 용수철처럼 튀어 올랐다. 여자가 얼굴이 새파래지며,

　“남편예요.”

　　　　　　　　　　　　　　　　　　　　알리바이 서설

했다. 나는 재빨리 옷을 입고 번개처럼 생각했다. 그리고 천천히 방문을 열어 주었다. 사내가 방안으로 들어서는 순간 나는 비호같이 몸을 날려 힘껏 사내의 얼굴을 들이받았다. 사내가 중심을 잃고 비틀거렸다. 이번에는 사정없이 사타구니를 걷어찼다. 사내가 외마디 비명을 지르며 쓰러져버렸다. 여자는 크게 뜬 채 얼어붙어 버린 눈으로 나를 쳐다보며 와들와들 떨고 있었다. 나는 숨을 헐떡이며 누구에게랄 것 없이,

"때린 것은 두 가지 이유 때문이었소. 첫째 만약 연놈이 짜고서 나를 간통의 함정으로 몰아넣었다면 그 죗값은 마땅히 받아야 하오. 그래서 손을 좀 봐준 거요."

말을 마치고 문께로 걸어갔다.

"또 하나는 뭐예요?"

여자가 악을 썼다. 명함 한 장을 꺼내어 사내의 가슴 위로 던지며 나는,

"깨어나면 고소하라고 하시오. 나머지 이유는 다시 만나면 얘기하리다."

하고 홱 밖으로 나와 버렸다. 그 후로 나는 그들을 본 적이 없었다.

한 뼘쯤 열어놓은 창틈으로 바람이 불어와 오색으로 물든 아개비를 방안에 풀어놓았다. 유중서의 머리칼이 몹시 흩날렸다. 이윽고 자리에서 일어나며 나에게 말했다.

"자넨 7호실이야."

유중서가 비틀거리며 복도로 걸어 나갔다. 그의 뒷모습을 바라보며 잠시 생각에 잠겼다. 나는 그렇다 치더라도 유중서는 왜 저 모양이 되었을까. 유치하고 난폭하고 이젠 부도덕하기까지 했다. 그가 던져준 그 '일곱 고개'를 다시 먹을 것인가 안 먹을 것인가. 그리고 나, 교단에서 쫓겨난 게 뭐 그리 대단하다고 술사고 여자 사고 세월 사느라고 물려받은 집 한 칸마저 날려 버린나, 이럴 때 내 생각이란 늘 뻔했다. 유중서가 3호실로 들어가는 것을 보고 나도 느릿느릿 7호실로 찾아들어갔다.

"만나보고 싶었어요."

내가 방안으로 들어가자 시농이 한 손을 내밀며 말했다. 쉽게 얻은 선물 답게 그녀가 나를 맞는 태도는 참으로 편하고 솔직했다. 잠옷 바람으로 침대 위에 누워 있었고, 안개 같은 시스루룩은 여체의 깊고 얕은 곳이 훤히 들여 다보였다. 그녀가 슬그머니 무릎을 세우고 앉았다. 까만 젖꼭지와 희뿌연 허 벅지 사이의 시커먼 동공(洞空)이 확 시선을 끌어당겼다. 어쩐지 우리의 교 접이 즐겁지 못할 것만 같은 예감이 들었다. 그런 느낌도 잠깐이었다. 여자 의 하체가 확대되면서 눈 속으로 달려들었다. 내 남성이 꿈틀하면서 불꽃처 럼 뻗쳐올랐다. 그녀를 쓰러뜨리고 허둥지둥 올라타고 내 몸을 밀착시켰다. 세차게 몸을 흔들면서 고개를 넘기 시작했다. 내 몸이 뛰어들자 그녀는 소 울음을 울고 도리질을 하고 연신 엉덩이를 쳐들면서, 한참동안 요란한 몸짓 을 지어보였지만 여자의 속은 조금도 뜨겁지가 않았다. 그녀가 갑자기 고함 을 지르더니 몸을 부르르 떨면서 허물어져버렸다. 그 바람에 나도 정신없이 무너져버리고 말았다.

"오, 이럴 수가."

"일곱 고개를 생각하고 있었군요."

시농이 가쁜 숨을 몰아쉬며 말했다. 내가 몸을 떼려고 하자 나를 끌어안고 놀랍게도 다시 몸을 꿈틀거리기 시작했다.

"한 가지는 뭐였죠?"

내 눈 속을 뚫어지게 들여다보며 시농이 물었다.

"역시 남편이었군요."

"왜 때렸죠?"

그녀가 상기된 얼굴로 다그쳐 물었다.

"좀 딱해 보여서 그랬을 뿐이오. 여자를 보면, 그 여자의 남자의 운명을 점 칠 수 있거든. 어쩐지 자신의 운명을 너무 모르고 있는 것 같아서."

　　　　　　　　　　　　　　　　알리바이 서설

"결국 선생님 말대로 되었군요."

"무슨 소리요?"

"조금 전에 남편이 죽었어요."

"예?"

"사흘 전 남편은 회장님이 집어던진 꽃병을 맞고 쓰러졌어요. 뇌수술까지 받았지만 끝내 숨을 거두고 말았어요. 여기로 데려온 게 잘못이었어요. 나와 떨어지기 싫어서 그 무서운 손찌검을 견뎌 왔는데 이번엔 치명상을 입고 만 거예요. 자신의 운명을 아아, 깨달았어야했는데."

시농은 계속 엉덩이를 돌리고 있었다. 나는 진저리를 쳤다. 내 몸이 율동을 멈추자 그녀가 하체를 한번 뻗쳐 올려 내 몸을 확 흔들어 놓고 나서,

"이젠 다 끝난 일예요. 자, 계속 몸을 움직이세요."

여자의 흔들림에 몸을 맡기고 나는 눈을 감아버렸다.

"남편은 회장님의 집필을 도와왔어요."

그녀가 헐떡이며 말을 이어갔다.

"남편이 쓰러졌을 때 퍼뜩 선생님이 떠오르더군요. 회장님의 앨범에서 선생님을 보아 뒀거든요. 제가 선생님을 추천했죠."

그녀의 눈자위가 빨갛게 물들어 가고 있었다.

"윤 박사는 남편의 주검과 함께 있겠군요."

"네, 감쪽같이 사고사로 꾸며 놓을 거예요."

"회장이 알고 있소?"

"그럴 거예요. 사람이 죽었으니까요."

시농이 꼴깍 침을 삼켰다.

"도대체 남편이 무엇을 잘못 했소 ?"

"없어요."

"그런데 왜 맞습니까?"

나도 모르게 소리를 질렀다.

"그 고집 때문이었어요. 그건 순리예요, 역사예요, 좋은 게 좋은 거예요. 남편은 걸핏하면 이런 말을 늘어놓았죠. 그런 말을 하면 회장님이 미친 듯이 화를 낸다고 그토록 얘기했는데도 말예요. 화가 나면 닥치는 대로 부숴 버리는, 회장님은 그런 병을 앓고 있었어요. 쉬쉬해서 무사했지 전에도 종종 사람들이 다쳐서 실려 나갔거든요."

"윤 박사는 도대체 뭘 하고 있었소?"

"마냥 외로워서 쩔쩔매고 있었죠. 왜 절망하면 외로운 거 있잖아요."

"그래서 나를 불러들였군요."

"제가 깜빡 중요한 사실을 잊고 있었어요. 이렇게 만나는 것도 그 때문예요."

그녀 얼굴의 열꽃을 내려다보며 나는 가쁜 숨을 몰아쉬고 있었다.

"자기(나)성격도 '불' 같잖아요. 불상사가 일어날지도 모른다고 생각하니 잠을 이룰 수가 없더군요."

"불상사는 이미 일어나지 않았소?"

"전 회장님의 신변을 얘기하고 있는 거예요."

신의 계시처럼 그녀 말에서 나는 어떤 음모를 느꼈다. 유중서의 신변에 위험이 닥쳐오고 있는 것을 깨달았다.

"그러니까 앞으로 회장님과…"

그녀가 말을 이어갔다.

"토론 같은 건 하지 마세요. 일테면 신문기사 같은 걸 두고 말예요. 되도록 신문도 못 읽게 하세요. 이런 말을 보면 발작적으로 화를 내니까요. '정의 순리 복지 소수 인기 구악 정화 안정 정착 토착 성역 수위 혼란 파국 대화 질서 성장 번영 총화 화합 유신 좌경 용공 극렬 차원 평준화 의식화 기네스북 유언비어 불순분자 국론분열 정화차원 안보차원 유비무환 월남패망 하면된다 국회의 정상화 각계 반응 아아 시민의 소리 시민의 소리.' 잡지도 못 읽게 하

알리바이 서설

세요. 이런 말을 보면 정신을 잃을 만큼 흥분하니까요. '폭로 고발 현장 르포 특보 이성 양심 순수 지평 재조명 아유 숨차, 참여 헉헉, 개혁 헉헉.' 이제 알 겠죠? 헉헉, 또 뭐더라. 헉헉, 오올치 헉헉, 지서엉."

그녀의 얼굴이 시뻘게지며 눈동자가 위로 올라갔다. 나는 힘껏 몸을 내리 꽂았다. 뚜뚜뚜뚜, 방 한구석에서 별안간 신호음이 들려오고 사람의 목소리 가 튀어나왔다. "오우 유우 커어밍!" 시농의 몸이 활처럼 휘어지더니 썩은 나 무토막처럼 쿵 하고 무너졌다. 나는 있는 힘을 다해 여자를 찍어 눌렀다.

"빌어먹을, 라이브로 구경하고 있었구먼."

"이곳은 관객이 보고 있는 무대예요. 명심하세요. 세상엔 공짜가 없어요."

그녀가 숨을 헐떡이며 나직이 말했다. 내겐 분노를 터뜨릴 만한 힘이 없었 다. 나는 천야만야 낭떠러지 아래로 떨어져서 그 들큼한 타락감과 쾌적한 무 력감을 즐기고 있었다. 시농에게 몇 가지 물어 보고 나서 그냥 가뿐한 피곤 속에 잠들고 싶었다.

"여자는 몇 명이나 사육하고 있소?"

"방 수효만큼요."

"사육비는 얼마나 되오?"

"적으면 한 달에 기천, 많으면 큰 걸로 몇 개."

"호오, 그렇게 많소."

"그게 많아요. 이 시농소를 다 차지할 수도 있는데 호호호."

시농이 소리내어 웃었다. 이젠 친구고 뭐고 글이고 뭐고 다 귀찮았다. 침 대 위로 벌렁 누워버렸다. 그때 벽 한쪽구석이 밝아지면서 스크린 속에 유중 서의 얼굴이 떠올랐다.

"죄송합니다. 지금 보내드리겠습니다."

시농이 그림을 보고 말했다. 그리고 침대머리에 붙어있는 버튼을 눌러 화 면을 껐다.

"이제 서재로 가보세요. 회장님의 집필시간예요."

"일은 내일부터 하겠소. 오늘은 그냥 돌아가겠소."

"회장님이 기다리고 있습니다. 여기에 들어온 이상 함부로 나갈 수 없구요."

시농이 무서운 얼굴로 또박또박 말했다. 나는 자리를 박차고 일어났다. 서재로 들어가기 전에 거실 창문을 열고 잠시 밖을 내다봤다. 어둠과 습기로 불어터진 꼼짝 않는 풍경 속에서 벌레처럼 스멀거리고 있는 안개, 나는 그 안개비라도 쐬고 싶었다. 가슴은 분노와 배신감으로 불덩이가 돼 있었다. 뜻밖에도 풍경이 움직이기 시작했다. 구름이 세찬 바람에 너울거리며 빠르게 산 아래로 비를 몰고 내려오고 있었다. 비는 계곡의 짙은 안개를 몰아내고 나서 내가 서 있는 창밖으로 육박해 왔다. 구름 사이로 새어 나오는 희끄무레한 달빛으로 넉넉히 비의 행렬을 볼 수 있었다. 번들거리는 대기 속을 질주해 오는 빗줄기를 나는 한참 동안 바라보고 있었다. 움직이는 풍경은 환희와 희망이었다. 나는 힘차게 서재문을 열고 들어갔다. 유중서가 책상 앞에 앉아서 글을 쓰고 있었다. 자정이 지나고, 한 여자로부터 해방되고, 무엇보다 그의 손에 한 생명의 불꽃이 꺼져버린 마당에 어쩌자고 그는 저러고 있을까. 그의 등 뒤를 바라보았다. 창문이 철저하게 풍경을 차단하고 있었다. 그는 머리카락 한 올 흐트러뜨리지 않은 채 바위처럼 버티고 앉아서 글을 쓰고 있었다. 그의 책상 앞에 떡 앉으며 내가 이렇게 물어 본 것은 너무나 당연한 일이었다.

"자넨 글을 왜 쓰는가?"

그의 대답은 의외로 싱거웠다.

"난 자적(自適)할 수가 없으니까."

"체질 때문인가."

내 말이 그의 아픈 데를 찌른 것 같았다.

"내겐 돈도 있고 명성도 있어. 타인의 사랑도 얼마든지 받을 수도 있어. 왜

150   알리바이 서설

이 짓을 하고 있는지 사실 나도 모르겠어.”

“‘자신의 실패나 아픔이 없는 데도 글을 쓰지 않고는 견딜 수 없다’ 이런 얘긴가. 세상에는 사명이나 공분(公憤) 때문에 글을 쓰는 사람이 얼마든지 있네.”

“천재나 사도들의 얘기겠지. 나는 범인들의 얘기를 하고 있는 거야. 우리 범인들은 어떠냐. 기를 쓰고 자신의 부와 명예와 권력의 안보적 차원에서만 인생을 생각하고 사물을 관찰하고 가치를 판단해 버리거든. 슬슬 폼을 잡고 멋은 부릴 순 있어도 성공할 순 없어. 아픔이 없으니까. 내 경우는 달라.”

그는 말을 끊고 깊은 한숨을 토해냈다. 잠시 후에 말을 계속했다.

“정체모를 패배와 울분이 몽땅 내 아픔이 돼 버리거든. 글을 쓴다는 건 늘 피를 말리는 고행이었어. 내 분수에 맞게 낙천적으로 살아보려고 발버둥도 쳐 보았지. 그게 안 돼. 멀쩡한 내가 왜 한을 품고 살아야만 되는 건지 모르겠어.”

그의 입에서 튀어 나온 한(恨)이란 말이 나를 흥분시켰다. 나는 허둥지둥 입을 열었다.

“한은 딱 질색이야. 한이 없고 메시지가 없고, 그래서 문체라도 남을 수 있는 글을 자네는 써 왔지. 쓰면서 즐기고 읽으면서 즐길 수 있어서, 메시지를 사냥한답시고 언어를 대량 학살하지 않아서, 반지성적인 치기로 맥질하지 않아서 난 자네 글을 좋아했거든. 자네의 바람과 햇볕과 안개로 다시 한 번 나를 뒤흔들어 주게. 한은 정말 싫어. 역사의 조명 속으로 달아나버리는 것은 더욱 싫어. 한 가지만 물어 보겠네. 이번에 발표한 ‘돌 위에 돌 하나’ 그건 파괴인가 창조인가.”

“그건 작품도 아냐.”

유중서가 버럭 소리를 질렀다.

“윤가가 멋대로 내 옛날 작품 중에서 하나를 골라 발표해버린 거라구.”

유중서가 부드득 이를 갈며 말했다.

"진짜 내 작품을 한번 볼 텐가?"

유중서가 책상 위에 쌓여있는 원고뭉치를 뒤지기 시작했다. 뛸 듯이 기뻤다. 나의 희망, 나의 기쁨, 그의 글은 이 순간 내 모든 것이 돼 버렸다. 어떤 글을 썼을까? 나는 가슴을 죄며 그가 건네 줄 원고를 기다리고 있었다. '철썩' 이윽고 유중서가 내 앞에 놓여있는 책상 위로 원고를 던져주었다. 내 몸에 참으로 이상한 변화가 일어났다. 격정이 나를 쓰러뜨릴 듯이 온몸을 휩쓸고 있었다. 내가 원고 표지에 적힌 글의 제목을 보는 순간부터였다.

'사랑에 살며' '정의에 살며' '악의 대명사' '양심을 팝니다' '부끄럼을 팝니다' '통한의 강' 분노의 세월' '타는 가슴으로' '자유의 나무는 피를…'

원고뭉치를 하나씩 옮겨놓을 때마다 제목들이 뜨거운 불총처럼 눈 속으로 후비고 들어왔다. 이상한 힘에 의해 내가 폭발하고 말았다. 나는 벌떡 일어나 두 손으로 원고뭉치를 움켜쥐고 하늘 높이 쳐들어서 그걸 유중서의 얼굴을 향해 힘껏 내동댕이쳐버렸다. 책상을 번쩍 들어 유중서 앞으로 엎어버렸다. 순간 내 눈에서 불똥이 튀었다. 꽃병이 내 이마를 때리며 산산조각이 났다. 나는 악 소리를 지르며 힘없이 쓰러지고 말았다. 멀어져가는 의식 속에서 잠시 비명소리 고함소리 사람들의 다급한 발자국 소리를 들었다. 다시 밤, 몇 밤이나 지났을까. 나는 비몽사몽 속을 헤매고 있었다. 희미한 불빛이 눈 속으로 몰려오고 있었다. 부옇게 빛을 잃어버린 전깃불 같기도 하고 갑자기 시야로 달려 나온 내 의식 같기도 했다. 불빛은 차츰 어항 속처럼 맑고 투명해졌다. '첨벙' 무수한 포말을 일으키면서 어항 속에 돌이 던져졌다.

"깨어나셨군요."

나는 눈을 떴다. 낯익은 얼굴이 누워 있는 나를 내려다보고 있었다. 윤 박사였다. 몸을 움직여 보았다. 꼼짝할 수가 없었다. 몸은 죽어 있는데 내 의식만이 잠시 살아난 것 같았다.

"내 얘기 들을 수 있겠소?"

그의 말소리가 물방울처럼 영롱해졌다. 나는 고개를 끄덕였다. 윤 박사가 기다렸다는 듯이 입을 열기 시작했다. 윤 박사는 허둥대며 유중서에 대한 최후의 소견 같은 걸 내게 설명하고 있었다. 그의 말을 이해하려고 안간힘을 썼다.

"유중서의 무드스윙은 쓸 만했거든요. 스윙 폭도 완만하고 증상도 주로 조(躁)쪽에 머물러 있었고, 그럴 땐 하룻밤에 작품 하나를 써낼 만큼 왕성한 활동을 했으니까요. 은근히 기적 같은 걸 나는 바라고 있었지. 예를 들면…"

윤 박사가 말을 끊었다.

"예를 들면."

나는 얼른 그의 말끝을 이었다.

"'세빌리아의 이발사'를 13일 만에 써버린 롯시니의 기적, 그 방대한 '메시아'를 육 주 만에 완성한 헨델의 기적, '종매 베트'를 육 주 만에 탈고한 발자크의 기적, 그런 기적을 바라고 계셨겠죠."

"그렇습니다. 난 그를 치료하기로 결심했습니다."

"그건 폭발을 막기 위해서?"

"아닙니다. 먹지도 자지도 않은 채 며칠씩 계속 글을 쓴다거나, 달뜨는 밤이면 용마루에 올라가서 덩실덩실 춤을 춘다거나, 그런 일은 있었습니다만 크게 이상했던 건 아니었습니다. 내가 치료하기로 결심한 것은 어디까지나 원형(原形)을 보전하면서 그의 감정을 약간 외향적이고 현실적인 것으로 바꿔놓기 위해서였습니다. 규산을 사용하여 진흙에 바른 유약의 수축상태를 조절하듯이 탄산리튬을 사용하여 그의 감정의 신축성을 조절하려고 했습니다. 한데 그의 감정이 문득 외부로 향했을 때 그가 그만 미쳐버리고 말았습니다. 그처럼 섬세하고 민감한 감수성의 소유자가 미쳐버리지 않고는 배길 수 없는 현실을 내가 미처 몰랐던 것입니다. 결국 그를 밖으로 미치게 하고 말았던 겁니다."

"밖으로 미치게 하다니, 그게 무슨 말입니까?"

내가 다급하게 물었다. 두통이 일기 시작했다. 그의 장황한 설명을 듣기 위해 나는 무진 애를 쓰고 있었다.

"한마디로 성격 파산입니다. 말할 수 없이 포악하고 부도덕해졌습니다. 이상성욕과 알코올중독에 빠져버렸습니다. 그의 글을 읽어보세요. 오직 증오와 저주와 분노만이 난무하고 있습니다. 이제 뭘 숨기겠소. 의사답지 않게 난 그의 글을 좋아했습니다. 그의 치료에 매달렸던 것은 그가 계속 훌륭한 글을 쓸 수 있도록 하고 싶었기 때문입니다. 내 리튬요법도 이젠 완전히 끝장이 나고 말았습니다. 유중서는 결국 쓰레기 같은 글밖에 쓸 수 없게 돼버렸으니까요."

"아버지 때문이었을까요?"

기어 들어가는 목소리로 내가 물었다.

"아버지의 갑작스런 몰락, 자살이나 다름없는 그의 죽음, 물론 그에겐 엄청난 충격이었죠. 어디론가 증발해버렸던 아버지가 수염이 몽땅 뽑힌 채 초라한 모습으로 돌아왔을 때 그는 졸도해버렸으니까요. 그가 병적일 만큼 민감하게 느낄 수 있는 그 모든 것 때문입니다. 그렇게 느끼도록 만들어 버린 게 나라고 그는 생각하고 있습니다."

"그래서 박사님을 미워했군요."

"그가 글을 쓰도록 내가 끊임없이 채근했기 때문입니다. 그의 글을 누구보다 부끄럽게 생각한 사람은 유중서 자신이었습니다. 약 기운이 떨어지나 보군요. 머리가 아프세요?"

윤 박사가 불쑥 물었다. 나는 고개를 가로저었다. 그리고 가물거리는 정신을 가다듬고 물었다.

"앞으로 박사님의 계획은 어떤 것입니까? 유중서를…"

나는 말끝을 맺지 못했다. 깜빡 내 의식이 나갔다 들어왔다. 이를 악물고

알리바이 서설

말을 이었다.

"그를 어떡할 셈입니까? 유중서를 방류해버릴 것만 같아서 가슴이 아픕니다."

그때 극심한 고통이 머릿속을 강타했다. 내 의식을 떠받치고 있던 기운이 순식간에 허물어져버렸다. 아아, 신음소리를 내며 추락하듯 나는 다시 깊은 망각 속으로 떨어지고 말았다.

사람들은 다 어디로 갔을까. 유중서가 홀로 울부짖고 있었다. 나는 한참 동안 반의식 상태에서 귓가에 들려오는 소리를 듣고 있었다. 고래고래 악쓰는 소리, 구슬프게 울부짖는 소리, 그건 환호작약하는 소리 같기도 하고 목놓아 슬피 우는 소리 같기도 했다. 이윽고 쨍그렁 기명 깨지는 소리가 귀청을 때렸다. 번쩍 눈을 떴다. 방안에는 아무도 없었다. 창문에 부옇게 빛이 엉겨 있었다. 한낮이었다. 나는 완전히 깨어났다. 여전히 목이 터져라 고함치는 소리, 쨍그렁 쨍그렁 술병 깨지는 소리가 들여왔다. 갑자기 소리가 몇 갑절로 증폭되어 달려들었다. 유중서를 홀로 두고 사람들은 다 어디로 갔을까. 창밖을 내다보았다. 보이는 것은 짙은 안개 속에 떠 있는 산등성과 우거진 나무숲뿐이었다. 나는 재빨리 침대에서 내려와서 인터폰을 들었다.

"예상보다 빨리 일어났군요."

시농의 음성이 튀어나왔다. 나는 반가워서 어쩔 줄을 몰랐다.

"저 소리가 들리지 않습니까. 윤 박사는 어디 있습니까?"

내가 빠르게 물었다. 시농은 대답 대신 느릿느릿,

"'해방의 집'으로 오십시오."

하고 말했다.

"거기가 어딥니까?"

"개울 건너서 숲속에 있는 첫째 집입니다."

딸까닥 하고 인터폰이 끊어졌다. 부리나케 집을 나섰다. 해방의 집은 과히 멀지 않은 산기슭에 지리 잡고 있었다. 개울을 건넜을 때, 나는 다름 아닌 그 포도주 광, 방마다 미녀들이 들어 있고 온갖 쾌락을 저장해 놓은 사설 유곽, 시농을 만나고 유중서를 만나고 끝내는 내가 쓰러져버렸던 바로 그 집이 '해방의 집'이란 걸 알아차렸다. 집이 눈에 들어왔을 때 그만 자신도 모르게 탄성을 지르며 우뚝 서버렸다. 우려했던 사태가 눈앞의 현실로 바뀌어져 있었다. 유중서가 술에 벌겋게 취한 채 용마루에 올라서서 두 팔을 쳐들고 하늘을 우러르며 울부짖고 있었고 시농이 현관 앞에 나와 앉아서 그 광경을 쳐다보고 있었다. 나는 천길 땅속으로 자신이 천천히 무너져 내리는 걸 느꼈다.

"내가 데리고 내려오겠습니다."

내가 다가서며 말했다.

"그럴 필요 없어요."

"그래도 말려야 하지 않습니까?"

"부질없는 일예요. 그의 눈엔 지금 보이는 게 없어요. 하늘의 구름밖엔."

시농은 여전히 앉은 채 유중서를 올려다보며 말했다. 온몸을 격렬하게 흔들어대며 유중서는 짐승처럼 울부짖고 있었다.

"도저히 불안해서 보고 있을 수가 없군요."

"걱정 없어요. 달이 뜰 때까지는."

"윤 박사는 어디 있습니까?"

"떠났어요. 아내를 데리고 어제 미국으로 떠났어요."

"아!"

나도 모르게 부르짖었다.

"그 양반 모든 걸 포기하고 기어이 떠나고 말았군요. 이제 어떻게 되는 겁니까?"

"뭐가요?"

"이 시농소, 그리고 구름 위로 떠나 버린 저 친구 말이오."

나는 유중서를 손가락으로 가리키며 말했다. 흡사 하늘로 날아오르려는 한 마리 학처럼 하얀 와이셔츠 소맷자락을 나풀거리면서 그는 덩실덩실 춤을 추고 있었다.

"호호호."

시농이 갑자기 소리 내어 웃었다.

"시농소에 가거든 말하라. 성주는 원래 여자였나니, 앙리 4세의 사랑을 독차지했던 드 보와티의 고운 자태가 지금도 어느 창가에서 어른거리고 있는 걸 보았다고. 호호호, 앙리의 애첩, 시농이 남아있는데 무슨 걱정예요. 어떡하시겠어요. 오늘밤 만찬에 참석하시는 거죠? 어머, 그런 얼굴로는 안 되겠어요. 빨리 가서 목욕하고 한숨 푹 주무세요."

시농이 일어나서 내 팔을 잡아끌었다. 우리는 지붕 위에 유중서를 남겨둔 채 해방의 집으로 들어갔다. 삼면을 유리창으로 터놓은 넓은 홀에 들어서자 시농이 서슴없이 유중서의 자리에 가앉더니 인터폰을 들고 말했다.

"3호실, 입실 준비해요."

나는 시농과 헤어져서 삼호실로 들어갔다. 방안은 외부의 소리와 빛과 철저하게 차단되어 있었다. 유중서가 내지르는 환성과 오열 따위는 얼씬도 하지 못했다. 나는 향기롭고 아늑한 방 속에서 목욕을 하고, 참으로 오래오래 생각했다. 마침내 나는 인터폰으로 시농을 불렀다.

"안 계시는데요. 잠깐 밖에 나가셨습니다."

낯선 여자가 말했다. 나는 잠시 후에 다시 불렀다. 없었다. 잠시 후에 또 불렀다. 없었다. 그제야 나는 깨달았다. 시농이 어느새 내 음모를 간파해 버렸다는 것을. 시농소에 무혈입성한 새 성주답게 그녀는 역시 빈틈이 없고 영리했다. 여자 위에 올라타서 그저 숨통만 눌러버리면 되는 건데. 아아, 잠깐이면 끝나는 건데. 눈물이 날 만큼 분했지만 어쩔 도리가 없었다. 사실 따지고 보면 내 살의에 어떤 이유나 명분이 있었던 것도 아니었다. 살의에 무슨 명분이 있겠는가. 다만 갈대보다 더 연약하게 쓰러져 버리는 유중서를 보고 하도 허망해서 내가 잠시 지어보이는 절망의 몸짓이었다고나 할까. 나는 인터폰을 들고 마지막 통화를 했다.

"이 곳에서 나가고 싶습니다. 저택 정문까지만 데려다 주십시오."

"차를 대기시켜 놓았습니다."

낯선 여자가 또랑또랑한 음성으로 말했다. 복도를 지나서 넓은 홀을 빠져 나올 때까지 나는 아무도 만나지 못했다. 현관 앞에는 시동을 건 채 차가 대기하고 있었다. 한 사내가 무표정한 얼굴로 앞만 바라보면서 운전석에 앉아 있었다. 차에 오르면서 나는 지붕 위를 올려다보았다. 이제 유중서는 그곳에 없었다. 시농은 또 어디로 유중서를 데려갔을까. 차가 움직이자 문득 귓가에 들려오는 소리가 있었다. 내 가슴속 깊은 곳에서 울려나오는 소리였다. "슬퍼하지 마라 친구여, 아득한 거리 저 편 그 높은 극계에서 그는 반드시 그의 목소리를 다시 보내올지니." 해방의 집을 떠난 차는 잠시 후에 한 복판의 웅장한 석조전을 지나고 그 멀고 깊은 숲속의 길을 한참 달리고 나서 마침내 이 저택의 정문 앞에 도착했다. 육중한 철문이 스르르 열리자 나는 운전수에게 말했다.

"여기서 내려주시오."

운전수가 의외란 듯이 얼떨떨한 얼굴로,

"댁까지 모셔 드리겠습니다."

하고 말했다.

"아니오, 됐어요. 고맙소."

내 손으로 문을 열고 차에서 내렸다. 정문을 걸어 나오자 철문이 내 뒤에서 스르르 닫혔다. 오랜만에 가슴을 쭉 펴고 심호흡을 했다. 눈을 크게 뜨고 사방을 휘 둘러보았다. 구름 낀 하늘에서는 거미줄 같은 가랑비가 내리고 있었고 구름을 헤쳐 놓을 만한 바람이 없어서 시야는 한 모양으로 하늘은 낮게 땅은 높게 보였고 사람들은 그 어둑신한 풍경 속에서 하늘이 열리기를 기다리고 있었다. 나는 약간 비틀거리는 걸음으로 지체 없이 이 오월의 풍경 속으로 천천히 걸어 들어갔다.

칠칠년 봉별기

손님 좌석에서 눈치껏 졸고 있는 아가씨에게 핀잔을 주었더니

"어머 미안해요. 이제부터 서비스 잘해 드릴게요. 간밤에 잠을 통 못 잤어요. 낮으론 깽깽이를 가르쳐야 하거든요. 용서하세요, 선생님."

들릴락말락한 소리로 이렇게 말하고 나서 그녀는 정식으로 애교를 떨기 시작했다.

"보영이라 불러주세요. 선생님 자주 놀러오세요, 네"

밤으론 술을 팔고 낮으론 깽깽이(그녀는 첼로를 이렇게 불렀다)를 교습시켜서 식구를 먹여 살린다는 이 아가씨는 결국 내 마음 한구석에 흠집을 내고 거기다 그녀와는 조금도 닮지 않은 한 여자를 발라버렸다. 꽃샘바람이 몹시 불던 사월 어느 날, 나는 신촌에서 보영이를 이렇게 만났다. 그러니까 불쌍한 종숙이, 하나밖에 없는 내 누이를 갑자기 잃고 나서 내가 좀 비틀거리고 있을 때였다.

"네가 서른 살만 되면 시절이 확 풀린다는데, 그때까지 어찌 기다릴꼬? 어찌 기다릴꺼나?"

행상을 나갔다가 공치고 돌아온 날이면 어머니는 내 얼굴을 뚫어지게 쳐다보며 늘 이렇게 중얼거리곤 했다. 아버지가 돌아가시자 세 식구를 먹여 살

리기 위해 어쩔 수 없이 털고 나선 일이었지만 어머니는 해가 갈수록 머리에 이고 다니는 그 장독만한 비단보퉁이가 힘에 겨워서 쩔쩔매는 것 같았고, 세월이 흐를수록 세월이 없어져서 행상으로는 목구멍에 풀칠조차 하기 어렵게 되었다. 자연히 어머니 입에서는 "네가 서른 살만 되면" 이런 푸념이 자주 튀어나오게 되었고, 그게 나를 두고 어느 점쟁이가 한 말이란 걸 나는 알게 되었다. 어머니가 그 황당한 점괘에 매달리는 꼴을 더 이상 보고 있을 수가 없어서 마침내 나는 고학으로 근근이 다니던 학교를 중퇴해 버렸다. 나는 대학에서 이태 동안 공부한 그림을 버리고 그 대신 포스터와 간판을 그리기로 마음먹었다. 알다시피 선전과 구호, 허구와 외화(外華)가 판을 치는 세상이라 그 허세(虛勢)만 잘 이용해서 그럴싸하게 그려내면 돈을 벌 수 있을 것 같았다. 내 착상은 그럭저럭 적중했다. 몇 해 후에는 내 피나는 노력이 열매를 맺어 일감이 제법 밀려들 정도가 되었다. 나는 악착같이 돈을 벌었다. 그리하여 내가 서른 살이 되던 해에 나는 변두리에 아담한 집 한 칸을 장만할 수 있었고 돈을 은행에 예금해 놓고 생각나면 꺼내 쓸 수 있을 정도가 되었다. 점괘가 맞아떨어졌다고나 할까. 그러나 그때는 겨우 쉰을 넘긴 어머니가 이미 칠십 노파처럼 팍 늙어버렸고 이제 한창 피어날 누이동생은 어느새 시든 꽃처럼 찌들어져 있었다. 좀 허무한 생각이 들었다. 돈을 좀 벌고 나서 좀 부드러워진 눈초리로 주위를 둘러보기 시작했을 때 우선 내 눈에 띄는 게 종숙이의 초라한 몰골이었다.

학교와 직장(직장이래야 구청 사환이나 초등학생 가정교사였지만)을 오락가락하는 이외에는 허구한 날 집안에 처박혀서 밥 짓고 빨래하느라고 바깥 구경 한번 제대로 해 보지 못한 종숙이, 하기야 양말 한 켤레 변변히 사 신을 수 없는 형편에 어디 구경을 간들 무슨 재미가 있겠는가. 보아하니 종숙이는 친구도 없고 더구나 남자 친구 같은 건 꿈도 못 꾸는 것 같았다. 나는 서둘러 누이를 개조하는 일에 착수했다. 상어껍질처럼 꺼칠한 피부를 곱고 매끈하게 가꾸도록 화장품을 부지런히 사다 주었고 충충하고 칙칙한 옷을 벗겨버리고 화사한 옷을 입혀보았고 용돈을 듬뿍 주어서 마음 내키는 대로 싸돌아다니게 해주었다. 요컨대 말없고 우울한 종숙이를 거리에서 볼 수 있는 명랑하고 발랄한 아가씨로 꾸며보려고 무던히도 애를 썼다. 한동안은 오빠의 소원대로 종숙이가 착착 태깔이 나는 것 같았고 심심찮게 외출도 하는 것 같았다. 드디어 남자친구한테서 전화가 걸려왔을 때는 '워낙 재원(才媛)이니까 그런대로 애인이 하나 생겼구나' 하고 나는 손뼉을 치며 기뻐했다. 그러나 얼마 안 가서 신의 계시(啓示)처럼 나는 그녀가 둘러쓰고 있는 해묵은 때, 그 찜찜하고 우울한 분위기는 결코 하루아침에 바꿀 수 없다는 걸 깨달았다. 곰곰이 따지고 보면 종숙이를 어떻게 좀 꾸며보려고 했던 것도 다분히 허영심에서 우러나온 치졸한 보상심리에 불과했다. 거리에서 은어처럼 매끈하고 싱싱한 여자를 볼 때마다 내가 느꼈던, 뭐랄까 상실감 같은 것을 종숙이를 그런 여자로 바꿔놓음으로써 보상받으려는 생각이 내 마음속 깊이 깔려 있었기 때문이다. 어쩌면 그건 앙상하고 투박한 어머니와 누이의 모습 속에서 내가 잃어버렸다고 생각한 아름다운 여인을 다시 찾아내기 위해 내가 터무니없이 부려본 욕심이었을지도 모른다. 이런저런 사정을 좀 깨닫고 나서부터 나는 갑자기 불안해지기 시작했다. 거죽만 바꿔놓는 식으로는 누이를 개조할 수 없으며 그건 오히려 그녀를 위험한 지경으로 몰아넣을지도 모른다는 생각이 들었기 때문이다. 내 예감은 마치 악마의 주문(呪文)처럼 들어맞고 말았다. 더 이야기해서 무엇 할 것인가. 난생 처음으로 해수욕을 다녀온 지 석 달 만에 종숙이는 변두리 어느 산부인과 수술대 위에서 숨을 거두고 말았다. 곧 이민 간다는 애인을 따라갈 욕심으로 글쎄, 이 숙맥 같은 계집애가 돌팔이 의사를 찾아가서 핏덩이를 긁어내다가 그 지경이 되고만 것이었다. 종숙이 죽은 지 석 달 후에 그녀의 애인은 이 나라를 떠났다. 그를 태운 비행기가 김포공항 상공을 벗어나 멀리 구름 속으로 사라졌을 때 나는 비로소 누이의 죽음을 실감했고 누이에게 영원한 결별을 고했다. 돌아오는 길에 김포가도를 달리면서 이젠 생활로 돌아가자고, 돌아가자고 그렇게 다짐했는데도 나는 그예 신촌 문턱을 넘어서지 못하고 술집으로 기어들고 말았다. 그날 밤 만난 것이 보영이었다.

세 번쯤 만나고 나서 보영이는 자기의 방으로 나를 맞아들였다. 그 의식이 좀 이색적이었다.

"선생님 저 사내가 쫓아오고 있어요."

자정 직전에 택시를 잡아보려고 신촌 거리를 헤매고 있는데 좀 전에 술집서 헤어졌던 보영이가 느닷없이 내 바바리코트 속으로 뛰어들며 소리쳤다. 그러고는 두 팔로 내 허리를 껴안은 채 고개를 돌려 거리 한쪽을 응시하며 시계바늘 방향으로 몸을 움직이기 시작하는 것이었다. 나는 우뚝 선 채 그녀가 움직이는 대로 몸을 돌리면서 술 취한 사내들이 웅성거리고 있는 어두운 거리 쪽을 바라보았다. 그러나 택시를 잡으려고 이리 비틀 저리 비틀하고 있는 사내들 중에서 누가 이 여자를 쫓고 있는지는 알 수 없었다. 한참 후에 그녀가 한 팔을 내 허리에서 떼면서,

"잘거머리 같은 녀석이에요. 오늘밤도 아마 신촌 거리를 빙빙 돌다가 요 근처 여관에서 자고 갈 거예요."

하고 말했다. 그녀가 끝내 한쪽 팔을 떼지 않기에 나도 슬그머니 한 팔로 그녀의 허리를 안아버렸다. 그날 밤 우리는 대개 그런 자세로 근처 여관을 찾아갔다. 그리하여 나는 한사코 종숙이의 모습을 그녀 위에 오버랩시키면서 보영이를 좋아하게 되었는데 참 염치없는 생각이었다. 러브는 영(零), 차라리 여자한테 흠뻑 빠져버렸다고 하는 게 더 옳을 것이다. 그 녹지근한 쾌락은 누이에 대한 연민을 조금도 닮지 않았으니까. 끄트머리에 항상 빛이 맺히는 코, 거무스름하게 풀어져버린 눈, 불길할 정도로 희고 투명한 살결, 고무처럼 질긴 곡선으로만 이루어진 몸, 아무리 덮어씌워도 보영이는 결코 종숙

이의 모습이 될 수 없었다. 오히려 내가 도달할 길 없었던 아득한 모습, 그래서 잔잔한 미소 위로 눈부신 교태(嬌態)가 떠오를 때면 나는 정신없이 뜨거운 정염(情炎)의 불길 속으로 온몸을 내던져 버리곤 했었다. 우리의 밀회가 거듭됨에 따라 나는 보영이에게 꼬박꼬박 레슨비를 주는 쪽이 되어 버렸고, 그러자니까 연민 따위는 한 쪽에서 얼굴을 붉히며 꽈배기처럼 몸을 틀고 있을 수밖에 없었다. 이 모양으로 나에겐 인생이 문득 아름답고 고즈넉하고 애틋한 것이 되어 버렸다. 이윽고 날이 저물고 발목부터 차츰 어둠에 잠기면 가로등은 레몬 불빛으로 다정하게 미소하고, 거리마다 골목마다 정다운 사연이 밀물처럼 차오른다. 아아, 그리고 내 가슴속엔 걷잡을 수 없는 그리움이 소용돌이치기 시작한다. 어둑어둑해진 신촌길을 터덜터덜 걸어갈 때면 나는 늘 유행가 곡조에다 내 마음을 싣고 있었다. 한 달 후에 우리는 만나는 시간대(時間帶)를 한밤에서 대낮으로 옮겼다. 그때부터

"다음에 만날 날이 언제지?"

여관을 걸어 나오며 내가 물으면

"잠깐 계세요. 시간표를 보구요. 금요일 오후 한 시군요."

보영이는 언제나 핸드백에서 시간표를 꺼내본 후 나에게 날짜와 시간을 알려주었다. 보영이의 첼로와 내 화필이 말하자면 머리를 맞대고 시간표를 짜놓았는데 우리는 언제나 헤어질 때 시간표를 확인하는 걸 잊지 않았다. 시간대를 옮기자고 한 사람은 나였지만 만나는 장소를 여관으로 정해버린 사람은 보영이었다. 나는 보영이가 나보다 햇볕을 싫어할 줄은 정말 몰랐었다. 퍽 실망했다. 아시다시피 맥주홀이란 값싼 술을 비싸게 팔고 있고 지분(脂粉)처럼 가벼운 음악이 흐르고 있고 어두운 조명 속에서 갈보들이 화초처럼 노닥거리고 있고 깔깔한 지폐 한 움큼을 쥐어 주면 얼마든지 화초 속에 풍선을 불어넣을 수 있는 그런 곳이었다. 사실 이런 곳으로 보영이를 만나러 가는 게 어쩐지 막가는 길처럼 생각되어서 내가 시간대를 옮기자고 했던 것이

다. 한낮에 여관을 찾아가는 게 한밤에 술집을 찾아가는 것과 뭐가 다르단 말인가. 그러나 나는 얼마 안 가서 내가 낭비해야 할 시간을 아끼고 보영이 가 소모해야할 힘을 아끼는 데 여관이 얼마나 편리한 시설인가를 알게 되었 다. 점점 그 매력에 중독되어 갔다. 그로부터 나는 전연 우리들의 시간표를 지키는 일에만 몰두했다. 집에서 도배를 하다가 뛰쳐나가기도 했고 간판을 그리다가 자리를 박차고 일어나기도 했고 남산 꼭대기에서 친구를 만나다가 뛰어내려오기도 했고 천호동에 출장 갔다가 그냥 돌아와 버리기도 했다. 돈 은 언제나 벌 수 있고 친구는 다시 사귈 수 있고 간판, 그 따위 간판이야 다른 사람이 얼마든지 그릴 수 있지만 보영이만은 정한 시간에 만나지 못하면 영 영 잃어버릴 것만 같았기 때문이다. 어머니가 기겁을 하고 친구들이 발길을 돌리고 일감이 쌓여갔지만 나는 아랑곳하지 않았다. 보영이 쪽에서도 시간 을 지키느라고 허둥대는 흔적이 역력히 나타났다. 숨을 헐떡거리며 내 앞에 나타나기가 일쑤였고 심지어는 화장도 고치지 않은 채 사뭇 흐트러진 옷매 무새로 달려올 때도 있었다. 그런 날에는 보영이는 여관방에 들어서자마자 시체처럼 축 늘어져 버렸다. 입으로는 늘

"학부형이 붙잡는 바람에 진땀을 뺐어요. 점심을 함께하자는 걸 뿌리치고 왔어요."

이런 소리를 했다. 나는 그런 보영이를 들여다보며 한없이 측은해했고 노 상 입속에서 뱅글뱅글 맴돌고 있는 말을 할까 말까 하고 망설이고 있었다. 그러나 나는 끝내

"보영이, 우리 결혼하자, 응."

이 말을 할 용기가 없었기 때문에 그녀의 육체를 탐하기로 위주(爲主)하곤 했다. 하지만 여자 위에 엎어져서 요동을 치면서도 한 가지 생각만을 골똘히 하고 있었다. '밤낮 피로에 축축이 젖어있는 보영이를 햇볕에다 널어 말리고 내가 이 심심한 여관방에서 헤어나는 길은 오로지 그녀와 결혼하는 길밖에

없다. 그건 종숙이를 잃고 나서 한때 반미치광이가 되다시피 한 어머니를 위로해 드리는 길이 될지도 모른다.' 언젠가 집으로 돌아오자 어머니는 은근한 목소리로

"오늘 가게에 없었니? 집으로 전화가 왔더구나. 인석아, 참한 색시 감이 생겼으면 어미한테도 인사시켜야지. 몹시 급한가 보던데 전화 걸어 보려무나."

하고 말했다. 어머니는 이미 내가 한 여자에게 빠져 있다는 걸 알고 있었고, 형편이 닿기만 하면 하루 바삐 며느리로 맞이하고 싶어하는 눈치까지 보였다. 종숙이가 죽은 이후로 어머니가 집안 살림을 도맡고 있는 터여서 나는 어머니를 편하게 모시기 위해서라도 보영이와 결혼해야만 된다고 생각했다.

"선생님, 저 첼로 그만 둘까 봐요."

어느 날 갑자기 보영이가 한숨을 쉬며 말했다.

"무슨 소리를 하고 있는 거야. 그건 안 돼."

나도 모르게 버럭 소리를 질렀다. 그녀가 첼로를 전공하였다는 게 내가 그녀를 좋아하는 일에 단단히 한몫을 하고 있었기 때문에 나는 당황하지 않을 수 없었다.

"설마 퇴짜를 맞은 건 아니겠지?"

나는 초조하게 물었다.

"아이, 속상해 죽겠어요. 또 첼로가 망가졌지 뭐예요. 글쎄 그게 얼마짜린데. 난 몰라, 난 몰라."

그녀는 금세 눈물을 글썽이며 도리질까지 했다.

"까짓 거, 걱정 마. 내가 하나 사줄게."

"어머, 정말 사주시겠어요?"

그녀는 손뼉을 치며 좋아했다. 그때까지만 해도 나는 보영이에게 정표(情表)를 준 게 없었다. 물론 만날 때마다 약간의 돈을 슬쩍 핸드백 속에 넣어주곤 했지만 그건 어디까지나 그녀가 첼로를 가르쳐주고 받는 보수와 다름없

칠칠년 봉별기

는 것이었다. 한두 번 형평을 잃을 만큼 돈을 주었을 때도 실상 시간수당 이상의 것이 될 수는 없었다. 어쨌든 술을 파는 여잔데 그동안 돈 이야기 따위는 입 밖에도 내지 않고 그저 내가 적당히 떨어뜨려주는 돈에 만족하고 있는 듯한 그녀의 태도가 내가 즐겨 머릿속으로 상상해보던 그녀의 첼로 켜는 모습과 함께 나에게 신선한 감동을 주고 있었다. 그런 보영이에게 최초의 보너스를 주는 게 나로서는 조금도 아깝지 않았다. 그러나 여자에게 주는 보너스라는 게 얼마든지 고정급(固定給)으로 둔갑할 수 있다는 것을 나는 그때 알았어야 했다. 보너스는 잇달아 보너스를 불러들이고 말았으니까. 얼굴은 예쁘장하고 야들야들한데 보영이의 손은 유난히 거칠고 길쭉했다. 하루는 무심코 그녀의 손을 주물럭거리다가

"이 손은 착한 사람이 만든 것 같아. 언제나 만져봐도 따뜻하고 포근하거든."
했더니 그녀는 얼굴이 빨개지면서

"아휴 창피해. 아이, 여태까진 못 본 척하셨잖아요. 전요, 이 거지 같은 손을 보면 창피해서 눈물이 날 지경예요. 하지만 어쩔 수 없는 걸요. 선생님 정말 빨래하는 것만은 지긋지긋해요."
하고 한바탕 호들갑을 떨더니 아주 천연스럽게 세탁기가 있음 얼마나 좋을까 얼마나 좋을까 하고 헤어질 때까지 세탁기 타령만 늘어놓았다. 이렇게 되면 세탁기를 사주는 건 시간문제였다.

"친구가 내일 결혼하는 데 뭘 선물하죠? 아무래도 그림이 좋을 거 같은데, 웬만한 것은 눈에 안 찰 거구. 아이, 어떡하면 좋아요. 흐응, 나 안 갈래."

요컨대 보영이가 이런 식으로 나오면 나는 정신없이 은행으로 달려갔다. 나중에는 저금통장을 아예 그녀에게 맡겨 버릴까 하고 생각해 보았다. 거의 바닥이 난 내 예금을 보면 보영이가 실망하여 달아나 버릴 것만 같아서 이내 생각을 고쳐먹었다. 그제야 나는 아주 평범한 사실을 하나 터득했다. '세상의 어떤 여자도 공짜로 차지할 수는 없다.' 나는 왜 이 간단한 이치를 깜빡 잊

고 있었을까. 감정이란 이치가 자명할 때 오히려 독이 오르는 법이다. 그녀가 좀 가증스럽다는 생각이 들기 시작했다. 미워하는 만큼 싫어하지 못하는 내 약점 때문에 나는 어쩔 수 없이 잔잔한 아픔을 참아야만 했다. 이 같은 나의 아픔은 어느 날 그녀가 사내들에게 창녀 취급을 당하는 걸 보고 나서 더욱 심해졌다.

흙바람 속에 봄이 거의 갈 무렵, 그날 우리는 모처럼 영화구경을 하고 다방에서 차를 마시고 있었다. 차를 마시는 동안 나는 줄곧 카운터 앞에 앉아 있는 사내들에게 신경을 쓰지 않을 수 없었다. 두 사내가 연방 우리 쪽을 흘끔거리며 저희들끼리 낄낄거리고 있었기 때문이다.

"저 치 말이야, 상판은 반반한데 거기는 숫제 둠벙이거든. 한참 허우적거리다가 나왔다니까."

훌쭉한 사내가 뚱뚱한 사내에게 말했다. 녀석의 말은 내 귀에도 똑똑히 들렸다.

"그래도 배꼽 아래 사마귀는 예쁘더라, 히히히."

뚱뚱한 사내가 묘한 소리를 내며 웃었다.

"야, 이 도둑놈 봐라. 너 어느새 해 잡쉈구나."

훌쭉한 사내가 상대방의 코를 날쌔게 잡아 비틀었다. 나는 귀를 막아 버리고 싶었다.

"출출하던 판에 잘됐다. '한 구멍 동서' 된 기념으로 너 오늘 밤 한잔 사라, 히히히."

뚱뚱한 사내가 코를 만지며 말했다. 나는 달려가서 사내들을 쳐 죽이고 싶은 충동을 가까스로 누르고 있었다. 그때 귀청을 찢는 듯한 쇳소리가 났다.

"이 쌍놈의 새끼들아."

보영이가 발딱 일어나서 사내들에게 악을 썼다.

"아가리 닥치지 못 해. 야! 니들 여편네들이 불쌍타 불쌍해. 그것도 물건이라고 달고 다니는 새끼덜이 왜 여자를 보구 놀리는 거야. 에잇, 씨팔놈들, 니 죽고 나 죽자.”

　보영이는 눈 깜짝할 새에 하이힐을 벗어들더니 사내들을 향하여 힘껏 내던졌다. 사내들이 질겁하는 모양이었다. 나는 기절할 뻔했다. 사내들은 얼른 일어나서 밖으로 비실비실 도망쳤다. 다방에는 손님이 없었지만 나는 낯이 뜨거워서 고개를 들 수가 없었다. 사내들이 나가버리자 보영이는 탁자에 엎드려서 울기 시작했다. 나는 그녀를 끌고 가까운 여관으로 갔다. 자극만 받으면 오므렸다 폈다 부풀었다 꺼졌다 하며 한심할 정도로 똑 같은 반응을 보이는 여자의 음부, 그게 들쥐구멍이면 어떻고, 꽃게집이면 어떻고, 더러운 둠벙이면 어떠랴. 아무리 팔자가 좋은들 주인 잘 만난 강아지 신세 이상이 될 수 있을까. 그것은 때때로 보영이가 코 먹은 소리로 절절하게 표시해오는 애정이나 나를 안타깝게 목마르게 하는 욕망과는 하등에 관계가 없는 것이다. 왕잠자리나 도마뱀의 꼬리처럼 형세가 불리하면 얼마든지 떼어버릴 수도 있는 것, 그걸 붙들고 늘어지며 내 목을 걸겠다고 앙탈할 거까지야 없잖은가, 내 몸은 순결하다고 뽐내는 작자들, 그들 중에는 오히려 더러운 꼬리만 먹고 떨어지는 불쌍한 사람들이 많을지도 모른다. 자, 보영이의 꼬리는 떼어서 거리의 개새끼들한테 던져줘 버리자. 대충 이런 말로 내 마음을 수습하고 나서 나는 그날 밤 보영이에게 구혼을 했다.

　“결혼하고 싶다는 얘기군요”

　보영이는 이상하다는 듯이 눈을 껌벅이며 말했다.

　“그렇다니까.”

　나는 다급한 목소리로 말했다. 그녀가 좀 알쏭달쏭한 말을 했다.

　“결혼할 마음만 먹으면 웬만한 사람하고도 결혼할 수 있다고 하더군요. 마음에 드는 여자가 있으면 먼저 결혼하세요.”

　“무슨 소리야. 보영이는 그럴 수 있어?”

"선생님이 결혼하셔도 전 선생님에게 부인보다 훨씬 잘해 드릴 자신이 있어요. 밤낮 배우는 게 그거밖에 없는 걸요. 절 버리시지 않는다면 전 이대로가 좋아요. 선생님, 절 버리시지 않을 거죠?"

"그러니까 결혼 하자는 거 아냐. 보영이, 우리 이런 생활 청산하고 다시 시작하자, 응."

"할 일이 너무 많아요. 동생이 학교를 졸업할 때까진 전 꼼짝할 수가 없는 걸요. 선생님, 그때까지 기다릴 수 있겠어요?"

너무 당당한 어조였다. 그때 어찌된 셈인지 그녀의 속눈썹이 바르르 떨리면서 뿌연 물기로 젖어가고 있었는데, 빌어먹을, 그 사연만은 세상이 두 쪽이 나도 이해할 수 없을 것 같았다. 남들은 한 여자를 범할수록 그 여자가 싫어진다는데 나는 왜 이 여자를 버릴 수가 없을까. 사람을 바보로 만들어 버리는 화살에라도 맞았단 말인가. 그날 밤 나는 그녀와 헤어지면서 억울하다는 생각만 들었다.

만나면 그저 허투루 몸을 내돌리려는 보영이의 버릇에 어지간히 식상하고 있을 즈음에도 그녀의 첼로소리만은 꼭 한번 듣고 싶다는 게 갈증으로 남아 있었다. 그런데 그 기회라는 게 요리조리 핑계를 대며 잘도 달아났다.

"보영이 첼로 소리 한번 들어보자. 다음 시간에 안 될까."

내가 조르면

"그러세요. 그게 뭐 어려운 일인가요."

입으로는 이렇게 말하면서도 그녀는 번번이 다음번에 빈손으로 왔다. 나중에는

"단풍철에 우리 설악산으로 구경 가요, 네? 그땐 제 첼로도 가져가겠어요."
하고 첼로 연주를 슬쩍 가을철로 연기해버리는 것이었다. 하는 수 없이 다른 방법으로 내 갈증을 풀 수밖에 없었다. 하다못해 그녀에게서 나에겐 마냥 신비롭게만 느껴지는 그 음악적인 분위기만이라도 맛보고 싶었다. 그래서 '로

칠칠년 봉별기

스트로포비치’ 내한공연 때 보영이 몰래 입장권을 두 장 샀다.

"로스트로포비치 공연 입장권 두 장 사뒀어. 오늘 밤에 꼭 구경 가자. 이번 기회 놓치면 영영 다시 들을 수가 없을 거야."

보영이가 기뻐서 손뼉이라도 칠 줄 알았는데 뜻밖에도 그녀가

"로스비치가 누구예요?"

하고 물었다.

"그게 무슨 소리야. 로스비치? 허허허."

자신도 모르게 웃음이 터져 나왔다.

별안간 그녀가 그름 속의 해오라기가 되어 푸드덕 날아가 버리는 것 같았다. 그리고 내가 파놓은 허영이란 해자(垓字) 저쪽으로 가서는 천박한 웃음을 빼물며 서 있었는데, 그게 하도 을씨년스러운 풍경이어서 내목소리가 비집고 들어갈 만한 틈이 보이지 않았다. 아, 첼로의 거장을 모를 리가 없어. 아마 함께 구경 가기가 싫어서 모른 척했겠지. 다음 순간 나는 온몸에서 맥이 빠지는 걸 느꼈다. 그 반듯한 네모 속에 꾸며놓은 허구에 내가 또 단단히 갇혀버린 것 같았다. 보영이가 항상 핸드백 속에 넣고 다니면서 이따금 꺼내서 나에게 자랑해 보이던 사진들이 생각났다. 그녀의 설명에 의하면 단원들과 함께 찍었다는 그 사진 속에서 그녀는 영락없이 가슴에 첼로를 부둥켜안고 있는 첼리스트였으니까.

신문 잡지 포스터 TV브라운관 이젠 그녀의 사진까지, 아아, 그것들이 부리는 마술에 또 깜빡 넋을 놓아버렸구나, 생각하니 가슴이 터질 것만 같았다. 내 감각과 의식을 엉망으로 만들어 버리는 이 사각(四角)의 횡포는 실상과 허상 어느 편에 서 있을까. 어쩌면 그림으로만 참말을 하느라고 보영이는 나를 만날 때마다 얼굴이 핼쑥해지며 물에 젖은 헝겊처럼 축 쳐져 버렸는지도 모른다. 수많은 허깨비를 만들어내는 브라운관이 수음하는 소녀처럼 늘 창백하듯이. 어느 것 하나 썩어가는 시체를 가리고 있는 수의(壽衣)와 다를

게 없었다. 나는 연주회에 가지 않았다. 그녀와 만나기로 약속한 다방에도 나가지 않았다. 나는 그녀를 만나지 않기로 결심했다. 그것은 일종의 싸움이었다. 싸움은 곧바로 나의 패배로 끝나고 그 결과는 고통뿐이었다. 시간이 그렇게 무료해질 수가 없었다. 아무런 시작도 끝도 만들어 내지 못한 채 마치 망원경으로 확 끌어당겨 놓은 듯한 우스꽝스러운 풍경 속에서 시간은 한꺼번에 쏟아져 내리고 있었다. 그녀와의 만남이 내 하루를 세간처럼 조촐하게 꾸미는 데 그동안 얼마나 큰 역할을 해왔는가를 깨달았다. 그건 내가 담배를 피우는 이유와 흡사했다. 손으로 거머쥘 만큼 시간을 짤막하게 잘라내서 앙증스럽고 싱싱하게 다듬은 다음, 그걸 가지고 흐물흐물한 내 마음을 칭칭 감아줌으로써 어떤 탄력이나 리듬을 살려보려는 눈물겨운 노력, 나는 담배를 피우는 이유를 이렇게 설명해왔다. 겨우 한 차례 시간표를 펑크 내고 나서 내 마음은 다시 보영이를 마나자는 쪽으로 달려가고 있었다.

그때 뜻하지 않은 일이 터지고 말았다. 어머니가 갑자기 가출해버렸다. 나는 당황하여 어찌할 바를 몰랐다. 보영이도 깜빡 잊어버릴 정도였다. 어머니가 가신 곳은 알 수 없었지만 어머니가 가출한 이유는 짐작할 수 있었다. 어머니가 지어 보이는 절망의 몸짓이었다. 어머니가 나 때문에 상심하기 시작한 것은 언젠가 새로 도배한 방을 보고 나서부터였다.

"눈이 삐었지, 원 그걸 벽지라고 발라 놓았니? 머리가 어지러워서 어디 그 방에 앉아 있겠더냐."

방에 발라놓은 벽지를 보고 어머니가 탄식했다. 아닌게아니라 내가 보아도 눈이 어지러울 지경이었다. 책받침만한 무늬가 알록달록하게 그려진 그 벽지는 내가 골라서 도배장이에게 넘겨준 것이었다. 보영이와 만날 시간에 쫓겨서 허둥지둥 집을 나가면서 급히 골라준 게 그 모양이 되고 말았다.

"그렇게 자리를 비워도 되는 거니? 김 씨가 혼자서는 일거리를 감당하지 못하겠더라."

내가 자주 가게를 비우는 걸 알고 어머니가 걱정하기 시작했다. 김씨는 내가 데리고 있는 간판미술사였다. 어머니가 정작 보영이에게 불만을 터뜨린 것은 내가 두 번째로 외박하고 돌아온 날이었다.

"무슨 여자가 걸핏하면 여관에서 자고 들어간대니?"

어머니가 발을 동동 구르며 말했다. 나를 제쳐두고 보영이를 나무라는 것이었다. 어머니는 유난히 기운이 없어 보였다.

"그게 아니라니까요."

나는 보영이를 두둔하고 나섰다. 어머니는 잠시 내 얼굴만 물끄러미 쳐다보고 있더니 갑자기 격앙된 목소리로 말했다.

"너, 이 어미를 우습게보지 마라. 그 여자는 보통내기가 아니야. 어미는 못 속여."

"어머니는 걱정하실 거 없어요."

"어떻게 걱정을 안 할 수가 있니. 지금까지 우리가 어떻게 살아왔는데."

어머니는 입술을 꼭 깨물었다.

"글쎄, 걱정하실 거 없대두 그러시네. 얘들 가르쳐서 식구 먹여 살리는 착실한 여자예요."

"어리석은 것…"

어머니는 혼잣말로 중얼거리고 나서 입을 다물어버렸다. 그 이후로 어머니는 그녀에 대한 이야기는 한마디도 입 밖에 내지 않았다. 그저 새벽기도다, 철야기도다 하며 도망치듯 교회로 가버리는 것이었다.

"술집색시를 며느리로 삼을 수는 없다. 내 눈에 흙이 들어가기 전에는 절대로 안 돼."

차라리 어머니가 이렇게 악이라도 써주었으면 얼마나 내 마음이 편했을까. 암말 없이 교회로 달려가 버리는 어머니가 내 마음을 더욱 아프게 했다. 보영이에게 바람을 맞히던 날, 나는 그날 밤 집에 돌아와서 주정을 좀 부렸었다. 고래고래 소리를 지르고, 주먹으로 방바닥을 내려치고, 방안 집기를 집어던지고 그랬던 모양이다. 어머니가 놀라서 내 방으로 달려왔다. 이번엔 어머니를 붙들고 횡설수설하기 시작했다. 처음에는 내가 하는 양만 멍하니 바라보고 있더니 한참 후에 어머니가 입을 열었다. 정작 어머니 입에서 떨어진 말이 엉뚱했다.

"흥신소란 데가 워낙 바쁜 곳이더라. 걔들 맘대로 시간을 낼 수 있었겠니. 너무 언짢게 생각하지 마라."

내가 여자한테 바람을 맞고 나서 괴로워하는 줄 알고 나를 위로하는 말이란 걸 알겠는데 흥신소 운운은 도무지 종잡을 수가 없었다.

"어머니, 밑도 끝도 없이 흥신소 얘기는 왜 꺼내시는 겁니까."

"아직도 이 어미를 속이려고 하는구나. 전화번호만 조사해 보면 금방 알 일을 가지고 끝까지 어미한테 시치미 뗄 셈이냐."

어머니가 목멘 소리로 말했다.

"네가 참한 색시 만나서 장가가는 게 이 어미의 소원이다. 남의 꽁무니 쫓아다니면서 궂은일이나 캐내는 그 흥신손가 뭔가 하는 데 다니는 보영이란 색시 말이다, 이 어미는 정말 싫다. 이번 기회에 맘을 독하게 먹고 그 색시와 인연을 끊어라. 내 복에 어디 그런 은혜를 받을라구."

어머니의 말에 나는 깜짝 놀랐다. 어머니 말을 의심하면서도 나는 속으로 생각했다.

"부인보다 훨씬 더 잘해 드릴 자신이 있어요. 밤낮 배우는 게 그것밖에 없는걸요."

그렇다면 보영이가 말하던 '자신'이란 게 술집에서 배운 것에다 흥신소에서 배운 것을 보탠 거란 말인가. 나는 어머니에게 따지고 들었다.

"흥신소는 잘 모릅니다. 보영이는 착실한 여자예요. 식구를 먹여 살리기 위해 술집에 좀 나가는 게 뭐가 나쁘다는 겁니까?"

나는 한술 더 떠서 어머니가 건드리지 않는 술집이란 말까지 꺼내고 말았다. 어머니의 얼굴이 갑자기 꺼메졌다. 어머니는 한참동안 내 얼굴을 노려보기만 했다. 나는 좀 머쓱해질 수밖에 없었는데 그때 별안간 내 눈에서 눈물이 쏟아지기 시작했다. 이 뜻밖의 눈물을 변명하느라고 나는 그만 엉뚱한 소리를 하고 말았다.

"어머니 불쌍해요. 우리 종숙이가 불쌍해요. 걘 왜 그리 지지리 복도 못 타고 났을까요. 가엾은 우리 종숙이, 어머니 종숙이가 가엾어 가슴이 터질 것만 같아요."

난데없이 죽은 누이를 끌어내어 내가 청승맞게 눈물을 찔끔거리자 어머니가 벌떡 일어나서 방을 나갔다. 그길로 집을 나가버린 것이었다. 다행히 사흘 후에 의정부에 있는 '한얼산기도원'에서 어머니를 찾아낼 수 있었다. 이웃 할머니가 귀띔해준 덕택이었다. 파출부 식모 작부 갈보, 그리고 양로원을 찾아오는 늙고 병든 사람들, 이들보다 더 갑자기 절망해버린 여자들이 집을 뛰쳐나와서 기도하는 곳, 기도원을 찾아갔을 때 어머니는 내 목소리를 듣고도 방바닥에 엎드린 채 일어나지 않았다. 하는 수 없이 나도 어머니 옆에 엎드려서 밤낮 꼬박 하루 동안 기도를 할 수밖에 없었다. 내 기도가 효험이 있었던지 집을 나간 지 엿새 만에 어머니가 집으로 돌아왔다. 어머니는 집에 닿을 때까지 말이 없었다. 대문 안으로 들어서면서 다만,

"부질없는 눈물만 쏟아지구, 기도는 잘 되질 않구, 장차 이 노릇을 어찌할 꺼나, 어찌할 꺼나."

했을 뿐이었다. 얼마 동안 나는 보영이를 만나지 않았다. 어머니의 가출과 기도원에서 만났던 그 엄청난 충격에서 내가 헤어나지 못하고 있었기 때문이었다. 시간이 좀 흐르자 내 마음은 다시 여자를 그리워하기 시작했다. 한없이 목마르게 하는 미련, 가슴을 흔들어 놓는 연정, 이런 것들이 나를 궁지로 몰아넣기 시작했다. 어머니의 기도는 아무런 힘도 주지 못했다. 어머니의

기도에 매달려 나는 떼를 써보았다. 조그마한 리듬을 달라고 했다. 보영이를 만나는 건 리듬이 아니라고 기도가 말했다. 보영이 몫의 축복을 빌어달라고 했다. '사랑하는 아들아, 축복을 받을지어다' 하고 기도가 입을 다물어버렸다. 그러던 중 어느 날 기어코 그녀한테서 다시 전화가 걸려오고 말았다.

"저예요. 벌써 잊으셨어요."

그녀는 전화 속에서 울고 있었다. 울고 있는 보영이, 이 한 가지만으로 그녀를 만날 수 있는 충분한 이유가 될 것 같았다. 어머니의 눈을 피해 재빨리 약속한 다방으로 나갔다. 지하다방 돌계단을 다급하게 내려오는 하이힐 소리가 들리더니 웬 여자가 출입구 앞에서 넘어지는 게 보였다. 나는 반사적으로 몸을 일으켰다. 그때 보영이가 한쪽 다리를 절뚝거리며 다방 안으로 들어섰다. 그녀의 스커트자락 밑으로 드러난 무릎에서는 피가 삐죽삐죽 솟아나오고 있었다. 보영이는 자리에 앉자마자 고개를 떨구고 울기 시작했다. 서먹서먹할 수밖에 없었던 우리의 재회가 여자의 울음으로 훈훈해지는 것 같았다. 첼로도 흥신소도 어머니의 가출도, 마음속에서 거치적거리던 모든 것이 순식간에 그녀의 울음 속으로 녹아 들어갔다. 보영이는 처음엔 소리 없이 울더니 나중에는 다탁(茶卓)에 엎드려서 흐느껴 울기 시작했다. 내가 달래기만 하면 보영이가 눈물을 멈춰줄 줄 알았다. 뜻밖에도 그녀가 울음을 그쳐주지 않았다. 내 재주로는 그녀의 울음을 멎게 할 수 없다는 걸 깨닫고는 퍽 실망했다.

"울지 마. 아파도 좀 참아, 응."

나는 애걸하고 또 애걸했다. 슬쩍슬쩍 곁눈질하던 손님들이 의자까지 버젓이 돌려놓고 앉아서 구경했다. 나는 진땀을 배고 있는데 그들은 피식피식 웃고 있었다.

"그토록 날 미워하시더니."

한참 후에 얼굴을 가린 손가락 사이로 새어나오는 눈길처럼 그녀의 말소리가 울음 사이로 떨려나왔다.

"차근차근 얘기해 봐요. 무슨 일야?"

나는 숨이 턱에까지 찼다.

"엄마가 세상을 떠나고 말았어요."

그녀 입에서 기어이 이런 괘가 떨어졌다. 그날 나는 암튼 그녀의 울음을 멎게 했고 호주머니의 돈을 몽땅 털어서 그녀에게 안겨주었고 택시를 잡아서 태워 보냈다. 장례가 끝났겠다 싶은 때가 돼도 그녀가 나타나지 않더니 두어 주일 후에 폐렴을 앓고 있다는 전화가 왔다.

"이제 기침만 잡히면 외출할 수 있다고 하더군요. 선생님, 오늘이 만나는 날이죠."

나는 우리의 시간표가 아직 살아 있다는 것만으로 만족할 수밖에 없었고 그날 밤 코가 비뚤어지도록 술을 마셨다. 보영이가 다시 나타난 것은 한 달이 좀 지나서였다. 보영이는 버릇대로 나를 여관으로 끌어들였다. 방에 들어서자마자 그녀가 강아지처럼 들까불며 떠들어대기 시작했다. 한차례 질탕하게 몸을 돌리고 나서도 그녀는 제목도 없는 화제를 가지고 계속 지껄였다. 어머니의 장례에 대한 이야기는 한마디도 비치지 않았다. 급기야 그녀가 깜짝 놀랄 만한 이야기를 털어놓았다. 연놈이 두 번째로 몸을 막 어우르고 난 뒤였다. 젖 먹던 힘까지 써가며 두 번씩이나 서비스해 주는 게 어쩐지 수상쩍다 생각했는데 그녀가 불쑥,

"선생님, 저 약혼하기로 했어요."

하고 말했다. 그러고는 놀라울 만큼 당돌하게

"목적지에 닿아서 같은 방에 들 거라면 굳이 같은 차를 타고 갈 필요는 없잖아. 제가 앞차로 갈 테니 다음차로 오세요. 술집에서 만난 사람끼리는 이런 식으로 하는 게 좋아요. 선생님 우리들의 관계는 이제부터 찐짜루 시작되는 거예요. 아시겠죠? 약혼식은 토요일에 신촌 '삼호정'서 올리기로 했어

요. 약속하세요. 제 약혼식에 꼭 오시는 거죠, 네? 안 오심 전 선생님을 용서하지 않을 거예요.”

라고 이야기를 끝내버리는 것이었다. ‘김씨의 말이 틀림없었구나.’ 말을 마치고 방글방글 웃고 있는 보영이를 보았을 때 나는 퍼뜩 김 씨의 말이 생각났다. 내가 술자리에서 남김없이 털어놓았기 때문에 그녀와의 관계를 조목조목 알고 있을 뿐만 아니라 그동안 어머니의 끄나풀로서 내 행적을 낱낱이 캐왔던 김 씨의 보고에 의하면 보영이가 다방에서 울고불고하던 날 그녀는 헤어지자마자 내가 태워준 차를 타고 아현동굴다리 밑에 있는 어느 산부인과로 직행하더라는 것이었다. 그런 이야기를 늘어놓다가 김씨는 나한테 눈에 멍이 들도록 얻어맞고 그길로 짐을 싸서 나가 버렸지만, 그의 말이 남아서 이제야 나를 일깨워주고 있었다. 나는 얼른 김씨의 말을 참작해서 이야기를 하나 꾸며보았다. 그래야만이 한쪽이나 양쪽이 각각 짝을 찾아 결혼하고 나서부터 진짜로 아기자기하게 간통해보자는 이 무서운 아이와 결별하는 데도 도움이 될 것 같았다. 보영이가 다방에서 눈물로 ‘굿’을 보였던 것은 어머니의 죽음 때문이 아니었다. 애초에 그녀에겐 다시 죽을 어머니가 없었으니까. 그녀에겐 그동안 나에게 감쪽같이 숨기고 사귀어온 남자가 있었다. 그녀는 그 남자를 술집 밖에서 만났고 그 남자와 결혼할 생각까지 하고 있었다. 어쩌다가 그 남자가 보영이의 술집 이력을 알게 되었고 그날 보영이에게 절교를 선언하기에 이른 것이다. 그날 보영이가 다방에서 몸부림을 쳤던 것은 그 충격과 절망 때문이었다. 그리고 처녀를 찾는 어느 눈먼 사내, 이 얼간이야말로 나에게 피해를 준 장본인이었다. 그녀는 그 남자와 헤어지자마자 곧장 내게로 달려와서 자금을 마련해가지고 병원으로 직행했던 것이다. 낙태수술을 받으러 갔느냐면 천만에다. 그 시절 그녀의 자궁은 어린아이가 들어앉기에는 너무나 번잡했다. 보영이가 굴다리 밑을 찾아간 것은 말하자면 출입이 잦아서 칠이 벗겨지고 닳아지고 너덜너덜해진 문을 말짱하게 고쳐놓기 위해서였다. 여자의 피부에 탄력이 남아 있는 한 언제라도 귀여운 성처녀로 복원시킬 수 있다는 우리 시대의 곡예, 이쁜이 수술, 그녀는 이쁜이 수술을 받으러 간 것이었다. 이 편리한 세상에 밥술이나 뜨고 사는 사람치고 우리 이쁜이 소식을 들어보지 않은 사람이 있는가. 결코 그녀만이 알고 있는 비방이 아니었다. 보수(補修)가 끝나자마자 그녀는 허둥지둥 애인을 다시 유혹하여 그 문안으로 끌어들이면서

"보세요, 얼마나 산뜻하고 신비롭고 아늑해요. 어때요, 이 빨간 네글리제는 마음에 드시죠?"

하며 매달 한 번씩 구경하는 물감을 알몸에 발라가지고 새빨갛다고 능청을 떨면서 나른하게 웃었을 것이고, 얼간이는 시뻘게진 낯짝으로 씩씩거리며 즐거운 비명을 질렀을 것이다. 왜 하필 그런 상상을 하느냐면, 나로서도 할 말은 있다.

"딴 사람에게 시집가면 첫날밤을 어떻게 넘기지, 어떻게 넘기지."

내가 걱정이 돼서 이렇게 물었을 때, 고 깜찍하고 앙큼한 년이 깔깔 웃으며 나에게 그 비결을 귀띔해주었으니까. 아무튼 그날 여자는 남자로부터 심사필 도장을 받고 나서 좀 방만해진 것뿐이었는데 나는 그것도 모르고 그녀를 탐식하고 만 것이었다. 게다가 해거름부터 마시기 시작한 술은 처음엔 나를 위해 마시는 술이었는데 나중엔 보영이를 위해 마시는 술이 되고 말았다. 밤늦도록 약혼축하주까지 마셔주고 나서 그날 그녀와 헤어졌다. 그쯤에서 끝내버렸어야 할 일이었다. 그랬으면 술집여자와 정분이 나서 이러쿵저러쿵 했던 일을 가지고 이 따위 시시한 이야기를 늘어놓을 리도 없을 것이고 하다 못해 조촐한 사랑이야기라도 하나 남았을 것이다. 정이란 참으로 치사스런 것이었다. 토요일 오후에 나는 기어코 신촌 삼호정을 찾아가고 말았다. 삼호정에 가서 보영이의 약혼식을 확인했다. 차마 약혼식이 진행되고 있는 방안까지 기웃거리지는 못했지만 바깥 홀에 앉아서 방안에서 새어나오는 말소리

웃음소리 박수소리를 들었다. 약혼식이 끝나고 여흥이 시작됐을 때 보영이가 잠깐 바깥으로 나왔는데 나는 그 틈을 놓치지 않고 그녀에게 다가가서 알은체를 했다. 그게 실수였을까. 하여튼 그러고 나서 나는 엄청난 피를 보고 말았다. 턱없이 반가워하며 내가 그녀에게 말을 건네는 순간, 난데없이 청년 두 명이 나를 양쪽에서 와락 움켜잡더니 밖으로 끌어내는 것이었다. 그들은 나를 끌고 삼호정 옆 으슥한 골목으로 갔다. 나는 눈두덩이 찢어지고 갈비뼈가 부러지고 코와 입에서 쏟아지는 피가 내 와이셔츠를 적실 때까지 두들겨 맞았다. 온몸에 우박처럼 쏟아지는 주먹을 고스란히 맞으면서도 나는 속으로 신랑에게 감탄하고 있었다.

"아아, 사랑하게 되면 이런 짓도 서슴없이 하게 되는구나."

내 자신이 더없이 뻔뻔스럽고 비열하게 느껴졌다. 찢어진 상처의 아픔 따위는 아무것도 아니었다. 피투성이가 되어 병원으로 실려 갈 때도 이 쓰라린 느낌만은 참을 수가 없었다.

"가슴에 살(矢)을 맞고 나는야 눈먼 장님, 장님처럼, 어리보기처럼 사랑한 죄밖에 없는데 누가 나에게 돌을 던질 소냐."

이런 말로 근근이 유지해오던 내 사랑이 악혈처럼 혼탁한 욕망과 타성에 지나지 않았다는 것을 나는 깨달았다. 편식이 미식이 아니고 폭음이 애주가 아니듯이 내가 정신없이 그녀를 갈망했던 것은 결코 애정이 아니었다. 누이에 대한 연민 같은 것은 더욱 될 수 없었다. 욕망과 타성이 판을 치는 곳에서 어떻게 사랑 순결 용기 정열, 이런 것들이 맥을 출 수 있었겠는가. 그녀에게 끊임없이 배신감을 느끼면서도 내가 끝내 비겁할 수밖에 없었던 것은 바로 그런 이치 때문이었다. 나는 오히려 게을러빠지게 결혼까지 음모하지 않았던가. 만약 보영이가 의식적으로 우리의 관계를 타성을 떠맡겨 왔다면 그녀는 사랑을 알고 생활을 아는 여자였다. 나는 어떠했느냐 말이다. 병원에 입원하고 나서 내가 가장 안타깝게 생각한 것은 바로 이 점이었다.

입원한 지 사흘쯤 지났을 때부터 뜻밖에도 보영이가 병원으로 나를 찾아 오기 시작했다. 그녀의 태도가 다시 좀 이상해졌다. 첫 번째 왔을 때 그녀는 암말 없이 내 상처만 이곳저곳 살피다가 돌아갔다. 두 번째 왔을 때는

"절 미워하고 계시죠?"

하며 넌지시 내 마음을 넘보고 돌아갔다. 세 번째 왔을 때는

"퇴원하면 우리 또 옛날처럼 만나요. 오늘 약혼 취소했어요. 선생님, 저 같 은 여자도 결혼할 수 있을까요?"

하고 갑자기 흐느껴 울었다. 힘없이 고개를 떨구고 서럽게 울고 있는 보영이 를 바라보며 나는 비로소 그녀가 나에게서 서서히 떠나가고 있음을 실감하 기 시작했다. 다음날 나는 그녀 몰래 퇴원해 버렸다. 집에 돌아와 보니 어머 니는 또 다시 가출해버리고 집에 없었다. 그러니까, '내가 서른 살만 되면 시 절이 확 풀린다던데' 이 전설 같은 점괘가 맞아떨어진 뒤로 나는 결국 나에게 가장 소중했던 세 여자를 차례로 잃어버리고 말았다.

십일조부인

집 앞에서 택시를 내리면서 시계를 보니 한 시였다. 연극을 보려고 내가 열두 시에 집에서 출발했으니까 딱 한 시간 만에 다시 집으로 돌아오고 만 셈이었다. 내가 생각해도 좀 어처구니가 없었다. 대문 안으로 들어서는 나를 보고 창숙이가 찔끔 놀랐다.

"어머, 벌써 돌아오세요?"

그렇게 싱겁게 끝나버리는 외출은 왜 했느냐는 말투였다. 나는 잠자코 응접실로 들어섰다. 담배연기가 확 얼굴에 끼얹어졌다. 뒤따라 들어온 창숙이가 팔을 비비꼬면서 목을 움츠렸다. 담배연기는 빠끔히 열려있는 서재 문 사이로 한 다발씩 새어 나오고 있었다. 저 방에서 담배를 피우고 있는 사람은 누굴까. 지금은 창숙이 모녀가 살고 있지만 내 지문이 묻어있는 서재가 낯선 사람의 체액으로 더럽혀지고 있는 것 같아서 기분이 언짢았다.

"점심 차려 드릴게요. 시골에서 오빠가 올라와서 마침 점심을 준비해 놓았거든요."

창숙이가 떨리는 음성으로 말했다. 언제 보아도 차돌같이 깐깐하고 얌전하던 창숙이가 오늘따라 눈에 띄게 표정이 흔들리고 있었다.

"오, 그래. 난 관둬."

이 아가씨는 아까 열한 시경에 내 아침상을 차려 주었던 일을 까맣게 잊은 모양이었다.

"그런데, 창숙이."

나는 가만히 그녀를 불렀다.

"두시 경에 날 좀 깨워줄 테야."

"네, 그럴게요."

그제야 창숙이는 생글거리며 서재로 건너갔다. 아무래도 창숙이가 좀 이상했다. 문득 아내의 얼굴이 눈앞에 떠올랐다. 이상하기로 말하자면 아침에 내가 이불 속에서 훔쳐본 아내의 거동이야말로 참으로 이상했다. 아내는 문갑 앞에 홀로 앉아 꺽꺽 울고 있었다. 가슴이 섬뜩했다. 아내의 가느다란 흐느낌을 타고 방안에는 귀기(鬼氣)가 안개처럼 피어오르고 있었다. 왜 울까. 암만 생각해도 모를 일이었다. 그리고 보니 요즘 아내의 태도에는 이상한 점이 많았다. 아내는 일요일까지 채워가며 외출을 했고 내가 몹시 앓아도 병원에 가자는 말 대신에 말없이 흰 가루약만 내밀었고 나성에서 온 딸의 편지를 읽으며 무거운 한숨을 내쉬었고 나를 멀뚱멀뚱 보고만 있다가도 느닷없이 아파트촌에서 구경한 스택무비(stagmovie)를 얘기하며 강아지처럼 캑캑거리며 웃었다. 그래도 그런 것들은 실직한 남편을 먹여 살리는 아내의 입장에서 보면 대강 이해할 수 있을 것 같았다.

그러나 아내의 눈물, 이것만은 내가 전혀 상상할 수 없었던 구석이었다. 내가 두 번씩이나 졸도하고 나서 교단을 떠났을 때도 아내는 눈썹하나 까딱하지 않았다. 오히려 생기가 돋아났다. 그런 아내가 하루아침에 흐느껴 울만큼 심약한 여자로 변해 버린 것이다. 장사가 안 돼서 그럴까. 나는 아내가 시작한 한식집이 어디 붙어 있는지도 모른다. 미안한 생각이 들었다.

"실은 졸도하기 전부터 나는 이미 더 버틸 수 없는 지경에 이르고 말았던 거요. 극심한 무력감과 우울증에서 헤어날 수 없었소. 차라리 졸도해 버린 게 얼마나 다행이었는지 모르겠소. 내 실직을 용서해 주오.”

　나는 속으로 아내에게 빌었다. 이 좋은 주말에 이불을 뒤집어쓰고 누워 있는 내가 불쌍해서 그럴까. 얼른 아내의 눈을 빌어서 나 자신을 관찰해 보았다. 햇볕과 바람 속에 쌓여 있는 오물더미였다. 어느 놈팡이의 유혹에 빠졌다가 헤어나지 못해서 그럴까. 저 년이 어쩌면 눈물로 죄의식을 씻어내고 있는지도 모른다, 죽일 년. 결국 윤애 때문이었다. 나는 오후에 만나기로 한 윤애를 생각하느라고 이불 속에서 한없이 늘쩡거리고 있었다. 왠지 마음이 뒤숭숭해서 견딜 수가 없었다. 윤애로부터 만나자는 전화를 받고 나서는 쭉 그랬다. 나는 내 마음을 알 수 없었다. 내가 건강할 때 만났던 사람이라서 그랬을까. 세월이 물같이 흐르던 시절, 그때는 나도 한나절 산속에서 놀 수 있었다. 어느 날 아침, 주토빛 얼굴에 허연 수염을 기른 노인이 젊은 여자의 부축을 받으며 약수터에 나타났다. 내 은사인 서남석 화백과 그의 딸 윤애였다. 그들이 산 밑으로 이사 온 후로 산에서 만난 것은 처음이었다. 그 무렵 나는 아침 산책을 그만둘 생각을 하고 있었다. 약수터는 북새통이 돼 가고 있었다. 약수 한 모금 얻어 마시려면 줄을 서야만 했다. 숲속 공지에서는 칠십 노옹(老翁)까지도 깡동깡동 뛰었고 약수터 마당에서는 럭비공 같은 여자들이 먼지를 풀썩이며 배드민턴을 치고 있었다. 먼지를 털어 내려고 산에 갔다가 먼지를 뒤집어쓰고 돌아왔다. 몸에 배어든 그 악착스런 강단과 근성이 진력이 나서 산에 갔다가 갑절로 모질고 영악해져 돌아왔다.

　다음날부터 나는 서 화백 부녀와 함께 약수터를 버리고 계곡 아래로 찾아갔다. 우리의 아침 산책은 한동안 즐거운 것이었다. 가까이서 보니 서 화백의 몸에는 고독이 비늘처럼 눌어붙어 있었다. 윤애는 맑은 산정 속에 피어난 한 송이 꽃이었다. 비록 그 꽃이 노인의 얼굴에 비껴 있는 추연(湫然)한 빛을 한층 돋우어 주고 있었지만 내 마음을 들뜨게 하는 데는 충분했다. 그 산책이 나에게 그토록 즐거웠던 것은 아침 햇살이 계곡의 안개를 찬란하게 물들일 때 내가 윤애를 바라보며 느낄 수 있었던 그 산뜻한 감동 때문이었다. 그것은 먼지와 시름을 걷어가는 한 줄기 맑은 바람이었다. 새벽이 나에게 내려준 은총이었다.

나는 직장을 잃고 나서 그 산책을 그만두었다. 한참 생각 속을 헤매고 있는데 어느새 울음을 그친 아내가 나를 흔들었다. 나는 슬그머니 일어나 앉았다.

"이걸 받으세요."

아내는 돈과 무슨 입장권 한 장을 내 앞으로 내밀었다.

"채 여사 남편이 주연한 연극이에요. 사방에서 굉장히 칭찬을 받았나 봐요. 오후에 한번 구경가보세요."

아내의 말을 듣는 순간 나는 마음이 확 풀어졌다. 결국 아내는 내가 안쓰러워서 눈물을 흘린 것이다. 나는 그렇게 생각했다. 채 여사는 아내의 동창이었다. 아내와 함께 그들 부부를 만나본 적이 있었다. 좀 화려해서 쓸쓸한 느낌을 받았지만 내 기억 속에 남아 있는 채 여사 남편의 연기는 기막힌 것이었다. 그래서 나는 아내가 외출하자마자 오랜만에 양복을 입고 부리나케 극장으로 달려갔던 것이다.

흰 가루약을 먹고 자리에 누웠으나 잠이 오지 않았다. 방안이 너무 밝았다. 아닌게아니라 안방은 너무 밝은 편이었다. 하얀 벽과 유리창에는 햇볕이 가득 들어와 있었고 화사한 커튼은 햇살을 더욱 눈부시게 풀어놓고 있었다. 내 눈은 이 빛잔치 속에서 늘 재워놓은 포도처럼 흐물흐물했다. 새까만 문갑이며 음흉한 텔레비전이며 물빛 조각시계며 연두색 꽃병이며, 이런 것들이 번들거리는 눈으로 나를 감시하고 있었다. 자개농이 오른쪽 벽을 차지하고 있었고 삼층장과 화장대가 왼쪽 벽에 버티고 있었다. 수많은 진열품을 안고 있는 이 화장대야말로 천정에 달린 샹들리에와 손잡고 이 방을 압도하려고 든다. 실상 이런 가구들은 아내가 마음을 온통 끌어내어 널어놓은 것에 불과했다. 노상 안방에서 죽치고 있는 내 꼴이 하도 딱해서 아내한테 이야기를 해본 적이 있었다.

"여보, 이름도 모르는 병에 걸려서 흰 가루약을 끼니만큼이나 거르지 않고 먹고 있는 내 쇠잔한 심신이 도대체 무슨 재간으로 이 현란한 색깔을 견뎌낼 수 있겠소. 어쩌다 날아들어 온 나비의 날갯소리가 화장대 위에 늘어놓은 형형색색의 병만큼이나 무수한 음향으로 증폭되어 내 청각을 들볶아대는 이 소리의 사각지대를 어떻게 헤어날 수 있단 말이오. 당신이 자랑하는 저 자개농 말이오, 그건 방안의 먼지, 그 먼지 같은 광택의 비말을 허공으로 뿌옇게 내뿜곤 하는데 그게 어렵사리 명징(明澄)을 되찾으려는 내 감각을 흐트러뜨려 놓기 일쑤요. 나는 서재로 돌아가겠소. 비어 있는 현아 방이라도 쓰겠소."

"아니에요. 당신은 휴식이 필요해요. 요양하기에는 이 방이 안성맞춤이에요. 수원댁 모녀가 거처할 데도 없잖아요."

아내는 딱 잘라서 서재를 거절했고, 이어서

"현아 방은 허드레 세간이 있고 뒷방은 책을 옮겨 놓았기 때문에 좁아서 안 돼요. 그리고…"

아내는 말끝을 얼버무렸다. 나는 아내의 말끝을 알고 있었다. 그것은 말썽 많은 창문이었다. 현아 방의 창문을 열면 뒷집 뜰이 한눈에 들어온다. 널찍한 잔디밭 한구석에는 언제나 국방색 야전침대가 놓여 있었다. 햇볕이 따뜻한 날에는 그 침대에 수영복 차림의 두 젊은 여자가 앉거나 누워서 가지가지 흥미로운 여자의 구석을 보여주었다. 이럴 때 내가 자칫 잘못하여 시선을 창밖으로 놓쳐버리면 꼼짝없이 치한으로 몰려서 곤욕을 치르게 되어 있었다. 그 창가는 내게 위험지대가 된 지 오래다. 내 불평이 가끔 색다른 효과를 낼 때가 있었다. 암말 없이 미소만 남겨놓고 훌쩍 외출해 버린 아내가 친구들을 색종이 고리처럼 꽁무니에 달고 돌아온다. 척 보아 세월이 흘러서 잃어버린 것만큼이나 말이 늘어난 이 여자들은 처음에는 키드득, 까르르, 떽데구루루 주로 이야기꽃을 피우지만 이내 술과 음식이 들어가면 그들의 잔치는 형편 없이 질퍼덕해졌다. 이럴 때 안방은 제구실을 하는 것 같았고 나는 어두컴컴 한 뒷방에 누워서 가슴을 설레며 잃어버린 내 시간을 찾아 나서곤 했다. 지금 이런 생각을 하고 있는 것은 혹시 나에게 아내를 원망하는 마음이 생겨서 그런 게 아닐까. 나는 얼른 아내에게 감사해야 할 이유를 생각해 보았다.

우선 나 같은 재목으로 현아 같은 딸을 낳아준 게 고맙고 내가 이따금 한눈을 팔면서 어쭙잖은 엄살을 부려도 좋을 만큼 생활을 맡아주는 게 고맙고 염량(炎凉)이 훤히 뵈는 내 어릿광대짓에 말없이 맞장구 쳐주는 게 고맙고 사십대 여자의 마음속은 부드럽고 연한 것은 모두 녹아내리고 단단한 돌고드름만 주렁주렁 달린 동굴 속 같다는데, 그 속으로 스며드는 구중중한 물줄기가 한없이 많은 세상에, 꼬박꼬박 십일조를 바치는 아내의 신실(信實)한 생활이 모든 의혹과 불안을 씻어 주는 게 고마웠다. 문득 채 여사를 닮아가는 아내의 모습이 눈앞에 떠올랐다. 화려한 여자. 아아, 그렇다면 극장 앞에서 되돌아와 버린 게 화려한 여자 앞에서 어쩔 수 없이 느껴지는 그 쓸쓸함 때문이었단 말인가.

나는 갑자기 침울한 기분에 빠졌다. 극장 앞에서 채 여사를 발견했을 때 내가 그 자리에 우뚝 서버렸던 건 사실이었다. 그녀는 눈가에 비누거품 같은 웃음을 묻혀가지고 한 젊은 사내와 정신없이 이야기하고 있었다. 좀 떨어져서 한 떼의 여자들이 찧고 까불고 있었는데 그 속에 아내가 끼어 있었다. 언뜻 여자들의 말소리가 귓가에 들려왔다. 어머, 앤 멋있어. 옷 새로 맞춘 거니? 아아, 쟨 헤어스타일 또 바꿨구나. 얘, 명동서? 아유, 또 오드리 헵번 납셨네. 아냐, 얘들아 우리 즉석 불고기로 하자 응. 니들 정말 데이트 상대도 없니? 요 앙큼한 것, 넌 차고 넘친다 이거지. 얘, 나 하나 봐줘. 싫어, 싫어. 넌 식성이 까다롭잖니, 이슬만 먹고 살아라, 응. 흥, 곱창전골도 얼마나 잘 먹는데.

나는 여자들 틈에 끼어서 웃고 있는 아내가 그저 놀랍기만 했다. 갑자기 아내가 무서워졌다. 아내의 시선에 찔릴까 봐 얼른 몸을 움츠렸다. 다음 순간 나는 용기를 내어 한번 히익 웃고 발길을 돌려 버렸다. 이제 잠은 멀리 달아나고 말았다. 그대로 누워 있으면 모처럼 액자에 끼워놓은 내 으리으리한 주말이 금방 활활 타서 재로 변해버릴 것만 같았다. 후닥닥 일어나서 외출복으로 갈아입었다. 나는 창숙이의 배웅을 받으며 다시 집을 나섰다.

다방은 고궁을 싸고도는 거리 끝에 있었다. 나는 십분 전에 다방으로 가서 창가에 자리 잡고 앉았다. 창 너머로 길 가는 사람들을 살피면서 나는 윤애가 나타나기를 기다렸다. 약속 시간이 오 분쯤 지났을 때 건너편 길가에 바싹 붙어서 그랜저 한 대가 멈췄다. 차에서 내린 여자가 이쪽을 향해 돌아섰다. 순간 강렬한 색채가 헤드라이트처럼 눈을 찔렀다. 까만 투피스를 입은 여자가 하얀 얼굴에서 선글라스를 떼어냈다. 윤애였다. 나도 모르게 창밖으로 손을 내밀고 흔들었다. 윤애가 금방 나를 알아보고 손을 흔들었다. 그녀는 나에게 길을 빨리 건너오라는 손짓을 했다. 내가 다가가자 윤애는 얼른 차 속으로 들어가서 안에서 문을 열어주었다.

"정말 오랜만이군요."

윤애가 핸들을 잡으며 말했다.

"정말 오랜만이야, 잘 있었어?"

늘 좌절을 안겨주면서 숙명이란 처방만 내려 주시던 하나님이 오늘은 그럴듯하게 나를 이끌어줄 것만 같았다. 차가 출발하자 내 마음은 솜사탕처럼 부풀어 올랐다. 윤애는 말없이 광화문 쪽으로 차를 몰고 가더니 잠시 후에 세종문화회관 뒷길에다 나를 내려놓았다. 그리고 광장에 들어서 있는 차 사이로 요리조리 빠져 나가서 한구석에 차를 세워 놓고 돌아왔다.

"어머, 왜 그런 얼굴을 하고 계세요?"

길가에 멀거니 서 있는 나를 보고 윤애가 불쑥 말했다. 나는 어안이 벙벙했다. 얼른 농담조로 물었다.

"왜, 애처로운 얼굴인가?"

"불도그같이 사나운 얼굴인걸요."

"얼빠진 얼굴인가?"

"아녜요. 그건 선생님의 생각이겠죠. 악동처럼 거만해요."

"윤애, 어디 아픈가?"

"내 눈은 못 속여요. 갈데없이 매섭고 냉랭한 구두쇠영감이에요. 자, 이젠 저녁 사시겠죠."

윤애가 가까운 불고기집으로 앞장서 들어갔다.

"여기 갈비 3인분 하고 맥주 세 병 빨리 줘요."

윤애가 재빨리 주문했다. 나는 강아지처럼 들까불고 싶어졌다.

"윤애, 여기 쭉 있었군 그래."

"겨우 강남으로 날아갔어요. 날개를 태워버렸거든요."

윤애의 말이 한없이 유치하게 들렸다.

"사랑을 했던 게로군."

나도 윤애의 말투를 흉내 냈다.

"분별없는 장난이라 하더군요. 엄마한테 막 선고를 듣고 나오는 길예요."

윤애가 큰 소리로 웃었다. 그러고 보니 윤애는 이젠 아침이슬을 머금은 청순한 꽃이 아니었다.

"아버지가 돌아가신 후로 산동네가 싫어지더군요. 강남으로 이사를 갔죠."

'아, 서 화백이 타계했구나.' 뒤늦게 은사의 죽음을 알고 가만히 한숨을 내쉬었다. 갑자기 윤애에게 할 이야기가 절반으로 줄어드는 것 같았다.

"요샌 가회동 엄마 집에서 살고 있어요. 저도 별 수 없나 봐요. 달아난 엄마가 좋아졌으니 말예요."

윤애는 이런 식으로 이야기를 계속했다. 이상했다. 윤애를 만나면 이야깃거리가 많을 거라고 생각했는데 정작 만나고 보니 할 말이 별로 떠오르지 않았다. 윤애가 늘어놓는 이야기에 매달려서 나는 간간이 참견할 수밖에 없었다.

"학교 그만뒀다면서요. 후배한테 들었어요."

윤애가 이렇게 말했을 때는 얼른 얼굴을 창밖으로 돌려버렸다. 윤애는 잠시 멈칫하더니 다시 이야기를 계속했다. 아버지 장례 때 이야기로부터 친구 결혼이야기에 이르기까지 쉴 새 없이 지껄여댔다. 그녀의 이야기가 종이 냅킨처럼 척척 접히어 식탁 아래로 떨어지기 시작했다. 나는 그녀 입에서 만나자고 한 용건이 떨어지기만을 기다리고 있었다. 식사를 시작한 지 한 시간이 지났는데도 윤애는 그 점에 대해서는 입도 뻥긋하지 않았다. 맥주 두 병을 더 시켜 마시고 나서 식당을 나왔다. 밖으로 나오면서 윤애는 지나는 말처럼

"제가 꼭 자살할 것만 같아서 전화를 했거든요. 이제 고비를 넘긴 셈예요. 그냥 살기로 작정했으니까요."

하고 말했다.

"뭐든 결정을 내린 건 잘한 일이야."

나도 지나는 말처럼 무심히 받아넘겼다. 거리는 어둠이 깔리고 있었다. 문득 윤애와 이대로 헤어질 생각을 하니 허망한 생각이 들었다. 그것은 고통에 가까운 갈증이었다.

"윤애, 운전할 수 있겠어?"

"좀 어릿어릿해요."

"커피 한잔 할까?"

"술도 깨고 좀 걸어요."

윤애의 이 말은 뜻밖이었다. 우리는 도심을 향해 느릿느릿 걸어갔다. 머리 위로만 흐르던 휘황한 불빛과 요란한 음향들이 윤애의 몸속으로 수렴되고 그게 다시 내 속으로 옮아와서 잔잔한 파문을 일으키고 있었다. 모든 것

은 이 파문에 조용히 밀려가고 있었다. 우리는 한참동안 빌딩숲 속을 헤맸다. 시골주막처럼 쪼르르 달려갈 만한 데가 없을까 하고 속으로 궁리하고 있는데

"일루 들어가요."

하고 윤애가 잠깐 내 손을 잡았다 놓았다. 돌아보니 윤애는 벌써 앞에 있는 호텔 문안으로 들어가고 있었다. 나는 잠시 내 눈을 의심했다.

"좋은 클럽이 있어요. 서울의 야경이 그만예요."

허둥지둥 따라 들어오는 나를 보고 윤애가 설명했다. 엘리베이터를 나올 때 머리가 휭 돌았다. 클럽은 맨 위층에 있었다. 홀 안은 조명이 어두웠다. 자욱한 담배 연기는 한층 실내를 어둡게 하고 있었다. 원형플로어에서는 남녀가 무더기로 엉클어져서 꿈틀거리고 있었고 밴드는 몸에 감기는 거미줄처럼 끈적끈적한 노래를 연주하고 있었다.

우리는 창가로 가서 앉았다. 금세 술이 날라졌다. 호텔 안으로 들어섰을 때부터 내 마음은 몹시 들떠 있었다. 나는 마음을 수습해보려고 한참동안 거리의 야경을 내려다보았다. 술을 뒤 잔 마시자 마음이 좀 가라앉았다. 그제야 노랫소리 사이로 윤애의 음성이 들려왔다.

"맘에 드시죠."

"야경이 그만인데."

수많은 불줄기를 내뿜고 있는 거리가 멀게 가깝게 가라앉았다 떴다하고 있었다. 이 아름다운 야경을 바라보며 윤애와 함께 술을 마시는 게 조금은 즐거워지기 시작했다. '횡재로구나 횡재.' 속으로 이런 천박한 생각도 했다. 윤애가 자못 감회어린 얼굴로 입을 열었다.

"절친한 친구들이 있었거든요. 퍽 가난뱅이들이었죠. 그들은 말하자면 젊음을 밑천으로 아르바이트를 했는데 그들이 외국손님을 받을 때는 제가 꼭 일루 데려 왔어요. 우리는 함께 술을 마시며 밤을 새우곤 했죠. 어쩐지 그러

고만 싶었어요. 또 그래야만 친구들을 잃어버리지 않을 것 같더군요. 전 외로운 건 질색이었으니까요."

"고생이 많았겠군."

"아녜요."

그녀가 손을 저었다.

"지금은 시집도 가고 자살도 하고 해서 뿔뿔이 흩어졌지만 그때가 정말 즐거웠어요."

"즐거웠어? 그렇다면 할 말이 없군 그래."

"왜요."

나는 점잖게 사설을 늘어놓기 시작했다.

"초등학교 다닐 때였지. 내 단짝 친구가 마을 앞 저수지에서 얼음구멍에 빠져 버렸어. 그걸 본 그의 형이 재깍 얼음구멍으로 뛰어들더군. 역시 뽀그르 하고 사라져 버렸어. 조금 후에 달려온 그의 아버지도 산짐승처럼 울부짖으며 얼음구멍으로 풍덩 뛰어들더군. 그러고는 영 나타나지 않은 거야. 쇠갈고리를 단 장대 끝에 시체가 걸려나온 건 이튿날 아침이었어. 닭꼬치처럼 한데 엉켜서 얼어붙어 버린 시체를 방죽에 꺼내 놓고 마을사람들은 엉뚱한 일로 다투기 시작하더군. 한패는 아버지와 형의 죽음을 거룩한 죽음이라 하고 한패는 개죽음이라고 하는 거야. 이 언쟁이 얼마나 치열했는가 하면 사람들은 시체를 대강대강 뒷산에 묻어버리고는 주막으로 가서 피차 막걸리 잔을 던져가며 육박전을 벌일 정도였다니까. 그런데 이 싸움이 갑자기 뚝 멎어버렸어."

"왜 그랬을까요?" 윤애가 물었다.

"윗녘에서 돌아온 어머니가 마저 빠져죽었거든."

"그렇다니까요. 타인은 할 말이 없는 거예요."

나는 좀 어이가 없어서

"사는 게 정말 아슬아슬해. 목숨을 밤톨만하게 만들어 버리는 일이 너무 많거든."

하고 말했다.

"호호호, 그런 말이 어딨어요. 그럼 새로 참외만하게 만들면 될 거 아녜요. 우리 이제 그런 얘기 그만해요."

윤애가 일어나며 춤을 추자고 했다. 나는 사양했다. 윤애가 억지로 나를 끌고 플로어로 갔다. 밴드가 수상쩍은 슬로락을 계속 연주했다. 윤애가 몸을 밀착해 왔다. 갑자기 내 남근이 대쪽같이 뻗쳐오르기 시작했다. 참으로 난처했다. 그곳만은 내 몸의 일부가 아닌 것 같았다. 대쪽이 여자의 아랫배를 건드릴까봐 나는 얼른 엉덩이를 뺐다. 소용이 없었다. 그것은 맹렬한 기세로 여자를 들이받고 있었다. 나는 울고 싶도록 부끄러웠다. 그때 윤애가 내 얼굴을 빤히 쳐다보며 말했다.

"순진하게 인사를 하는군요."

나는 깜짝 놀랐다. 윤애의 입에서 그런 말이 거침없이 나올 줄은 몰랐다. 이런 노래, 이런 무드 속에서 하긴 무슨 말인들 못하겠느냐. 나는 절망적인 기분으로

"워낙 눈먼 것이 돼 나서."

하고 말해 버렸다. 눈먼 것은 이제 여자의 가랑이 사이에 들어가 있었다. 이번엔 진짜로 내부 깊숙한 곳에서 딸을 생각하면 비릿해지고 아내를 생각하면 짜릿해지는 욕정 같은 게 끓어올랐다. 이건 분명히 일종의 번열(煩熱)이요 정신적 조루 증세였다. 나는 숨을 헐떡이며 화장실로 몸을 피해갔다. 화장실 물이 솨 하고 쏟아지는 소리를 듣는 순간 나는 뜨거운 탕 속에 들어가 몸을 씻고 깊은 잠을 자고 싶다고 생각했다.

한참 후에 화장실에서 돌아와 보니 윤애가 자리에 없었다. 윤애의 자리에는 낯선 여자가 앉아 있었다. 가슴이 철렁 내려앉았다. 이 여자가 왜 여기에

앉아 있을까. 내가 자리에 앉자 낯선 여자는

"안녕하세요. 윤애 친구예요. 술 드시겠어요."

하며 거침없이 나에게 술잔을 내밀었다. 얼굴은 예쁜데 한없이 경박하고 뻔
뻔스러워 보였다. 첫눈에 이 클럽의 호스티스라는 걸 알 수 있었다. 나는 여
자가 따라준 술을 마시면서 한참동안 창밖의 야경만 내다보았다.

"불쾌하신 모양이군요."

이윽고 여자가 말했다.

"윤애 씨는 어디 갔습니까?"

나는 억지로 웃으며 말했다.

"사장이 쓰러졌어요. 거기에 가있을 거예요. 이 호텔 사장이 윤애 엄마란
건 알고 계시죠."

나는 뜻밖의 말에 깜짝 놀랐다. 그런 내색을 않고 태연히

"무슨 일이 있었나요?"

하고 물었다.

"지배인과 다투다가 쓰러졌어요. 윤애가 지배인을 만나러 오면 늘 그래
요. 요즘 윤애는 지배인과 보통 사이가 아니거든요."

"엄마 노릇을 너무 어렵게 하고 있군요."

나는 계속 태연하게 말했다.

"호호호, 선생님은 주간지도 안 읽으시나 봐."

여자가 갑자기 웃음을 터뜨리며 말했다.

"엄마와 딸을 모조리 쳐들어간 사나이, 뭐 그런 거 있잖아요. 말하자면 단
단히 텃세를 하고 있는 셈이죠."

나는 입이 벌어졌다. 그러나 별다른 느낌은 없었다. 다만 나에게 윤애 이
야기를 숨김없이 나불거리고 있는 여자가 밉살스러워 견딜 수가 없었다. 어
쩌면 저리 상스럽게 이야기할까. 나는 끓어오르는 증오심을 어금니로 잘근

잘근 씹으며 창밖으로 시선을 돌려버렸다. 여자가 별안간 울먹이는 목소리로 말했다.

"제가 그만 쓸데없는 얘기를 한 것 같군요. 용서하세요. 왠지 선생님에게 한번 매달려 보고 싶어서 그랬을 뿐예요. 윤애는 제 친구지만 이 호텔지배인은 제 아이의 아빠예요."

여자가 눈물을 글썽이며 가버렸다. 나는 화장실로 가서 먹은 걸 죄다 토했다. 돌아와서 남은 술을 마저 마셨더니 또 토할 것 같았다. 나는 이제 가야만 한다고 생각했다. 퍼뜩 엘리베이터가 괴물처럼 눈앞에 떠올랐다. 그 속에 들어가면 영락없이 쓰러져 버릴 것만 같았다. 보이를 불러 계산서를 가져오라 했더니

"계산은 끝났습니다. 감사합니다."

하고 물러가 버렸다. 그때 그 여자가 다시 비틀거리는 걸음으로 나에게로 다가왔다.

"미안합니다. 프런트까지만 부축해 주시겠어요?"

나는 황급히 여자에게 두 손을 내밀었다. 그녀가 고개를 돌리며 나직이 말했다.

"저기 윤애가 와요."

잠시 후에 나는 윤애의 부축을 받으며 호텔을 나왔다. 윤애는 시종 얼굴에 후설모음 같은 웃음을 짓고 있었다. 거리의 불빛 속에 화장이 먼지처럼 뿌옇게 일었다. 화장을 감추어온 생기가 사라진 탓일까. 눈두덩이 부숭부숭한 것 같았다.

"엄마하고 다투고 나오는 길예요. 이제 다 끝난 일예요. 아무래도 전 나쁜 여잔가 봐요. 제 얘기를 듣고 나면 선생님은 절 용서해 줄 것만 같군요."

윤애가 차분히 이야기를 시작했다. 여자가 들려준 줄거리에 살을 붙이려는 거겠지. 나는 듣고 싶지 않았다.

"어이 떨려, 바람이 쌀쌀하군 그래. 윤애 우리 그냥 걷자."

나는 어깨를 웅크리고 앞서 걷기 시작했다. 걸음이 몹시 비틀거렸다. 윤애가 얼른 한 팔을 내 등 뒤로 돌려 붙잡아 주었다. 문득 윤애가 한 사내의 턱밑에 바싹 붙어 서서 그 사내의 시선을 쫓고 있는, 한 가엾은 여인처럼 느껴졌다. 하늘을 훨훨 날다가 처마 밑에 돌아와 앉아 있는 새처럼 별안간 몸집이 작아보였다. 이상했다. 그게 그토록 완벽한 친밀감을 주었다. 눈앞이 핑핑 돌고 걸음걸이가 비틀거리기 시작했다. 좀 퍼마신 술에 병이 도지는 것 같았다. 어지럽고 답답하고, 온몸에서 힘이 빠지는 내 본병이 기승을 부렸다. 윤애의 포옹 속에서 나는 어린 아이처럼 바둥거리기 시작했다.

"절 꼭 붙잡으세요. 기분이 어떠세요."

"머리가 몹시 어지러워."

"술이 좀 과했을 뿐예요. 자, 조금만 더 힘을 내세요, 조금만 더."

"그래그래, 까짓 거."

비탈길을 내려갈 때 기어이 발을 헛딛고 나는 계단 아래로 굴러 떨어지고 말았다. 정신이 들었을 때 나는 차 뒷자리에 반듯이 누워 있었다.

"가만히 누워 계세요. 의사가 치료했으니까 곧 나아질 거예요."

윤애가 차를 몰며 말했다. 오른쪽 발목이 욱신거리고 골치가 깨질 듯이 아팠다. 내가 쓰러지는 광경을 눈앞에 떠올려 보았다.

"윤애, 고생 많았지? 미안해."

"아녜요. 고생이라면 선생님을 병원으로 업고 간 그 남자가 한 셈이죠. 그 남자가 말예요 '저런, 바깥양반이 약주가 과했군요. 부인, 도와 드릴까요' 하면서 선생님을 번쩍 안아 일으키지 않아요. 제가 쭈그렁밤송이로 보이나요?"

윤애가 농담을 했다.

"사람 잘못 만나면 처녀가 파김치 되는 건 시간문제야, 허허허."

나는 비스듬히 몸을 일으켰다. 차는 가로등이 없는 길로 접어들고 있었다.

"엄마 생각을 하고 있었어요."

백미러로 나를 흘끔 보고 나서 윤애가 입을 열었다.

"선생님이 쓰러졌을 때 갑자기 달아나고 싶더군요. 왜 그랬는지 모르겠어요. 이젠 아빠를 버리고 달아난 엄마를 조금은 이해할 수 있을 것 같아요. 너무 어처구니없이 좌절해 버리는 아빠를 보고 엄마는 죽음 같은 절망을 느꼈다고 그러더군요. 실은 저도 그와 비슷한 걸 느낀 적이 있거든요. 화실에서는 그토록 의연하시던 아빠가 왜 거리에 나서면 그리 무력해 보였을까요."

"가만, 윤애 몇 살이지?"

내가 갑자기 물었다.

"어머, 제 얘기가 듣기 싫은 모양이군요. 하지만 선생님…"

윤애의 눈이 불빛에 반짝 빛났다.

"엄마를 벤치에 앉혀놓고 공원에서 맘껏 뛰놀고 있는 어린 아이를 본 적이 있으세요. 아빠에겐 하다못해 그런 신앙조차도 없었던 거 같아요. 도리어 자신을 속박하는 황막한 자유, 아빠가 가진 건 그것밖에 없었어요."

확 달려드는 헤드라이트 불빛을 피하느라고 윤애가 말을 중단했다. 침묵이 흐르기 시작했다. 나는 다시 반듯이 누워버렸다. 이윽고 차는 집으로 들어가는 어두운 골목으로 들어서고 있었다.

"심심하면 절 부르세요. 청평 정도는 언제라도 드라이브할 수 있으니까요."

윤애가 차의 속도를 줄이며 말했다.

"청평서 조금 더 가면 등선대라는 곳이 있거든."

나는 갑자기 추억에 잠겼다.

"얼음같이 찬 계곡 물에 발을 담그고 쏘가리탕을 먹는 맛이 그만이던데."

그때 차가 집 앞에서 멎었다. 윤애는 차에서 내려서 나를 대문 앞까지 부축해 주었다. 잠시 내 얼굴을 말끔히 쳐다보다가 황급히 차 있는 데로 돌아갔다. 이내 움직이는 차 속에서 윤애가 손을 흔들며 말했다.

"쏘가리탕 생각나면 연락하세요. 선생님, 쓰러지지 않도록 조심하세요."

차가 어두운 골목으로 사라져 버리자 나는 몸을 돌려 벨을 눌렀다. 잠시 후에 대문이 열리고 누군가 안에서 머리를 삐죽이 내밀었다. 아내가 아니었다.

"어머나, 아저씨세요. 이제 들어오시는군요." 수원댁이 나를 보고 무척 반가워하면서 가만히

"아주머니는 안 들어오세요."하고 물었다.

"곧 들어옵니다." 나는 무심히 대답했다.

"아침부터 아무 연락이 없길래 걱정했어요."

이제 마음이 놓인다는 듯이 수원 댁이 말했다. 그제야 나는 아내가 아직 돌아오지 않은 것을 알았다. 수원댁에게 이상한 눈치를 보일까 봐서 얼른 토방으로 올라섰다. 허구한 날 외출하는 아내가 좀 늦게 들어오기로서니 이상할 거 없다고 생각했다. 캄캄한 안방에 들어섰을 때 나는 어쩔 수 없이 아내의 우는 얼굴을 눈앞에 떠올리며 걷잡을 수 없이 불안에 떨기 시작했다. 불도 켜지 않은 채 방바닥에 주저앉아서 나는 아내를 기다렸다. 시간이 흐름에 따라 아내의 외출은 외박으로 바뀌지고 있었다. 자정이 훨씬 지났을 때 나는 비로소 고달프기만 했던 오늘 하루의 하이라이트는 '돌아오지 않는 아내' 아내의 최초의 외박이란 걸 깨달았다. 그대로 쓰러져 잠들어 버리기가 너무 허전해서 나는 불을 켰다. 무슨 심사에선지 배를 깔고 엎드려서 빈 담뱃갑에 낙서를 하기 시작했다.

"오늘밤, 아내는 옷 속으로 가라앉아 녹아버렸다. 지평선 너머로 달아났던 내 반생이 돌아와 자루 속에 갇혀 버렸다."

낙서는 남의 말을 흉내 내고 있었다. 나는 낙서를 찢어버리고 이번엔 정식으로 백지에다 편지를 쓰기 시작했다.

"십일조 부인, 당신의 해사한 웃음은 무엇을 먹고 가꾸어 왔소. 한 진실했던 사십대를 임종하는 당신의 미소는 조기(弔旗)자락처럼 펄럭이고 있구

려. 틀니처럼 걸어놓은 웃음이라면 차라리 좋겠소. 오늘은 Exodus, 정말 Exodus 이어야 합니다. 어느 날 갑자기 강물이 쏟아져 버리고 전설 같은 하상(河床)이 떠오를 때 당신을 위한 내 기념비도 함께 떠오르리라. 십일조 부인, 정말 틀니처럼 걸어놓은 웃음이라면 좋겠소."

이 편지도 찢어버리고 나서 나는 주먹으로 방바닥을 사정없이 내리쳤다. 들어왔단 봐라, 수통다리로 만들어 놓을 테다. 아냐 들어오든 말든 나는 모를 거다. 누가 깨어날 줄 알고. 나는 벌떡 일어나서 화장대 서랍에서 '사노켑' 두 알을 꺼내어 물도 마시지 않고 꿀꺽 삼켜 버렸다. 그리고는 그대로 쓰러져 잠들어 버렸다.

전화가 한참동안 자지러질 듯이 울더니 제풀에 까무러쳐 버렸다. 집안에는 전화를 받는 사람이 없었다. 머리맡에는 내 유동식 아침식사 대신에 찢어진 종잇조각이 어지럽게 흩어져 있었다. 나는 잠이 깨자마자 어쩔 수 없이 아내의 외박을 다시 확인했다. 깊은 잠을 자고 나니 온몸에서 기운이 솟는 것 같았다. 나는 벌떡 일어나서 창문을 활짝 열어 젖혔다. 앞집 지붕 위로 열린 하늘에는 짙은 회색 구름이 껴 있었고 증발하지 못한 기와의 푸른 색깔이 지붕 위에 고스란히 남아 있었다. 마음을 착 가라앉혀 주는 은은한 청회색 구도였다. 금세 뭔가 즐거운 사단이 터질 것 같은, 숨 막히는 정밀이 흐르고 있었다. 아내의 귀가 시간이 늦어질 때마다 그건 외박이나 다름없다고 생각해 오지 않았던가. 심란해할 것 없다. 아내는 곧 돌아올 것이고, 아니 어쩌면 벌써 가게에 돌아와서 또 다른 외출을 준비하고 있는지도 모른다. '오늘은 아무 생각 말고 한탄강이라도 다녀오자.' 나는 욕실로 가서 수염을 깎기 시작했다. 그때 전화벨이 다시 울렸다.

"이제 일어나셨군요."

창숙이었다.

"야단났어요."

"왜?"

"아주머니 집에 안 계세요?"

"무슨 일이야."

"가게 일이 엉망예요. 카운터에 돈도 없구요. 어떡하죠?"

"오늘, 하루만 문 닫으라고 그래."

나는 간단하게 말했다.

"그건 안 돼요. 예약 손님들은 어떡하구요. 아주머니 어디 가셨죠? 제가 연락해 볼게요."

"친구들이랑 절에 갔어."

나는 거짓말을 했다.

"그럼 어떡하나, 아저씨라도 빨리 나오셔야겠는데."

"알았어. 곧 나가지."

아내는 어딜 가서 여태 안 돌아올까. 아내에게 뭔가 단단히 잘못된 것 같았다. 즉시 아내를 찾아보기로 결심했다. 순간 아내에 대한 연민이 가슴 밑바닥으로부터 끓어올랐다. 그것은 이내 회한(悔恨)과 가책으로 변하여 가슴을 쥐어뜯기 시작했다. 아내의 외박은 어떤 의미에서는 아내가 길바닥에 내동댕이쳐진 거나 다름없는 일인데 은연중 탈선 쪽으로만 생각하며 철저하게 방관하고 있는 듯한 내 태도에 심한 가책을 느꼈다. 아내를 그저 질기고 튼튼한 원형물체(圓形物體)로만 생각해온 게 더없이 후회스러웠다. 순식간에 터져버리는 비눗방울, 아내는 어쩌면 비눗방울 같은 것이었는지도 모른다. 비눗방울이 터지면 남는 게 없다. 그랬다. 외박한 아내는 내 앞에 아무런 흔적도 남겨놓지 않았다. 자, 어디서 아내를 찾아낼 것인가. 당장 수소문해볼 만한 데도 없었다. 채 여사 말고는 나는 아내의 친구들을 몰랐다. 후닥닥 외출복으로 갈아입고 가게로 전화를 걸었다.

"급히 화양동엘 다녀와야겠어. 창숙이가 신설동 로터리까지만 나와 줄래.

미안해, 창숙이."

로터리에서 창숙이를 만나 돈을 건네주고는 나는 화양동으로 질주했다. 화양동 시장 주유소 옆집, 내가 알고 있는 채 여사의 주소였다. 언젠가 S대학 앞에서 우연히 만났을 때 그녀가 가르쳐 준 주소였다. 시장에서 어린이공원으로 빠지는 샛길 어귀에서 차를 내렸다. 주유소 근처에 가서 문패를 보고 집을 찾아낼 요량이었다. 담배 가게에 물어서 세 군데 주유소 위치를 파악했다. 첫 번째로 찾아간 주유소는 길가 큰 건물 사이에 끼여 있어서 부근에는 주택다운 집이 없었다. 두 번째로 찾아간 곳도 비슷했다. 원목이 산더미처럼 쌓여 있는 건재상사 일각에 자리 잡고 있었는데 근처에 집이라곤 현장사무소 같은 판잣집 한 채밖에 없었다. 마지막으로 찾아간 곳에서 그래도 희망이 보였다. 주유소 한쪽에는 블록 담으로 둘러싸인 널찍한 공터가 있었고 한쪽은 골목이었다. 그 골목 안으로 여남은 채의 주택이 들어앉아 있었다. 나는 골목을 천천히 오르내리며 문패에서 채 여사 남편의 이름을 찾아보았다. 그런 이름은 끝내 눈에 띄지 않았다.

"어머, 예까지 웬일이세요." "댁이 요 근천가요."

"네, 시장 주유소 옆이에요. 지숙이랑 한번 놀러 오세요."

뜻밖의 사람을 뜻밖의 장소에서 만나서 얼떨결에 주고받은 말, 그런 말을 믿고 화양시장을 헤매고 있는 내 꼴이 우스꽝스러웠다. 맥이 탁 풀렸다. 아무데나 앉아서 쉬고 싶었다. 나는 길가에 벽돌을 쌓아서 만들어 놓은 화단으로 가서 걸터앉았다. 강북은 비가 내리는데 강남은 엷은 햇살이 비치고 있었다. 인파가 끝없이 공원 쪽으로 흘러가고 있었다. 가족끼리 공원을 찾아가는 사람들이었다. 나는 화단에서 풀잎을 뜯어 입에 물고 그걸 이빨로 물어뜯고 있었다. 문득 어릴 때 생각이 났다. 눈깔사탕이나 엿 같은 건 실은 분에 넘치는 간식이었다. 어쩌다가 엿 한 가락이라도 사먹게 되는 날이면 그날은 온종일 내가 울게 되는 날이었다.

"어느 게 더 크지?"

형은 으레 엿가락을 딱 부러뜨려서 양손에 쥐고 내게 물었다.

"이게 더 크다."

형은 내 손가락이 가리키는 쪽을 뚝 베어 먹었다.

"어느 게 더 크지?"

"이거."

형은 다시 깨물었다.

"이젠 꼭 같니?"

"와아, 요게 아직 크다."

형은 마지막으로 맘껏 깨물었다. 그러고는 마늘쪽만하게 남은 엿 토막을 얼른 나에게 던져 주고는 달아나 버렸다. 나는 그런 형을 앙앙 울면서 한나절 동안 쫓아다녔다. 끝내 형을 놓치고 나면 마당에 널어놓은 왕골속을 한 움큼씩 집어다가 볕이 따뜻한 장독 아래 앉아서 그걸 해질녘까지 이빨로 물어뜯곤 했다. 한없이 게을러빠진 생활 속을 부유(浮遊)하노라면 곧잘 고개를 드는 가학성, 어쩌면 그 가학성이 지금도 이빨에 힘을 모아 풀잎을 끊어내고 있는지도 모른다. 이제 더 이상 추해져서는 안 된다. 가게로 돌아가자. 나는 천천히 화단에서 몸을 일으켰다. 그때 얼핏 채 여사 남편같이 보이는 사람이 주유소 쪽으로 어슬렁어슬렁 걸어가고 있는 게 눈에 띄었다. 나는 재빨리 뒤 따라가며 그의 뒷모습을 뚫어지게 관찰했다. 허름한 당꼬바지에 빛바랜 티셔츠가 눈에 설었지만 채 여사 남편이 틀림없었다. 어둠 속에서 한 가닥 빛이 뻗어 오르는 것 같았다. 이윽고 그가 주유소 앞으로 몸을 돌렸을 때 나는 채 여사 남편의 얼굴을 똑똑히 보았다. 나는 지체 없이 큰소리로 말했다.

"윤인호 선생님이시죠."

그리고 후딱 돌아서는 그에게 넙죽이 절을 했다.

"안녕하세요. 제가 옳게 보았군요."

그는 나를 보자마자 활짝 웃었다.

"허허허, 이 선생 아니시오. 이거 얼마만이요, 반갑소."

커다란 웃음소리에 일순 몸이 움츠러들었다.

"댁이 요 근처군요. 산책 다녀오는 길인가요."

나는 딴전을 부렸다. 그가 손을 들고 있던 누런 봉지를 내 앞으로 쑥 내밀며

"보시다시피 아침거리를 장만해 오는 길이외다."

하고 말했다. 봉지 주둥이로 비닐에 싼 콩나물과 소주병이 삐주룩이 내보였다. 화양동을 찾아온 내 용무가 의외로 쉽게 풀릴 것 같았다.

"아주머니는 어디 불편하세요?"

"이 선생, 우리끼리 얘기지만 여편네가 바깥으로 싸다니는 것도 큰 병 아니오."

"아주머니가 집에 안 계시군요."

나는 어눌한 음성으로 말했다.

"비행기 타고 바람 쐬러 갔다오, 씨팔년들."

순간, 나는 자신도 모르게 후우 하고 한숨을 내쉬었다. 그리고 아내가 비행기 타고 바람 쐬러 간 것으로 철석같이 믿어 버렸다. 긴장이 확 풀리면서 피로가 한꺼번에 몰려왔지만 어깨가 들먹일 만큼 신명이 났다. 한시 바삐 그 자리를 뜨고 싶었다. 그때 채 여사 남편이 내 팔을 살그머니 잡으며

"잘 만났소. 우리 집에 가서 해장이나 한잔 합시다."

하고 말했다. 가당찮은 소리였다.

"아닙니다. 사람이 기다리고 있습니다."

나는 몸을 움츠리며 말했다.

"아, 가족과 함께 공원에 오셨군요. 이 선생, 우리끼리 얘기지만 맨송맨송한 정신으로 하루 종일 가족에게 끌려 다니는 것도 큰 고역 아니오. 자, 우리 딱 한잔만 하고 헤어집시다."

그가 세차게 내 팔을 끌어당겼다. 그의 입에서 술 냄새가 확 풍겼다. 벌겋게 충혈된 눈에는 초점이 없었다.

"그럼 잠깐만 들렸다 가죠."

나는 그의 청을 뿌리칠 수가 없었다. 채 여사 남편이 앞장서서 주유소 옆 공터 안으로 들어갔다. 이제 보니 공터 한구석에는 블록담에 바싹 붙어서 집이 한 채 있었다. 집이래야 사면을 블록으로 쌓아올리고 그 위에 덜렁 슬레이트를 씌워놓은 것이었다. 집안으로 들어섰을 때 나는 흠칫 놀랐다. 한쪽을 베니어판으로 막아서 만들어 놓은 부엌에서 여남은 살 먹어 보이는 사내아이가 연탄불을 갈아내고 있었다.

"제 아들놈입니다."

그가 아이를 가리키며 말했다.

"희종아, 배고프지? 얼른 국 끓여서 밥 먹어라. 우선 술상 좀 봐올래."

그는 누런 봉지를 아들에게 건네주고 나서 성큼 방안으로 들어섰다. 방안에는 가구고 뭐고 없었다. 네 벽을 삥 둘러서 요란한 옷가지들만 걸려 있었다.

"자, 들어오시오. 우리 사는 게 이렇소, 허허허."

제기랄, 그는 또 웃었다. 두부 안주로 소주를 마시면서 나는 그가 툭하면 떠올리는 그 웃음이 얼마나 뻔뻔스럽고 두꺼운 것인가를 깨달았다. 발꿈치로 문질러도, 문질러도 벗겨지지 않는 해묵은 이끼, 그 이끼 같은 웃음에 나는 심한 혐오감을 느끼기 시작했다. 뜨거운 국물을 푸다가 손을 댄 듯한 아들이 부엌에서 훌쩍훌쩍 울면서 밥을 먹는 소리가 들려왔을 땐 그만 술상을 걷어차 버리고 싶었다. 자꾸 목이 메고 가슴이 떨려서 앉아 있을 수가 없었다. 소주 한 병을 거의 비웠을 때 나는 벌떡 일어나 도망치듯 밖으로 나와 버렸다. 내 등 뒤에서 잠깐 사내의 울부짖는 소리가 들려왔다. 그것은 오열에 가까운 소리였다. 나는 주유소 앞에서 차를 잡아타고 강북으로 향했다. 강북은 가랑비가 내리고 있었다. 달리는 차 속에서 기를 쓰고 창숙이한테 아내의 소식을 전해줄 생각만 하고 있었다. 한결 기분이 나아졌다. 식당 안은 홀이나 방이나 할 것 없이 손님들이 꽉 차 있었다. 홀 한구석에 자리 잡고 앉자 어느 틈에 보았는지

"어머, 아저씨 오셨군요."

하며 창숙이가 달려왔다.

"별일 없었어?"

"네, 재료도 다 들여놓구요. 예약 손님들도 잘 치렀어요. 보세요."

"오늘은 유난히 손님이 많네요."

"고생이 많군 그래."

"아뇨, 재미있는걸요. 아주머니 언제 오세요."

창숙이가 내 마음을 꿰뚫어보고 하는 말 같았다.

"제주도에 갔으니까 내일은 돌아올 거야."

나는 또박또박 대답했다. 무거운 짐을 벗어 버리는 느낌이었다.

"뭘 드시겠어요."

아가씨가 다가와서 물었다.

"카운터로 가시죠. 3호실이 곧 빌 테니까 게서 식사 하시구요. 김 양 인사 드려, 주인아저씨야."

아가씨는 맹한 얼굴로 나를 쳐다보더니 꾸벅 절하고 가버렸다. 처음 나와 본 아내의 한식점은 아무튼 인상이 괜찮았다. 창숙이는 전화를 받고 전표를 떼어주고 계산을 하고 그러느라고 정신없이 바빴다. 나는 카운터에 버티고 앉아서 창숙이 일을 도왔다. 마침내 주인아저씨 행세를 하기 시작한 것이다. 시간이 흐르자 식사 손님이 뜸해졌다. 식당 안에 있는 사람들은 좀처럼 줄어들지 않았다. 식사를 끝낸 손님들이 그대로 눌러앉아서 왁자지껄 떠들고 있었다. 대부분이 비에 쫓겨 들어온 등산객인 것 같았다. 그들은 간간이 얘기를 중단하고 비 오는 거리를 내다보았다. 그럴 땐 홀 안에 잠시 무거운 침묵

이 흘렀다. 주방에 있던 수원댁이 나와서 알은체를 했다. 수원댁에게 아내의 소식을 전해 줄 생각을 하고 있는데 갑자기 홀 안이 환해졌다. 손님들이 일제히 일어나 손뼉을 치며 함성을 올렸다.

"으와 하늘 봐라, 해가 떴다. 하늘 봐라, 해가 떴다." 사람들은 우르르 출입구로 몰려가서는 앞을 다투어 거리로 빠져 나갔다. 그냥 앉아 있을 수가 없어서 나는 벌떡 일어나 그들의 등에 대고 무지무지하게 큰 소리로 말했다.

"여러분, 안녕히 가십시오."

별안간 홀이 떠나갈 듯한 웃음소리가 터져 나왔다. 수원댁 모녀와 종업원들이 뱃살을 거머쥐고 웃고 있었다.

"손님한테 그렇게 인사하는 법이 어딨어요?"

창숙이가 활짝 웃으면서 나에게 핀잔을 주었다. 나는 잠시 머쓱한 얼굴로 서 있다가 나중에는 그만 그들을 따라 웃고 말았다.

"허허허, 아무려면 어때."

정신없이 웃다 보니 눈에 눈물이 고여 있었다. 나는 자리에 앉아서 고개를 수그리고 가만히 냅킨으로 눈물을 찍어냈다. 그때였다. 창숙이가 내 옆구리를 쿡 찌르며 빠르게 말했다.

"아저씨, 누가 찾아왔어요."

잠바 차림의 낯선 사내가 카운터 앞에 서 있었다. 사내는 한참 허공을 멍하니 올려다보고 나서

"윤지숙 씨 남편 되십니까?"

하고 나에게 물었다.

"네, 그런데요."

나는 무섭게 긴장하며 사내를 쏘아보았다. 사내는 곧장 문 쪽으로 몸을 돌리며

"잠깐 밖으로 나가실까요."
했다. 나는 의당 그래야만 하는 것처럼 사내를 따라 밖으로 나갔다. 문밖에는 차가 대기하고 있었다. 사내는 나더러 차에 오르라고 했다. 그제야 나는 한 손으로 가로수를 붙잡으며 강경한 어조로,

"여기서 얘기하죠. 무슨 일입니까?"
하고 물었다. 사내가 잠시 곤혹스런 표정을 지었다. 그러나 다음 순간 씹어 뱉듯이 말했다.

"부인이 음독했습니다. 여관서 시체로 발견됐습니다."

아아, 세상이 삽시간에 그렇게 적막해질 수가 없었다. 모든 구멍으로 내 의식이 쏴쏴 빠져 나가는 소리가 들렸고 심장의 동계(動悸)가 낙차 큰 물 떨어지는 소리로 들렸을 뿐이다. 나는 가까스로 가로수를 움켜잡음으로써 비단 옷처럼 흘러내리려는 내 육신을 지탱할 수 있었다. 달리는 차 속에서 아내의 죽음을 원통해 하며 하염없이 눈물을 흘리고 있는데 사내가 불쑥 흰 봉투를 내 앞으로 내밀었다.

"읽어보세요. 부인이 남긴 겁니다."

나는 아내의 유서라고 생각했다. 부리나케 봉투를 찢고 안에 든 것을 꺼내 보았다. 하얀 종이에는 무수한 이름과 금액을 표시하는 숫자만이 적혀 있을 뿐이었다. 그것은 아내가 나에게 보낸 메시지가 아니었다. 아내는 왜 죽었을까. 아내는 왜 침침한 여관방에서 독을 마셨을까. 다만 한 가지는 분명했다. 아내는 그녀 삶의 지극한 슬픔과 파탄(破綻)을, 주일마다 하나님에게 바쳤던 십일조처럼, 아주 낯선 이름과 숫자로 찔끔 남편에게 흘려놓고 이승을 떠나버린 것이다. 사인(死因)이라고 물어볼까 동기라고 물어볼까. 나는

"아내의 사인은 무엇입니까?"
라고 물었다.

"아까 말한 대롭니다. 음독입니다. 아, 죽은 동기를 물어보았습니까?"

사내가 어이없다는 표정으로 말했다.

"그 점에 대해선 제가 오히려 선생한테 물어보려고 했는데요."

"제게 물어보다니요."

"직업적인 습관일 뿐입니다."

차가 병원문이 보이는 지점에 이르렀을 때 문득 아내의 시체가 눈앞에 떠올랐다. 온몸에 소름이 끼쳤다. 그러자 이제껏 살아오면서 나는 유독 죽음을 무서워하는 것만을 배워버린 것 같았다.

"잠깐, 차를 멈추세요."

나는 갑자기 소리치며 운전수 어깨를 움켜잡았다.

"무슨 일이에요?"

운전수가 어깨를 흔들어 내 손을 뿌리쳤다.

"차를 세워 주세요."

나는 다시 운전수를 끌어안았다. 차가 급정거했다.

"왜 이러십니까?"

운전수가 역정을 냈다.

"급히 전화할 데가 있습니다."

"조금만 가면 병원입니다. 잠시만 참으세요."

운전수가 말했다.

"아닙니다. 딸에게 당장 전활 걸어야만 합니다. 딸은 나성에서 살고 있습니다.

"시간이 좋지 않아요. 나성은 지금 밤입니다."

옆에 탄 사내가 나를 운전수로부터 떼어놓으며 말했다. 나는 쓰러지듯 차창에 몸을 기대며 눈을 감아 버렸다. 차가 다시 움직이자 두 사내가 나직이 얘기하는 소리가 들려왔다. 한 사내가 다른 사내에게 말했다.

"별 볼일 없겠어. 이 양반, 암만 봐도 마누라에 대해선 도통 모르고 있는 거 같아."

"일찌감치 철수하죠. 자살루 처리하구요."

다른 사내가 말했다. 나는 살며시 눈을 뜨고 차창으로 굴러 떨어지는 플라
타너스 잎들을 올려다보았다. 차는 병원 안으로 들어가고 있었다.

영일소품

춘원을 찾아서

그해 겨울, 이사를 하고 나서 우리부부는 며칠 동안 갱신을 하지 못할 만큼 피로에 젖어 있었다. 홍지동 가파른 비탈 중턱에 이삿짐을 부려 놓았을 때 날은 이미 저문 뒤였다. 이사할 때마다 번번이 골탕을 먹이는 책은 산더미처럼 쌓여 있는데 사다리차가 접근할 수 없다는 것이었다. 일일이 짊어지고 짐을 옮겨야 했다. 꽁꽁 얼어붙은 혹한 속에서 새벽 4시까지 이삿짐을 날랐다. 아침에야 혼절하듯 잠이 들었다. 얼마나 시간이 흘렀을까. 저물녘에 눈을 떴을 때 머나먼 유형지로 내동댕이쳐진 듯한 외로움이 밀려왔다. 북한산기슭 가파른 비탈길 중턱에, 맑은 바람과 눈부신 햇살만 가득한 허공에 내 몸이 붕 떠 있는 것만 같았다. "아아, 마침내 오구삼살방(五鬼三煞方)으로 떨어지고 말았구나." 나도 모르게 치를 떨었다. 딸이 살고 있는 동네로 이사를 왔는데 일주일쯤 지나자 턱없이 마음이 울적해지기 시작했다. 창밖으로 인왕산을 내다보며 남몰래 한숨을 짓곤 했다. 책상 위에서 발견한 아내의 '겨울 이삿날'이란 시를 읽었을 땐 눈물까지 흘렸다.

"용인 땅 죽전에서/ 맑은 물길을 따라/ 강물처럼 흘러들어 왔다/ 오, 서울의 심장부/ 종로 자하문 밖으로/ 어서 오라 손짓하는 딸들이 보였다/ 번뜩이는 내 눈빛과/ 무겁고 질긴 기도가/ 궁장(宮墻)을 끼고 쏜살같이 달려서/ 자하문 밖으로 뻗쳐오르는 빛과 악수했다/ 이젠 꽃향기 배인 딸들을 떠나지 않으리라/ 열두 자 장롱을 버리고/ 세검정 물소리를 찾아 온/ 내 지난겨울의 꿈들이/ 온몸에서 새순처럼 돋아나고 있었다.

내 우울증이 비명을 지르기 시작한 날 나는 꿈속에서 한 사내를 만났다. 사내는 창밖으로 인왕산을 내다보며 이별을 하염없이 슬퍼하고 있었다. 내가 다가서자 반갑게 손을 내밀었다. 짧게 깎은 머리에 눈빛이 형형(炯炯)한 초로의 사내였다. 그의 눈가는 눈물에 젖어 있었다. "어서 오시오, 반갑소. 선생 같은 사람에게 집을 맡기고 떠나게 되어 그래도 한 가닥 위로가 되오." 사내는 눈물을 글썽이며 잠깐 과거를 회상했다. "5년 전 손수 이 산장을 지어서 옮겨올 때는 그래도 꿈과 희망에 부풀어 있었소. 좋은 소설 많이 쓰고 좋은 일만 있을 것 같았소. 그러나 이곳으로 이사 오자마자 맏이를 잃었소. '아빠, 꿀물 타 줘' 하고 새벽잠이 든 나를 깨우던 일, 꿀을 탄 차를 그리도 맛있게 먹던 일, 드롭스를 너덧 개 종이에 싸서 제 손에 쥐어주며 내가 '가지구만 있어. 먹지는 말아' 하면 아들은 '응, 안 먹어. 만지기만 할 테야.' 대답하고서도 내가 한 잠을 자고 나면 드롭스를 다 먹고 한 개만 쥐고 있던 일 등이 생각났소. 그는 여덟 살에 패혈증(敗血症)으로 갔소. 중생은 슬픈 존재다. 나고 죽는 것이 모두 헛것이요 꿈이라고 애써 치부해버렸지만 슬프기는 마찬가지였소. 선(禪)을 하고 앉았노라면 마음에 오고가는 끊임없는 생각들이 모두 싱거운 것뿐이고 아무 가치도 없는 것처럼 여겨졌소. 이 허무를 극복하기 위해 나는 미친 듯이 '법화경'(法華經) 번역에 매달렸소. 그리고 피를 짜듯이 작품을 썼소. 그때 수양동우회 사건이 터지고 말았소. 나는 서대문형무소를 제 집 드나들 듯 들락거렸소. 한글로 번역해 놓은 법화경도 일제에 의해 압수당해 버렸고 끝내 그 충격을 이기지 못해 피를 토하며 쓰러지고 말았소. 이곳으로 이사 온 이후로 지난 5년 동안 우환(憂患)이 끊일 날이 없었소. 인왕산을 내다보면서 노상 한숨짓고 비명과 신음소리를 토해 냈소. 밤새 궁싯거리며 뜬눈으로 지새우기 일쑤였소. 여기는 고뇌의 집, 내 영혼의 무덤이었소." 이 대목에서 나는 재빨리 궁금한 것을 하나 물었다. "선생이 지내시기에 이 산장만한 곳이 없을 것 같은데 왜 한사코 여기를 떠나려고 합니까?" "사릉에 가서 농사를 지어야 하오." "왜 그래야만 합니까?" 그러나 다음 순간 그가 이곳을 떠나야 할 이유를 나는 두 눈으로 똑똑히 보고 말았다. 그 사내가 갑자기 뒤로 벌렁 넘어지며 입에서 피를 토해내기 시작했다. 그가 피 묻은 손으로 창가의 벽 쪽을 가리켰다. 나는 벽에 붙어 있는 초인종을 찾아서 손가락으로 눌렀다. 밖에서 요란한 벨소리가 나고 곧바로 산장지기인 듯한 늙은이가 헐레벌떡 방안으로 뛰어 들어왔다. 늙은이는 지체 없이 쓰러진 사내를 품에 안고 밖으로 나갔다. 늙은이의 품에 안긴 채 문 앞에 이르렀을 때 사내가 눈을 번쩍 뜨고 나에게 말했다. "내 영혼이 당신을 지켜 주겠소. 이곳에 살고 있는 한 당신은 나와 함께 살고 있는 것이오. 고마웠소." 그들이 나가자 갑자기 바깥이 소란해졌다. "효자동산원(孝子洞産院)이오? 빨리 차를 보내 주시오." 이윽고 쿵쾅거리는 발자국소리와 자동차소리가 들려왔다. 나는 요란한 클랙슨소리에 그만 잠이 깨고 말았다.

춘원(春園) 이광수는 그렇게 떠났다.

집 근처에 자하문 밖 춘원산장이 있다는 것을 나는 알고 있었다. 정확한 위치를 몰라서 관리소장에게 물어봤더니 모른다고 했다. 찻길로 내려가서 비탈길을 올라오는 사람들에게 물어보았지만 하나같이 모른다고 했다. 춘원은 그들의 삶 속에 아무런 의미도 없는 것 같았다. 문득 외롭다는 생각이 들었다. 그들이 모른다고 했을 때 외로움을 느낀 것은 이상하게도 춘원이 아니라 나 자신이었다. 다음날, 동사무소에 가서 홍지동 40번의 주소를 알아냈다. 우선 우리 집과 지척에 있는 것에 놀랐다. 겨우 초등학교건물과 찻길이 사이에 있을 뿐이었다. 북한산 자락 비탈길 중턱에 자리 잡고 있는 그 집은 우리 집과 마찬가지로 나란히 인왕산을 바라보고 있는 형세였다. 사진에서 본 향나무와 기와집은 그대로 있었지만, 나무나 집이 모두 예전보다 훨씬 커진 모습이었다. 찾아가서 용기를 내어 대문을 서너 번 두드려 보았지만 아무런 기척이 없었다. 대문은 굳게 잠겨 있고 보이는 것은 담장에 갇힌 기와지붕뿐이었다. 집 뒤 골목으로 살금살금 돌아가니 그제야 용마루에서 춘원이 보였다. 좁디좁은 골목에서 백년을 용케 버티고 서있는 느티나무도 춘원이었다. 춘원의 향기가 먹물처럼 가슴으로 번져 왔다. 그 집은 영락없이 살아있는 춘원이었다.

그 이후로 나에게 이상한 변화가 일어났다. 우선 우울증이 사라졌다. 때때로 나 자신을 춘원과 동일시하는 '이상한 환상'을 보기 시작했다. 창밖으로 인왕산을 바라보고 있을 때 특히 그랬다. 똑 같은 자세로, 서로 한군데로 시선을 보내면서 둘이 서서 인왕산을 내다보고 있는 듯한 착각에 빠지곤 했다. 내 볼에 그의 입김이 와 닿은 것 같았고 어깨 너머로 그의 숨결을 느끼는 것 같았다. "몸은 떠나지만 내 영혼이 당신을 지켜 주겠소. 이곳에 살고 있는 한 당신은 나와 함께 살고 있는 것이오." 꿈속에서 그가 한 말이 머릿속에 맴돌며 그의 영혼과 교감하고 있는 듯한 느낌을 갖게 되었다. 유명하다는 것 말고는 마음에 드는 게 하나도 없었던 춘원을 내가 좋아하게 되었다. 무엇보다 그의 문학을 이해하게 되었다. 그 진부하고 고루한 주제, 틀에 박힌 구성, 추상적인 언어유희, 과욕을 부리는 설교 등 어느 것 하나 어설프고 유치하지 않은 게 없다고, 내가 그토록 업신여겼던 그의 소설에 적이 마음을 붙일 수 있게 되었다. 사회적 발언을 할 때 그 서툴고 허술하기 짝이 없던 논리와 사유도 이해할 수 있었다. 함께 창가에 서서 인왕산을 내다보고 있는데 갑자기 그의 가슴에서 뜨거운 불덩어리가 확 나에게 끼얹어졌다. 나는 이제 그 불덩어리의 정체를 알고 있다. 그것은 춘원의 정신 속에 둥지를 틀고 살고 있던 휴머니즘이었다. 이상주의의 선언이었다. 그의 휴머니즘은 인간에 대한 참을 수 없는 애정이었다. 그의 이상주의는 바로 휴머니즘의 '열정적인 분출'(噴出)이었다. 아아, 나는 지금 한국문학의 최초 휴머니스트로서, 외로운 선구자로서의 그의 삶과 행로를 그리워하고 있는 것이다. 그와 정신적으로 동행하면서 한껏 풍요하고 행복했다. '사랑'의 안빈의 입을 통해 춘원은 내게 설법했다. "우주와 인생을 지배하는 근본이 인과법칙이란 말이야. 원인이 있으면 반드시 결과가 있고 결과는 또 다른 결과를 가져오는 원인이 된다는 게 인과라는 게야. 이 인과를 믿지 못하기 때문에 불평이 생기고, 원망이 생기고, 온갖 번뇌가 생기는 게지. 과거에 잘못한 과보는 물론이고 현재에 잘못한 과보도 받지 않으려는 어리석은 생각을 불교말로 치(痴)라고 부르지. 인과 법칙을 깨트리고 좋은 것은 다 제가 차지하고 좋지 않은 것은 하나도 안 갖겠다, 이게 탐(貪)인 게야. 원하는 좋은 것이 오지 않거나 원하지 않은 것이 오거나 할 때 화를 내고 앙탈을 부리는 게 진(瞋)인 게야. 이 세 가지를 삼독(三毒)이라고 부르는데, 이 삼독의 근원이 바로 인과를 무시하는 치란 말이야. 그러므로 치를 깨트리고 인과의 도리를 바로 세우면 불평과 원망이 있을 까닭이 없지." 나는 깊은 감명을 받았다. 잠 못 이루는 밤이면 그가 다가와 속삭였다. "저 밤새도록 우는 벌레소리가 내 염불소리일 수도 있소. 벌레의 울음소리가 어찌 염불이 아니겠소. 하나님에게 올리는 감사의 기도가 아니겠소. 그들의 사랑의 향연이 어찌 불사(佛事)가 아니겠소. 거룩한 번제(燔祭)가 아니겠소. 그들의 작은 모습들이 죄다 거룩한 스님이나 제사장같이 보이지 않소. 번뇌즉보살(煩惱卽菩薩)이란 이런 것을 가리키는 것인지도 모르오." 이내 나는 편히 잠들 수가 있었다. 그의 겨레사랑과 윤회사상(輪廻思想)은 눈물겨웠다. "나는 죽어서 다시 태어난다는 것을 믿습니다. 내가 다시 태어나고 싶은 곳은 오로지 이 나라입니다. 나의 말 한마디, 생각 하나도 불멸(不滅)입니다. '이 나라, 이 백성이 가장 좋은 나라, 가장 복된 백성이 되라'는

214   영일소품

내 원력(願力)도 불멸입니다. 비록 머리카락 한 올만한 힘밖에 안 되는 내 원력이라도 백생(百生), 천생에 쌓이면 반드시 그대로 실현될 것을 나는 굳게 믿습니다. 왜냐하면 나 혼자만이라도 나고 죽기를 수없이 하면서 쉬지 않고 원하면 될 수 있거늘 하물며 삼천만이 원하는 일이 아니 될 리가 있습니까. 나는 윤회와 인과응보를 믿습니다." 춘원도 그랬을까. 때론 아무리 창밖으로 인왕산을 바라보며 안심입명(安心立命)을 꾀해 해보았지만 나는 아누보리는 커녕 관자재(觀自在) 경지에조차도 얼씬할 수가 없었다.

겨울 내내 춘원과 교유하면서 적이 마음의 위로를 받았지만 일상의 페이소스와 앙뉘(ennui)에서 완전히 벗어날 수는 없었다. 함께 법화경을 읽고 성경을 읽으면서 한숨을 짓고 눈물을 흘리던 때가 한두 번이 아니었다. 봄이 되자 나는 아내와 이를 악물고 걷기 시작했다. 우리 집은 북한산, 인왕산 북악산 세 산자락이 만나는 어름에 자리 잡고 있었는데 사흘이 멀다 하고 남쪽으론 북악산 기슭을 따라 창의문 길을 걸었고 서쪽으론 인왕산 기슭을 따라 홍제천변 길을 걸었다. 산책 끝에 으레 경복궁과 서오릉을 뻔질나게 찾아갔는데 아무리 경내를 쏘다녀도 마음을 훌훌 털어버리지 못할 때가 있었다. 그럴 때 나도 모르게 춘원의 집을 찾아갔다. 그날도 집 주위만 빙빙 돌다가 대문 앞에서 막 발길을 돌리려고 하는데 한 청년이 "선생님, 빙허(憑虛)의 집을 찾아가 보세요. 그곳은 늘 열려 있거든요." 했다. 내가 허탕을 치고 돌아서는 모습이 몹시 안쓰러웠던 모양이다. 현진건이 살던 집이 가까운 곳에 있는 것을 몰랐던 것은 아니었다. 왠지 그때까지 미적미적하고 있었는데 청년을 말을 듣는 순간 불현듯 찾아가고 싶어졌다. 봄을 타는 사람처럼 갑자기 외롭다는 생각이 들었기 때문이다. 인왕산기슭에 있는 빙허의 집터에는 300년 넘은 은행나무 두 그루와 주춧돌만 남아 있었다. 집터 건너편에 있는 무계정사(武溪精舍)에서 개들이 컹컹 짓고 있었다. 햇볕이 말간 마당에는 쑥들이 수북이 자라고 있었다. 일장기말소사건으로 징역을 살고 나온 선생이 오로지 무영탑만 보듬고 살았던 고택을 한순간에 허물어 버린 현실 앞에서 잠시 치를 떨었다. 빙허의 자취가 켜켜이 쌓여 있는 집터에서 아내는 저물도록 쑥을 캤다. 집에 돌아오자 쑥국을 끓여서 저녁을 맛있게 먹었다.

그날 밤 두 사람의 프로필을 살펴보다가 이상한 것을 발견했다. 두 사람이 같은 시기에 자하문 밖에서 살았고 기간도 비슷했다. 춘원은 1934년부터 1939년까지 5년 동안 살았고, 빙허는 1937년부터 1940년까지 4년 동안 살았다. 그때 두 사람이 모두 지극히 불우했고 심한 고초를 겪었던 것도 똑같았다. 하긴 일제암흑기로 많은 민족작가들이 극도의 고통을 겪었던 시기였다. 춘원은 '수양동우회사건(修養同友會事件)'으로 서대문형무소에 수감되었고 개인적으로 아들을 잃었다. 빙허는 '일장기말살사건(日章旗抹殺事件)'으로 투옥되었고 동아일보 사회부장도 그만두었다. 살기 위해 시작했던 양계업(養鷄業)도 실패했다. 이 같은 시련과 고통 속에서도 춘원은 '이차돈의 사' '사랑' '무명'을 썼고 빙허는 '적도' '무영탑'을 썼다. 무엇보다 내 관심을 끌었던 점은 그들이 이곳을 떠나자마자 불행이 더욱 증폭되었다는 것이었다. 내가 꿈속에서 춘원을 만났던 것도 그가 이곳을 떠날 때였다. 이곳을 떠나 효자동에 갔다가 이내 사릉으로 가서 농사를 지으며 살았는데 그 후로 좋은 시절을 다시는 보지 못했다. 끝내 육이오 때 납치되어 생사불명이 되었다. 빙허는 모든 게 수포로 돌아가고 빈털터리가 되자 1940년에 부암동 집을 팔고 제기동에 있는 조그마한 초가집으로 이사를 갔다. 그곳에서 극도의 가난 속에서 살다가 병이 들어 죽었다. 두 사람은 이곳을 떠난 후로 세상을 뜨거나 생사불명이 되고 말았다.

내가 이곳을 떠나게 되었을 때 나는 이상한 예감에 시달리기 시작했다. 여기를 떠나면 어쩐지 불행해질 것만 같았다. 여기를 떠났던 그들의 운명이 나에게 영향을 주기 시작했다. "이사할 수밖에 없다"는 탁방(坼榜)이 났을 때 가슴이 찢어지는 것 같았다. 그때 뜻밖의 일로 더욱 울적해졌다. 어문각에서 펴낸 한국문학전집을 보니 작가연보와 작품해설에 나오는 연대표시가 서로 달랐다. 나는 빙허의 작품을 해설한 윤병로 선생한테 전화를 걸었다. 가끔 만나는 사이었고 개인적으로 가까이 모셨던 선배님이었다. "모르고 계셨군요. 몇 달 전에 위암으로 돌아가셨습니다." 가족이 소식을 전해주었다. 순간 눈앞이 캄캄해졌다. 갑자기 세상이 온통 죽음으로 둘러싸여 있는 것만 같았다. 홍지동을 떠나면 세상을 하직할지도 모른다는, 엉뚱한 생각이 들었다. 창밖으로 더욱 열심히 인왕산을 내다보았고 화장실 쪽문을 통해 북악산을 건너다보았다. 춘원이 살았던 만큼 나도 딱 5년 동안 살고 나서 복덕방에 집을 내놓고 돌아오는 날이었다. 가까운 평창동에 뜻밖에도 좋은 집이 나왔다. 춘원의 별장과는 채 한 마장도 안 되는 거리에 있었다. 지호지간(指呼之間)에 비하면 훨씬 멀리 떨어졌지만 춘원을 느끼기에는 충분히 가까운 거리였다. 재깍 계약을 하고 해를 넘기지 않고 이사해 버렸다. 새 둥지로 옮기고 나서야 겨우 한숨을 돌렸다. 이제 다시 창의문 길을 걸으면서 건너편 인왕산에 만발한 산벚꽃을 구경하리라. 홍제천변 길을 걸으면서 인왕산과 북한산 자락에 지천으로 피어 있는 진달래와 개나리꽃을 보리라. 그 말간 빙허의 마당에서 아내와 함께 온종일 쑥을 캐서 또 '현지건의 쑥국'을 끓여 먹으리라. 가슴이 설렜다. 연일 한파 속에서 창밖은 흰 눈이 가득 쌓여 있지만 어디선가 새봄이 오는 소리가 들려왔다. 깊은 밤, 아내의 시 '현진건의 쑥국'을 꺼내어 읽어보았다. 춘원과 빙허가 옆에서 쑥국을 마시면서 담소하고 있는 것만 같았다.

"인왕산 북악산이 둘러서고/ 북한산이 멀찍이 물러서 있는 곳/ 산골짝에 등불 하나 켜 놓고/ 나는 '운수 좋은 날'을 읽는다/ 빙허를 마신다/ 모두 흘러 보내고/ '비어 있음'에 기대야 하는 나의 문학이여!/ 나는 오늘도 현진건의 쑥국을 마신다/ 그 향기로운 쑥을 끓여 허기를 채운다."

그새 옆에서 궁싯거리던 아내가 잠이 들었는지 가볍게 코고는 소리가 들려왔다.

네 탄생은 큰 축복이었다

사랑하는 아들아, 네가 이 년째 대학에 떨어지고 돌아오던 날을 생각하면 지금도 가슴이 미어지고 왠지 자꾸만 너에게 용서를 빌고 싶어지는구나. 이제 와서 무엇을 숨기겠느냐. 그날 네가 어깨를 축 늘어뜨린 채 풀이 죽은 모습으로 집으로 돌아왔을 때 솔직히 나는 눈물로 얼룩진 네 얼굴 따위는 눈에 들어오지 않았다. 나중엔 일그러진 얼굴로 히죽 웃어 보이기까지 하는 너를 멀거니 바라보면서 나는 연방 "그래, 인생은 삼세판이야. 그렇구 말구. 그깟 한두 번쯤 실패한 건 아무 것도 아냐. 칠전팔기(七顚八起)란 말도 있잖니. 힘내라구. 다시 시작해보는 거야." 하고 대수롭지 않다는 듯이 떠들어댔지만, 그러나 속으로는 끓어오르는 분노를 참지 못해 미쳐 날뛰고 있었다. '저눔이 내 아들 맞아. 순은공파 ○○대손 맞아. 저눔은 틀림없이 알 수 없는 나라에서 온 괴물이야. 내 속에서 어떻게 저런 자식이 나왔을까. 아아, 중학교 때 그렇게 공부 잘하던 우등생이 영락없이 바보가 되고 말았구나.' 고개를 숙이고 방으로 들어가는 네 등허리에 주먹질이라도 퍼붓고 싶었다. 네가 방문을 쾅 닫으며 사라져버렸을 때 결국 나는 그 충격을 이기지 못해 털썩 주저앉고 말았지. 사실 내가 충격으로 비틀거리기 시작한 것은 그때가 처음이 아니었어. 고등학교에 들어간 이후로 네가 갑자기 낯선 모습으로 다가오기 시작했지. 내 담뱃갑에서 담배 몇 개비씩이 없어지고 서재에 감춰놓은 '펜트하우스'나 '플레이보이'가 감쪽같이 없어질 때마다 나는 가슴이 철렁 내려앉았고 네가 자꾸만 나에게서 멀어져가는 것만 같았어. 시도 때도 없이 친구에게 불려나간 네가 집에 돌아오는 시간은 으레 한밤중이었지. 네 학교성적이 곤두

박질하기 시작한 것은 불을 보듯 뻔한 결과였어. 그러자 네 어머니의 힘없는 음성이 들려오기 시작하더군. 네가 가져오는 자랑스러운 성적표, 네가 들려주는 꿈 이야기, 그런 것들을 무엇보다, 일테면 값진 패물, 철철이 유행되는 옷, 곱절로 체취를 풍겨주는 외제 화장품보다 훨씬 더 소중한 것으로 간직하는 네 어머니가 발을 동동 구르며 울부짖고 있었어. "오, 안 돼. 하나님, 아들을 붙잡아 주소서." 그리고 나에게 애원하는 거였어. "여보, 제발 쟬 좀 어떻게 해보세요. 남자 대 남자로서 한번 툭 털어놓고 얘기해 보세요. 뭐가 문제고 뭐가 고민인가를 한번 따져보세요. 아무래도 쟤가 사춘기를 너무 어렵게 건너가고 있는 것 같구려. 당신이 겪었던 사춘기 이야기도 솔직히 한번 들려주세요. 여보, 부탁해요." 너 때문에 네 어머니와 다투는 일이 점점 잦아졌고 대화만큼 훌륭한 멘토가 어디 있느냐면서 아들과 한사코 대화를 하라고, 대화하면서 일깨워주라고 어머니는 나를 달달 볶아댔어. 나는 곧잘 '부모가 올바르게 살아가면 자식들은 가만히 놔둬도 따라오는 법'이라고 어쭙잖게 노자의 무위이화(無爲而化)까지 들먹이면서 네 어머니의 말을 들은 체 만 체 해버렸지. 문득 너를 잘못 건드리면 늘 굳세고 올곧고 바위처럼 단단해야 할 '아버지'라는 사람이 한순간에 형해(形骸)가 되어버릴 수도 있다는 생각이 들었던 거야. 그러자 까닭 모를 무력감과 두려움이 밀려오면서 너와의 대화가 더욱 어렵게 느껴졌고 나는 너에 대한 무관심을 가장하기 시작했지. 사랑하는 아들아, 그런 나 자신을 때론 이해할 수가 없었단다. 네 어머니가 곧잘 '내 속으로 낳은 자식 속을 어찌 이리 모를 수가 있단 말인가' 하고 탄식했는데 '그 속'을 모를 사람은 네가 아니라 바로 나일지도 모른다는 생각도 들더구나. 거의 고등학교 3년 동안 부모의 극성 분노 비탄 원망 질책과 네 일탈 방종 나태(懶怠) 도피 추락이 서로 부딪치며 불꽃을 튀었는데 그 싸움의 원인은 간단했어. 네가 공부를 위해 최선을 다하고 있지 않는 것 같아서 우리는 너를 끊임없이 채찍질하고 꾸짖었고 너는 최선을 다하고 있다는 것을 보여

주는 어떠한 노력도, 일테면 공부를 위해 잠을 좀 줄인다든가, 공부에 해로운 술 담배를 좀 끊는다든가, 시도 때도 없이 전화 받고 외출하는 것을 좀 삼가든가 등의 노력을 전혀 하지 않았고, 게다가 최선을 다하지 못했을 때 그 이유를 우리에게 말하려고 하지 않았지. 왜 네가 그럴 수밖에 없었는지를 털어놓지 않는 것에 우리는 가장 분개했던 거야. 네 고등학교 3년은 이렇게 예정된 실패를 향해 격랑(激浪) 속에 흘러간 세월이었다. 그래도 서울의 삼류대학쯤은 갈 줄 알았는데 지방대학으로 떨어졌을 때 우리는 절망과 방황의 끝이 보이는 것 같아서 차라리 홀가분했다. 지방대에 입학한 후 얼마 안 되어 네가 짐을 싸 들고 서울로 올라와 버렸을 땐 솔직히 마음 한편으론 반갑기까지 하더구나. 비록 또 방황이 시작될지라도 재수(再修)에 한 가닥 희망을 다시 걸어보고 싶었기 때문이야. 그러나 애타게 기다리던 희망의 싹들은 보이지 않았다. 이전의 생활과 달라지는 게 아무 것도 없었어. 달라진 게 있다면 성적이 오르는 대신에 네 당구점수가 오르고 있었고 때때로 어머니의 손으로 은밀하게 건네지는 네 단골카페의 청구서에 술값이 눈에 띄게 불어나고 있었고 심지어는 한밤중에 파출소에서 술에 취한 너를 데려가라는 전화까지 걸려오고 있었지. 시험을 코앞에 두고 학원에서 밤샘을 하고 있다는 너를 세계적으로 유명한 그룹이 공연하고 있는 올림픽공원체육관 앞에서 우연히 만났을 때, 나도 모르게 네 따귀를 갈겨 주려고 손을 번쩍 들었는데, 네가 와락 내 손목을 붙잡았어. 그때 나는 네 억센 손아귀에서 나를 압도하는 힘을 느꼈고 올해도 네가 입시에 실패할 것이라는 걸 직감했지. 결국 어머니의 그 잦은 철야기도에도 불구하고, 아버지의 피맺힌 절규에도 불구하고 너는 다시 실패하고 말았다. 우리는 삼수생(三修生)의 족보에 오른 너에게 간곡하게,

"누구에게나 실패는 있는 법. 세상에 이름을 남긴 훌륭한 사람들은 실패를 딛고 일어선 사람들이지. 노무현 대통령을 보아라. 실패는 새로운 도약을

위한 발판이다. 삼수는 더 멀리 쏘기 위해 화살을 한 번 더 힘껏 잡아당기는 것이나 다름이 없단다. 시간을 헛되이 보내지 말고 당장 다시 시작하는 거야. 아자, 아자."

　이런 말들을 한 바께쓰나 쏟아내면서 이번엔 너를 멀리 월악산 기슭에 있는 기숙학원으로 보냈잖니. 그러나 이미 이야기했듯이 너를 향해 열려 있는 우리의 마음의 벽에는 연민이나 애정보다는 오히려 분노와 원망으로 칠해져 있었고 우리 사이에는 이상한 냉기류마저 흐르고 있었다. 한참동안 그런 상태로 시간이 흘러가고 있었는데 아아, 어느 날 갑자기 내가 이런 편지를 쓰게 되었고 네가 삼수를 시작할 때의 그 회한(悔恨)과 죄책감을 떠올리며 이렇게 가슴 아파하고 있는 거다. 이리 된 이유는 어디까지나 네 돌출행동 때문이었다는 것을 사랑하는 아들아, 너는 잘 알고 있을 거다. 이유야 어찌됐건 추석연휴 때 서울에 너를 홀로 남겨두고 우리만 할아버지 집으로 간 것은 참으로 잘못했다. 하지만 네가 고등학교 들어간 이후로 쭉 그래 왔지 않니? 그런데 추석 전날 밤에 너는 우리가 이틀 전엔 한 시간 만에 왔던 길을 차가 막힌 바람에 네댓 시간이나 걸려서 시골집으로 찾아왔었지. 깜짝 놀란 우리는 너에게 무슨 일이 있었느냐고 끈질기게 물었어. 너는 시종 무표정한 얼굴로 식구들의 성화에 아무 대꾸도 하지 않았지. 특히 어머니는 밤새도록 네 곁에 붙어서 너를 채근한 것도 모자라 이튿날 산소에 갔을 때까지 너를 그림자처럼 따라다니며 "왜 공부 안 하고 내려왔느냐"고 너를 들볶았다. 참으로 놀라운 일이 벌어진 것은 바로 그때였어. 오랜만에 조상의 묘 앞에 엎드려 절하고 나서 네가 갑자기 배를 끌어안고 쓰러져버린 거야. 네 어머니는 혼절하고 말았고, 정신을 잃고 외마디 신음소리만 토해내는 너를 차에 싣고 우리는 분당 S대 병원으로 달려갔다.

　"오랫동안 용케 참았군요. 아드님이 참을성이 대단한대요. 신경성 위궤양이 아주 심합니다. 한 일주일 동안 입원하여 치료를 받아야겠습니다."

의사가 권유대로 그날로 너를 입원시키고 우리는 네 간호에 매달렸지. 입원한 지 이틀쯤 됐을 때 잠깐 서울에 갔다가 돌아와 보니 네가 보이지 않았어. 네가 남긴 하얀 쪽지를 보고 간호사도 모르게 퇴원해버린 걸 알았지. 네가 써놓은 짤막한 글을 읽고 또 읽어보았다.

"왜 공부 안 하고 왔느냐구요? 엄마가 평소에 좋아하는 말씀으로써 대답해 드리죠. 엄마, 공부는 고르반(corban)이 아녜요. 조상이나 부모 제쳐놓고 바칠 만한 고르반이 이 세상 어디에 있어요. 예수님께서도, "거룩한 제물을 하나님에게 바쳤습니다" 하면서 부모공양 게을리 하는 것을 꾸짖지 않았던가요. 제가 공부 안하고 온 이유는 간단해요. 어떤 구실도, 제가 목숨 걸고 있는 공부조차도 조상 섬기고 부모 공경하는 일보다 더 소중할 수 없다는 생각이 문득 들더군요. 때론 엄마조차도 고르반처럼 떠받드는 공부, 그 공부도 열심히 할게요. 엄마 사랑해요. 다시 월악산을 찾아가며, 아들이."

우리는 단풍이 곱게 물들어 가는 병원마당에 앉아서 잠시 울먹였다. 잔잔한 감동이 가슴을 뭉클하게 하며 오만가지 생각이 머릿속을 스쳐 갔지. 언젠가 내가 써놓은 글을 한 대목 떠올리기도 했다.

"어른의 한숨과 소망이 유난히 잘 배어들던 너는 해면체(海綿體). 물이 함빡 배어든 이 해면체는 항상 몸이 무겁고 지쳐 있었다. 게다가 어려서부터 너는 가당찮게도 의지가 재능을 이길 수 있고 집념이 운명을 바꿔놓을 수 있다는 생각에 부대껴왔다. 그래서 걸핏하면 신경성 위장병을 앓았지. 어쩌면 너를 통해 나를 비켜가 버린 기쁨과 영광을 다시 찾기 위해 나는 너에게 턱없이 욕심을 부리고 화를 냈는지도 모른다."

온갖 회한이 끓어올랐다. '세상을 재미로, 기분으로, 요령으로, 눈치로만 살아가려고 하는 사람' 쯤으로 너를 치부하고 나서, 걸핏하면 꾸짖고 네 최선이 무엇인지도 모르면서 최선을 다하라고 윽박지르곤 했던 일들이 한없이 후회스러웠다. 이제부턴 제발 가족이나 혈육이라는 이름으로 막무가내로 자식에게 상처 주는 일만은 하지 말아야겠다고 다짐하기도 했지. 먼 하늘을 바라보며 눈물만 글썽이고 있던 네 어머니가 이윽고 입을 열었다.

"여보, 저런 말을 할 수 있는 아이라면 걱정할 게 없는 것 같구려. 그까짓 대학이 대수요. 시험에 들고 떨어지는 것은 하늘의 뜻에 맡깁시다."

네 어머니의 말을 듣고 나는 혼잣말처럼 중얼거렸다.

"그러게 내가 여경(餘慶)이라고 했잖소. 당신이 꿈을 심어놓은 빛나는 토양에서 자식들은 꽃잎처럼 피어날 것이오."

나는 불현듯 네가 보고 싶었다. 아니 너에게 편지라도 쓰고 싶어지더군. 그날 나는 집으로 돌아오자마자 이 편지를 쓰기 시작했어. 비록 내 얼굴이 주름투성이가 되고 어느새 머리는 반백이 됐지만 이 순간만은 내가 너를 쳐들고 둥개둥개 하던 젊은 아버지로 돌아가고 너도 도리도리짝짜꿍 하는 재롱둥이로 돌아온 것만 같구나. 새삼스레 너를 품에 안고 행복해 하던 젊은 날이 눈앞에 떠오르며 팔뚝에서 불끈 힘이 솟았다. 사랑하는 아들아, 참으로 끌밋하게 자랐구나. 우리 이제 더 이상 부딪치지 말고 서로 용서하고 모든 걸 대하로써 풀어 나가자 아버지는 늘 뒤에 지키고 서서 네 든든한 후원자가 돼 줄게. 남자 대 남자로서 약속하마. 네가 꿈과 비전을 가지고 최선을 다하며 건실하게 살아가기만 한다면 아버지로서는 더 바랄 게 없다. 그럼 어머니도 아마 온 세상을 다 얻은 것처럼 기뻐할 거다. 병실에서 잠든 네 얼굴을 홀로 내려다보고 있을 때 나도 모르게 내 입술 사이로 새어나온 말, 그 말을 다시 너에게 건네주고 이 글을 마치고 싶구나.

"아들아, 네 탄생은 나에게 가장 큰 축복이었다. 다시 떨치고 일어나서 튼튼하게만 살아가 다오."

내년 추석에는 꼭 선산(先山)에 함께 찾아가서 조상 앞에 엎드려 절한 뒤에 이 한세상 아름답게 살기 위해 '탄생과 적멸(寂滅)' 사이에서 우리가 무엇을 할 수 있는가를 한 번 털어놓고 이야기해 보자꾸나. 부디 건강하여라. ─

너를 자랑스럽게 생각하는 아버지가—

고맙다, 친구야

　서울역 앞에서 소설가 C를 만났을 때 나도 모르게 바짝 긴장했다. 그는 이름난 '떠버리'고 그의 설화(舌禍) 때문에 나도 몇 번 낭패를 당한 적이 있었기 때문이다. 그의 말은 비수(匕首)가 된 지 오래다. 나는 아이폰이 말썽을 부려서 용산 유베이스에 들렀다가 돌아가는 길이었고 그는 지방나들이에서 돌아오는 길에 대학로에 친구를 만나러 간다고 했다. 그러니까 안국동로터리까지만 함께 버스를 타고 가면 헤어지게 되어 있었다. 그 십여 분 동안만 무사히 넘기자고 자신에게 타일렀다. 한편으론 일 년 만에 우연히 만난 것이 은근히 반가웠고 특히 그의 근황이 궁금했다. 동갑내기인 그는 곧잘 '탄생의 절묘한 타이밍'을 이야기하곤 했다.

　"1945년 이전에 태어났기 때문에 해방의 감격을 맛보았고, 육이오 땐 아슬아슬하게 의용군에 끌려가지 않았고, 특히 젊은이가 살기엔 너무나 불행한 이 시대를 젊은이로 살지 않은 게 무엇보다 다행이야. 젊은 시절을, 일테면 집값이나 주가 같은 것에 일희일비(一喜一悲)하지 않고 청정한 20세기를 살았다는 것이 무엇보다 행복했거든. 지금처럼 불행한 청춘은 없었던 것 같아."

　그런 그가 MB 정권이 들어서자 그 '탄생의 축복'을 폐기했다.

　"평생 추구해온 온갖 가치가 사라지고 늘그막에 다시 오욕(汚辱)과 모멸감 속에서 살게 되었으니, 이야말로 탄생의 저주가 아니고 무엇인가."

　그는 피를 토하듯 탄식했다. 새로 문재인 정부가 들어선 지금 그의 '탄식'은 어떻게 변했을까. 악명 높은 허풍선이 떠버리답게 그는 서울역에서 안국동까지 가는 동안 쉴 새 없이 떠들어댔다. 말 그대로 방약무인(傍若無人)이었다. 그의 눈앞을 스치고 가는 사물과 풍경을 그냥 지나치는 법이 없었고 계속 그의 생각과 느낌을 지껄이고 있었다.

"시위와 집회로 날이 새고 날이 지는 나라, 랠리(rally)가 많을수록 후진사회야. 유연성이라곤 찾아보기 힘들고 철판처럼 경직되어 버리거든. 인정사정 볼 것 없어. 확 밀어붙여라. 나중에 육시(戮屍)를 당할 갑세. 문재인이 너무 착하고 '원칙주의'여서 탈이란 말이야."

멀리 서울광장 쪽에서 깃발을 휘날리며 시위하고 있는 군중을 바라보면서 그가 입을 놀리기 시작했다. '뭘 어쩌란 말인지' 그답지 않게 알쏭달쏭한 말을 했다.

"저 거리의 치장(治粧)도 낭비야. 그렇군. 내 키워드는 낭비야. 제발 가로수는 그대로 놔둬라. 색전등을 뒤집어 쓴 화려한 나뭇가지보다 나는 까만 겨울 나뭇가지를 더 좋아하거든. 도시의 가로수는 이미, 특히 크리스마스와 연말연시에 인간이 연출하는 쇼 무대의 소품으로 전락하고 말았어. 저런 돈 좀 아꼈다가 불쌍한 사람 도와주면 어디 덧나. 조용한 아침의 나라 한국이, 동방의 양반나라 한국이, 언제부터 좀 잘살게 되었다고 못 사는 동남아사람들, 중동사람들, 흑인들, 국내의 혼혈아까지 이리 업신여기고 학대를 하게 되었는가. 지구촌에서 연민과 감동이 없는 민족으로 낙인찍힐까봐 참으로 두렵단 말이야. '한국은 인종차별이 가장 심한 나라다.' '저 잔인하고 인정머리 없는 한국 놈들!' 약소민족들이 이를 가는 소리가 들려오는 것 같아."

롯데백화점 앞을 지나면서 끝없이 지껄이고 있었다. 과히 틀린 소리도 아니어서 나는 그저 먹먹히 듣고만 있었다.

"저 초조하게 담배연기를 내뿜고 있는 젊은이들을 보게나. 수많은 일벌들이 벌통에 몰려 있는 것 같잖아. 정신없게 만들어라. 서로 경쟁하고 대결하게 하라. 학생은 물론이고 교수도 경쟁하게 하라. 이 시대가 젊은이들을 그렇게 만든 거야. 살기 바쁘면 독재가 어쩌느니, 민주주의가 어쩌느니 할 경황이 없어. 게다가 적당히 구경거리와 먹을거리를 주면 그만야. 원숭이처럼 넋을 놓고 바라보고 껄떡거리며 받아먹다가 지치면 저리 휴식을 취하고 있는 거야. 대결과 갈등과 반목을 이용하는 것, 이것이 또한 '통치술의 묘'거든. 조선왕조의 그 숱한 환국정치(換局政治)가 다 그런 거야. 서로 싸우게 해놓고 번갈아가며 도륙(屠戮)을 내는 것, 그것이 왕권을 강화하는 길이지. 마구 들쑤시고 뒤흔들고 허물어 버려라. 그래서 젊은이들은 단 한순간의 짬만 생겨도 저리 담배를 뻑뻑 피어대며 초조와 불안을 날리고 있는 거야."

종각 앞을 지나 제일은행 뒤편에 새까맣게 몰려서 담배를 피우고 있는 젊은이들을 보았을 때 봇물처럼 쏟아내는 말이었다. 그는 흘낏흘낏 나를 쳐다보면서 지칠 줄 모르고 떠들어댔다. 나는 잠자코 듣고만 있었다. 일리가 있다는 듯이 가끔 고개를 끄덕이면서. 조계사 앞에 이르렀을 때 그의 일방적인 중계와 나의 경청은 종언(終焉)을 고하고 말았다. 우리의 작별을 코앞에 두고 그랬다. 나의 일정이 엉뚱한 방향으로 흘러가고 말았다.

"지성인들에겐 불교가 제격인 것 같아. 뭐랄까 좀 어른스럽고 타율이 아닌 자율, 이런 것이 맘에 들거든. 불교의 누보리, 니르바나, 관자재 등이 모두 스스로 깨달아서 성불하는 것인데, 인간이 자율이 그 중심에 있단 말이야. 기독교는 뭐야, 내가 '돈키호테' 저자 세르반테스보다 더 사랑하는 스페인 사람은 로욜라인데 그의 '예수회'는 유독 순종이 빛났지만 하나님 말씀과 명령에 절대적으로 순종하고 믿는 게 전부였어. 믿고 순종하면 하나님이 구원을 선물하는 것, 타율적으로 믿는 것 말고는 인간이 할 일이 없다는 것, 그 타율성이 싫단 말이야." 위태위태한 그의 이야기를 꼭 집어서 반박할 수는 없었지만 내 마음이 심히 불편해졌는데 불쑥 그가 anti-Biblicism을 언급하면서 나에게 결정타를 먹여버렸다. 나는 흥분하여 거의 제정신이 아니었다.

"예수가 어머니를 만나 '여자여, 내가 당신과 무슨 상관이 있나이까'라고 했는데, 이거야말로 불효교본(不孝敎本)이 아닌감. 어떻게 생각하나?"

영일소품

어처구니가 없었다. 그가 말하는 대목은 성경에 이렇게 적혀 있다. '여자여, 나와 무슨 상관이 있나이까.'(요:2:4) 전후 사정은 이렇다. 가나에 혼인잔치가 있었다. 그 자리에 예수의 어머니도 함께 있었다. 잔치 도중에 포도주가 떨어지자 예수 어머니는 예수께 포도주가 떨어졌다고 알렸다. 그러자 예수께서 어머니를 보시고,

"어머니, 그것이, 그러니까 포도주가 떨어진 것이 저와 무슨 상관이 있습니까. 아직 때가 되지 않아서 내가 그런 일까지 해결할 만한 게재가 아닙니다."
하고 말씀하셨다. 그런데 그 친구는 '나와 무슨 상관'을 '내가 당신과 무슨 상관'으로 바꿔 말함으로써 마치 예수께서 어머니와 천륜을 무시한 것처럼 왜곡하고 있는 것이다. 그런 사정을 그에게 설명하느라고 버스가 안국동로터리를 돌아가고 있는 것도 나는 몰랐다. 우리는 본의 아니게 대학로로 동행하게 되었고, 그가 약속 장소는 '일식점 석정'이고 만날 사람은 연극하는 후배들인데 자리를 함께해도 괜찮을 거라고 했을 때 나는 잠자코 고개를 끄덕이고 말았다. 아무래도 이야기를 더 나눠서 자못 격앙된 내 마음을 가라앉혀야만 될 것 같았기 때문이다. '석정'이란 말을 들었을 때 아아, 오늘 우리의 대화는 이제까진 그 서막에 지나지 않고 석정에 가서 본격적으로 불붙을 것 같은 예감이 나를 강타했다. 그랬다, 석정은 우리에게 아주 특별한 곳이었다.

언젠가 우리가 석정에서 우연히 만나서 격론(激論)을 벌였던 일이 '기억의 서랍'에서 튀어나왔다. 나는 소설에서 문체를 중시하는 편이었고 그는 스토리텔링을 으뜸으로 쳤고 심지어 일인칭 소설은 소설로도 보지 않았다. 두 사람이 충돌하는 것은 받아놓은 밥상이었다. 내가 김승옥 이야기를 꺼내자 싸움이 불붙었다. 김승옥이 '샘터' 김재순 사장의 권유로 샘터에 자문위원으로 있을 때였다. 어느 날 석정에서 식사하면서 고향 후배인 김승옥이 나에게 한 이야기를 그에게 소개했다.

"소세키의 대표작 중의 하나인 '봇장' 같은 작품을 한번 써 보세요. 형이

영어를 전공했고 교편을 잡고 있는 게 소세키와 닮은 점도 있고 하니 한번 시도해보는 것도 좋을 것 같은데, 그동안 쌓인 내공을 한 번 발휘해 보시죠."

뜻밖에도 내 이야기가 떨어지자마자 그가 신랄하게 공격해왔다.

"전쟁이나 역사의 전환점일 때 일본국민이 으레 그의 소설을 읽을 만큼 소세키가 일본의 국민작가라는 것쯤은 나도 알고 있어. 하지만, 60년대 한국소설을 대표할 만한 김승옥이, 더구나 불문학을 전공한 그의 입에서 프루스트나 플로베르나 하다못해 졸라, 발자크의 이야기는 일언반구 얼씬도 하지 않고 기껏 일본작가나 치켜세우는 것이 과연 될 말인가. 그 점이 부끄럽다는 생각이 안 드나?"

치켜세우다니, 어이가 없었다. 문득 김승옥이 '산문시대'에서 털어놓은 말이 생각났다.

"소설은 나에겐 문학이 아니었다. 그것은 살아가면서 하나 둘씩 써지는 것이지 문학 강의를 듣는다고 더 많이, 더 잘 쓰리라고는 생각하지 않는다."

하물며 불문학과 일본문학을 따로 생각할 필요가 뭐가 있겠는가. 그의 말에 기분이 몹시 상한 나는 머쓱해진 분위기를 바꿔보려고,

"소세키의 무엇이 일본인을 사로잡고 있을까? 근대화의 모순이나 에고이즘으로 몸부림치는 고독한 인간군상을 철저히 파헤쳤다고나 할까, 인간의 고독과 사랑의 불가능성을 치열하게 추구한 것이 공감을 불러일으킨 거야. '눈물을 흘리면서 극성을 떨고 번민과 열성을 드러내는 것처럼 어리석은 행동은 없다'는 것을 그는 잘 알고 있었어."

하고 횡설수설해 봤지만 속이 풀리지 않았다. 그에게 반격을 가할 기회만 노리고 있는데 마침내 기회가 찾아왔다.

"우리국민도 정신적 위기에 처했을 때 읽을 만한 국민작가는 누구일까. 김동리나 박경리쯤이 아닐까."

그가 불쑥 화두를 꺼냈다. 그가 김동리의 서라벌 출신이라는 것을 잘 알고

있었지만 나는 체면불고하고 들입다 통박하기 시작했다.

"맙소사! 그건 아냐. 그가 걸핏하면 인용하는 모울턴(R. G. Moulton)의 소설론이나 포스터(Edward Morgan Forster)의 '소설의 양상' 같은 것도 이젠 딱 질색이야. 무엇보다 구경적(究竟的) 진리 혹은 가치, 이런 말들이 '악지' 같게만 느껴진단 말이야. 한마디로 그는 주장이 너무 많거든. 문학은 설명이나 주장이 너무 많아선 안 된다는 것이 변함없는 나의 소신이야. 그의 소설은 곧잘 샤머니즘과 주술적인 토속정서를 딱 멎어버린 시간과 풍경 속에서 신비스럽고 환상적인 색깔과 무늬로 보는 듯한 느낌을 줄 뿐이야. 그의 소설을 읽으면 흡사 모과나무 열매의 과육(果肉)을 씹는 것만 같아. 답답하고 빡빡하다는 얘기야. 도무지 현실성이나 인간적인 냄새가 없어."

내 이야기를 듣고 있는 그의 얼굴이 침통하다 못해 거의 울상이었다. 순간 나는 깊은 충격을 받았다. 내가 왜 이래야만 하는가. 난데없이 모울턴 소설론까지 끌어내서 왜 그를 비방해야 된단 말인가. 아뿔싸! 그리고 이게 어찌 된 일인가. 금세 나는 내 마음의 벽을 허물어 버렸다. 다음 순간 나는 꾹 입을 다물고 있는 그에게 말을 걸었다.

"이 보게, 내가 김동리에 대한 생각을 바꾼 거 알아? '시내버스를 타고 가는데 차에 탄 한 젊은 여자의 청초하고 아리따운 모습을 보고 느닷없이 눈물이 흘러내리는 바람에 그만 차를 내리고 말았지.' 그의 이 짧은 이야기를 읽고 나서 나는 '밀다원시대'를 구해서 읽었지, 그리고 그를 좋아하게 되었어."

내 이야기를 듣고 나서 울상이던 그의 얼굴에 희미한 미소가 떠올랐다. 우리의 싸움은 그렇게 끝났다. 그날 그의 미소를 간직한 채 나는 집으로 돌아왔다.

석정에 도착하자 뜻밖에도 여럿 사람이 기다리고 있었다. 모두 젊은 연극인들인 것 같았다. 어쩌면 본격적으로 종교문제나 또다시 소설론으로 제2라운드의 격론이 벌어질 뻔했는데 그곳 분위기도 그랬고 이런저런 사정상 불발되고 말았다. 나는 식사가 끝나고 술판이 시작될 때 일어설 수밖에 없었다. 집에 도착했을 때 그가 헤어지기 전에 내 옆구리를 찌르면서 가만히 했던 말이 생각났다.

"김지하 시인이 김승옥의 '산문시대' 에필로그에서 쓴 글이 생각났거든. '김승옥은 감수성의 일대 혁명이었고 문장은 일대 파격이었어. 아무리 날고 기는 재주꾼들도 그 앞에서는 설설 기었지.' 오늘 집에 가면 그의 '무진기행'을 다시 읽어볼 테야. '뜬금없는 사람들이 생각나는 게' 늙음의 징후인 것 같아."

분명히 그때 석정에서 김동리와 김승옥이 충돌했던 일을 떠올리면서 하는 말이었다.

"뜬금없는 사람이 생각나는 게…" 그의 마지막 말이 가슴을 때렸다. '밀다원시대'를 읽고 김동리를 좋아하게 되었다는 내 이야기는 사실이었다. 나는 다시 한 번 그와 화해하기 위해 밀다원시대를 꺼내어 읽기 시작했다. 그러자 연말연시에 헛헛해진 마음이 조금씩 다시 따뜻하게 채워지는 것을 느낄 수 있었다. 한때나마 왜 그를 달가워하지 않았을까. 이제 와서 생각해 보면 모든 것이 부질없고 스스러운 일이었다. 문학이 다 무엇인가. 소중한 것은 인생이 이렇게 문득 쓸쓸해질 때 아아, 그의 소설이 내 곁으로 달려와서 나를 위로해 줄 수 있다는 것이 아닌가.

"고맙다 친구야, 오늘은 참으로 좋은 만남이었어." 나도 모르게 혼잣말로 중얼거리고 있었다.

우리는 모두 홈리스야

9월이 되면 어김없이 북촌에서 만나곤 했던 친구가 있었다. 요즘 영 연락이 끊기고 말았다. 풍편(風便)에라도 소식을 알아볼 길이 없었다. 어쩌면 이미 이 세상 사람이 아닐지도 모른다. 모두 내 불찰이요 부덕의 소치다. 그를 마지막으로 만났던 날을 회상해보았다.

그날 오랜만에 여(呂) 선생한테서 전화가 왔다. 왜 동창회에 나오지 않았느냐고 물었다. 동창회 소식은 그의 전화를 받고 처음 알았다. 나는 연락을 받지 못했다는 말을 하지 않았다. 통화가 안 되니까 내겐 연락을 끊은 모양이었다. 그를 통해 동창회소식을 듣는 순간 이상한 외로움을 느꼈다. 그를 만나기로 약속해 버린 것은 이 외로움 때문이었다. 전화를 끊는 순간 내 실수를 깨달았다. '아차' 하고 나는 속된 말로 "죽었다고 복창"을 했다. 속사포처럼 쏟아내는 그의 다변과 어처구니없는 기행(奇行)들을 어떻게 감당할 것인가. 그는 영어 박사이고 좀 과장하면 걸어 다니는 백과사전이었다. 게다가 과시욕까지 왕성해서 상대방을 녹초로 만들어 버리기 일쑤였다. '내가 누군가, 만만찮기는 어슷비슷하지 않은가.' 주로 여 선생이 대뜸 발제(發題)하여 주장하면 내가 재깍 반박하고, 이렇게 대화가 이어지는데 한 화제가 끝날 때마다 으레 상처와 여운이 남았다. 나는 그것을 '이삭'이라고 불렀다. 우리의 대화는 이삭을 줍는 시간이었고 우리는 인생의 만종(晩鐘)을 들으면서 이삭을 줍는 노인이 되었다. 자, 그럼 지금부터 이삭을 주어볼까.

국일관에서 점심을 먹으면서도 나는 여전히 부정적으로 그를 관찰하고 있었다. 그를 보는 순간 '아아, 많이 늙었구나' 하는 생각이 들었다. 강남에 아파트가 몇 채 있으면 뭘 하나. 희멀쑥한 피부가 유난히 마음에 걸렸다. 정신이 멀겋게 들떠 있는 듯한 인상을 주는 주범은 바로 그 피부였다. 그의 말소리가 거칠고 웃음소리가 너무 시끄러워서 괜히 옆 사람들에게 신경이 쓰였다. 왜 말과 웃음의 톤을 조절하지 못할까. 말도 유연성이 없었다. 눈치 없이 툭툭 내뱉는 자기 신념들뿐이었다. 우선 이쯤 그를 속으로 맘껏 깔보고 있었다. 우리는 북촌 길을 걸었다. 윤보선 고택(古宅)도 보았다. 그는 별로 감흥이 없는 것 같았다. 북촌 길을 걷자고 한 것은 그가 아니었던가. 이윽고 삼청동 길로 들어섰을 때 그가 진면목을 드러내기 시작했다.

"프랑스건축협회장 살로망이 '일본건물은 가구 같고 중국건물은 벽 같고, 한국건물은 공장에서 찍어낸 것 같다'고 했거든. 아파트는 흡사 공장에서 찍어낸 거대한 괴물집단 같단 말이야. 북촌을 찾는 것은 아파트가 없기 때문이야. 이웃에 대한 배려랄까, 따뜻한 인정을 느낄 수 있어. 바깥창문에 걸어놓은 저 화분들이 바로 따뜻한 마음을 표시하고 있는 거야."

하면서 득의양양해했다. 쐐기를 박듯이 내가 덧붙였다.

"살로망이 '당신의 집은 내 풍경'이라고 했는데, 지언(至言)이죠. 아무리 내 집이라도 당신의 풍경이 되기 위해선 함부로 지을 수 없으니까요."

그가 흠칫 놀랐다. 그러나 물러서지 않았다.

"그는 또 '한국건축물은 아름다운 곡선이 있는 조각, 구름의 물결'이라고 했지. 아마 북촌이나 대궐의 건물을 보고 그랬을 거야. 특히 빌딩의 스카이라인과 자연과 조화를 강조했거든."

내 얼굴을 빤히 들여다보면서 그가 쥐어박듯이 말했다.

"유럽도시, 특히 파리는 산이 없으니까 그의 조화는 주로 강물이나 벌판과의 조화를 말하는 거겠죠."

나는 살로망을 빈틈없이 마무리해 버렸다. 삼청동 어느 찻집으로 들어갔다. 내가 '영어인생'을 소설로 쓰겠다고 하자 그가 요즘 외국어대학교에 가서 동시통역을 공부하고 있다고 자랑했다. 그는 나보다 한 살 위다. 내가 깍듯이 존대하고 있는 이유다. 나보다 더 일상이 비전과 희망으로 넘치고 있었다. 나는 감동했다. 그가 '카사노바'를 읽고 있다는 대목에서는 숨도 제대로 쉴 수가 없었다. 외설적(猥褻的)인 이야기가 마구 튀어나오고 있었기 때문이다. 나는 재빨리 엉뚱한 이야기를 꺼내서 화제를 바꿨다.

"조선왕조에서 최악의 커플은 아무래도 66세의 영조와 15세의 계비 정순왕후가 아닐까요. 어린 왕비는 베갯머리송사에서 사도세자를 죽이라고 속닥거렸을 게 틀림없어요. Woe to the king and queen!"

카사노바를 듣고 내가 51세 연하의 처녀를 취한 영조를 떠올린 것이다. 그러자 그가 대뜸 'dotard'를 아느냐고 물었다. 내가 고개를 끄떡이자 그가 의기양양하게 입을 열었다. 일설에 의하면 이 말은 김정은이 트럼프를 두고 한 말이라고 하는데, 그 정도 영어실력이라면 통역 없이 두 사람이 내밀(內密)한 대화도 나눌 수 있겠다고 나는 생각하고 있었다. 그가 장광설(長廣舌)을 늘어놓기 시작했다.

"알다시피 dotard는 노망든 사람 혹은 익애자(溺愛者)라는 뜻인데 영조는 어느 쪽인가 하면 노망보다는 익애 쪽이었어. 왜 노인의 사랑법이랄까, 그런 거 있잖아. 특징은 유독 푹 빠지는 거야. 그래서 그렇게 나이 차이가 나는 왕비를 취할 수밖에 없었어. 조선왕조에서 60을 넘긴 왕이 겨우 여섯 분이야. 그토록 수(壽)를 못한 집안에서 80을 넘겼으니 그런 젊은 왕비를 얻을 만했지. 무엇보다 제왕무치(帝王無恥)야. 그깟 계집질이야 3천 궁녀를 거느려도 상관없어. 나라만 잘 다스리면 그만야. 조금도 흠이 될 게 없어. 일테면 영국 튜우더왕조의 헨리 8세를 보라고. 무고한 사람들의 목을 장작 패듯 마구 도끼로 찍었던 잔혹무비(殘酷無比)한 인권유린의 시대였어. 영국 역사상 왕권확립, 문예발흥, 종교개혁, 경제발전을 이룩한 가장 뛰어난 제왕으로 평가받고 있어. 영조도 사도세자를 뒤주 안에서 굶어 죽게 한 '비정한 부왕의 대명사'가 되었지만 탕평책 등 뛰어난 치적을 남긴 성군이었어. 어린 계비 가지고 더 이상 토를 달지 말라고."

정조는 50세를 넘기지 못하고 49세를 일기로 세상은 떴다. 아아, 조그만 더 오래 살았더라면 얼마나 좋았을까. 근대화의 길목으로 들어선 역사의 변곡점(變曲點)이었는데. 1800년 11세의 어린 나이로 순조가 즉위하자 정순왕후가 수렴청정을 하게 되었다. 그 악명 높은 천주교 금지령을 내렸다. 그리고 '오가작통법'(五家作統)法)을 만들어 천주교도를 잡아들였다. 그의 치하에서 참혹한 천주교 수난사가 시작되었던 것이다.

"정순왕후는 누가 뭐래도 이 땅을 피로 물들인 천주교 탄압의 원흉이었다."

이런 말이 입안에서 뱅글뱅글 돌았지만 나는 꿀꺽 삼켜버렸다. 내가 침묵하자 그의 기가 펄펄 살아났다. 마침 맞은편 TV화면에서 한국당 K의원 폭행범의 뉴스가 뜨고 있었다. 그가 턱없이 흥분하기 시작했다.

"십자군전쟁에서 기독교는 Moslem을 이기지 못했어. 저 무서운 사라센의 테러리즘을 보라고. 어찌 이길 것인가. 그 많은 자살폭탄 중에서 하나만 서울에 떨어져도 혼비백산(魂飛魄散)하고 말 거야. 울컥, 화가 치밀어서 그까짓 레프트펀치 한 대 날린 걸 가지고 뭐, 야당을 향한 테러가 시작되었다고. 야 홍 발정, 네 눔이 거리를 활보할 수 있는 것만도 다행으로 생각해라, 이 병신아. 저런 '호랑이 물어갈 놈'을 가만히 두고 보다니, 우리가 이렇게 순해 빠지고 기백이 없는 민족인 줄 몰랐어. 엉, 우라질 놈의 세상!"

그가 분을 삭이지 못해 고래고래 소리를 지르고 있었다.

'천만에 우리에겐 안중근과 윤봉길 같은 의사, 열사가 수두룩했어. 그렇지만 폭력은 안 돼. 해방 직후 그토록 테러리즘이 난무했지만 해결된 것은 하나도 없었어. 무엇보다 우리는 평화를 사랑하는 민족이라고.'

이런 말들이 목구멍까지 기어 나왔지만 나는 꾹 참고 자리에서 일어났다. 아무래도 그로 말미암아 뒤숭숭하고 어수선해진 찻집 분위기를 수습해야 할 것 같았다. 나는 그를 데리고 서둘러 찻집을 나왔다. 광화문으로 걸어 나오자 거리 한구석을 태극기 물결이 메우고 있었다. 박근혜의 석방을 부르짖고 있었다. 가슴이 쿵 내려앉았다. 옛날이 행복했던 이유는 그땐 사람들이 최소한 시대정신이랄까, 정서와 의식을 서로 공유하고 있었는데 요즘은 그렇지

234   영일소품

가 않았다. 심지어 친구들을 만나도 그 정서와 느낌이 같지 않을 때가 많다. 생각과 감정이 같다는 것이 우리가 동시대사람이라는 것을 늘 확인시켜 주었는데 그런 시대가 지나가 버렸다. 외롭고 슬픈 일이다. 내가 '심쿵'했던 것도 강남에서 오래 살아서 다분히 보수화된 그가 박사모의 시위를 보고 또 무슨 엉뚱한 소리를 할지 불안했기 때문이다. 여태껏 강남에 있는 여러 채의 아파트를 곧잘 자랑했고 한때 MB에게 한껏 경도(傾度)되어 있는 기미를 보였기 때문이다. 그는 곧잘 MB의 '실용주의'를 칭찬했다.

"50년대 말에 나는 한때 미국의 실용주의교육에 몰두한 적이 있었지. 그때 실용주의 혹은 도구주의(instrumentalism)는 MB의 실용주의와 한 뿌리인 것 같거든."

그럴 때마다 나는 한사코 이렇게 반박했다.

"그의 실용은 기껏해야 '가치중립적'인 경제적 이윤이나 물질적 편의를 추구하는 거겠지. 이념적 가치와 거리를 두면서 그저 이익만 추구하는 물질만능주의, 그런 식이죠."

태극기부대의 시위를 바라보면서 그가 뜻밖에도 내 마음에 꼭 맞는 말을 했다.

"박근혜의 실패를 한마디로 설명할 수 있어. 국가의 존재이유가 뭔가. 국민에게 보호망, 경제평등, 평화를 보장해 주는 것 아닌가. 바로 이 '레종데타'(raison d'etat)를 대통령이 증명해 보이지 못한 거야. 탄핵을 받아 마땅하지."

나이가 들수록 보수화되는 것이 보통인데 그가 반대로 변하고 있는 것은 무엇 때문일까. 나도 모르게 고개를 갸우뚱했다. 덕수궁을 향해 걸어갈 때 갑자기 피곤이 밀려왔다. 이럴 때 근처에서 쉴 만한 곳이 떠올랐다. 나는 그를 데리고 시민청으로 내려갔다. 지하로 들어서자마자 확 눈 속으로 달려드는 광경이 있었다. '활짝라운지'에 여기저기 누워 있는 사람들이었다.

"영락없이 노숙자 행색이네요. 저리 공정무역홀로 갑시다."

내가 찡그리면서 말하자 그가 우뚝 서서 잠시 나를 노려보다가 내뱉듯이 "우리는 모두 홈리스야" 한마디 쏘아붙이고 나서 앞에 있는 자리에 털썩 주저앉아 버렸다. 허겁지겁 따라 앉으면서 나도 모르게 가만히 탄성을 질렀다. '우리는 홈리스'(homeless)라고? 참으로 난해하구나. 강남에 집이 몇 채나 있는 사람이 홈리스라고 했으니 뭔가 의미심장한 뜻이 있는 것 같기도 하고, 자못 머릿속이 복잡한데 예의 그의 장광설이 시작되었다.

"oikonomia, economy. oiko- eco-는 모두 household, habitat의 뜻이거든. 결국 경제는 가정과 주거문제를 해결하는 것이 그 중심과제인 거라. 행복한 가정과 쾌적한 주거공간은 시대를 초월하여 국가가 국민에게 해결해주어야 할 첫째 책무거든. 마누라가 멀쩡한 집안에서 낙상하여 고관절수술(股關節手術)을 받고 지금 병원에 누워 있어. 문득 아내가 없는 집은 도무지 집 같지가 않더군. 홈리스야. 집도 주인을 만나야 집다워진다는 생각이 들었지. 강남 집들을 몽땅 사회에 유증(遺贈)하기로 선언해 버렸어. 아내와 마지막으로 크루즈 여행이나 갈 수 있으면 좋겠는데, 지금은 영 가망이 없어 보이네. 이 봐 오 박사, 우리 조 시인은 잘 있겠지."

'오 박사'는 나를 부르는 말이고 '조 시인'은 내 아내를 가리키는 말이다. 그때 그에게 전화가 왔다. 급히 병원에서 호출하는 전화인 것 같았다. 그는 내 손을 굳게 잡고 한번 크게 위아래로 흔들고 나서 급히 돌아서서 시민청 밖으로 사라져갔다. 그의 등을 향해 나는

"고마워요, 여 선배, 크루즈여행은 꼭 갈 수 있도록 기도할게요." 소리치고 나서 "오늘의 가장 큰 이삭은 '우리는 모두 홈리스야'"라고 불쑥 누구에게랄 것 없이 속삭이고 있었다.

영일소품

너야말로 엉큼한 치한

아침나절에 교부(教父)에 대한 짤막한 글을 완성했다. 꼭 쓰고 싶었던 글이었는데 뜻을 이룬 셈이다. 진0권의 '현대미술이야기'도 잠시 기웃거렸다. "갈색 바탕에 수직성 하나, 관람자여, 숭고함이 보이지 않는가." 그의 글은 어쩐지 좀 발칙하고 생뚱맞고 수상쩍었다. 그래서 재미있다. 여기까지는 괜찮았다.

오후 산책길에서부터 '얄궂은 일'이 벌어졌다. 내가 산책하는 평창동 둘레길은 아랫길, 가운뎃길, 윗길이 있다. 아랫길에 있는 카페 '하루'에서 곧바로 윗길까지 오를 수 있는 계단이 있다. 어쩌자고 그랬는지 나는 이를 악물고 황급히 그 계단을 올라갔다. 아랫길에서 가운뎃길로 83계단을 올라갔고, 가운뎃길에서 윗길로 '밀알기도원' 앞까지 83계단을 허위단심 올라간 것이다. 밀알기도원 앞에 이르렀을 때 눈앞이 핑핑 돌았고 사지에서 맥이 빠져나갔다. 나도 모르게 길바닥에 벌렁 눕고 말았다. 금방 숨이 끊어질 것만 같았다. 짧은 순간 나는 하나님에게 살려달라고 기도했다. 혼절 직전까지 갔다가 한참 후에야 겨우 몸을 일으킬 수가 있었다. 체력에 비해 백번 무리한 운동을 한 것이다. "하면 된다!" 불굴의 의지와 결기가 화를 부른 것이다. 얄궂은 일이라기보다 뜻밖의 사태였다.

양팔을 위아래로 흔들면서 숲길을 내려오는데 등산복 차림의 여자들이 나를 보고 키득키득 웃는 것이었다. 저만치 지나가서야 저희들끼리 수군덕거리는 소리가 들렸다.

"말춤을 추려거든, 제대로 추든지, 참 별꼴이야. 정말 웃기는 양반이네. 까르르."

숲길에서 내가 말춤을 추는 걸로 알았던 모양이다. 말이 난 김에 통속성, 오락성, 중독성이 뛰어난 싸이의 말춤을 나는 좋아했다. 싸이는 재능이 있고 의식이 있는 가수다. 곧잘 위악을 떨면서도 툭툭 내뱉는 말에서 그런 것을 엿볼 수 있었다. 어쨌든 나는 숲속에서 말춤을 추지 않았다.

그때 마음에 짚이는 게 있었다. 어쩌면 내가 막춤 '엿 먹어라'를 추었는지도 모른다. 두 팔을 번갈아가며 한 팔을 오므리고 그 사이로 주먹을 내지르는 동작이었다. 해방직후 미군이 진주했을 때 철부지 아이들이 곧잘 미군이 타고 가는 군용차를 향해 해댔던 욕설이었다. 어쨌든 내가 숲길에서 말 춤을 추었다는 '얄궂은 일'이 벌어지고 말았다.

해질녘에 옥상에 올라가서 물을 주고 나서 잠시 저물어 가는 북악산 기슭을 바라보고 있었다. 개 두 마리가 개울 건너 벽돌공장 모래더미에서 엉키어서 뒹굴고 있었다. 심상찮아서 지켜보았더니 아니나 다를까 나중엔 완전히 붙어 버렸다. 해가 넘어간 어슬녘에 흘레를 하고 있었다. 자못 장엄한 광경이었다. 그때 공장마당에 차가 한 대 멈추더니 긴 챙이 달린 모자를 쓴 여자가 내렸다. 가끔 옥상에서 건너다보던 여자였다. 얼굴은 한 번도 본 적이 없지만 늘씬한 키와 가녀린 몸매로 보아 묘령의 미녀일 거라고 나는 생각하고 있었다. 여자가 잠시 붙어 있는 두 마리 개를 물끄러미 바라보고 있었다. 두 사람만이 '해질녘의 진풍경'을 은밀히 바라보고 있다는 사실이 묘한 느낌을 주었다. 이윽고 그 여자가 몸을 돌려 마당 끝에 있는 사무실로 들어가 버렸다. 거의 동시에 이번엔 한 사내가 마당에 나타나서 개들을 바라보고 있었다. 개울 건너 벽돌공장에서 자주 보아왔던 사내였다.

"아아, 저 사내가 여자와 함께 그 광경을 보았더라면 좋았을 걸!"

나는 엉뚱하게도 그들의 '회심의 일합'(一合)을 빌고 있었다. 그 사내는 여자에게 말하자면 아무 것도 아니었다. 나는 잘 알고 있었다, 여자 뒤를 늘 졸졸 따라다니는 공장의 개들처럼 사내는 기껏 여자의 그 가량가량한 뒤태만을 훔쳐보면서 여자의 모든 것을 간절히 욕망하고 있다는 것을.

문득 몹시 부끄럽다는 생각이 들었다. 하필 왜 내가 그곳에 서 있었을까.

238 영일소품

그때 그 사내가 고개를 돌려 힐끗 나를 건너다보았다. 먼발치로 그가 히죽히죽 웃고 있는 것을 볼 수 있었다.

"너야말로 엉큼한 생각을 하고 있는 치한이다."

하고 나를 비웃고 있는 것 같았다. 나는 도망치듯 후닥닥 옥상에서 내려와 버렸다. 9월이 화살같이 날아가 버렸다. 아뿔싸! 시월의 시작이 참으로 얄궂은 하루가 되고 말았다.

네 울음은 참 별나구나

아버지가 동대문병원에서 위암말기선고를 받았다. 물론 의사가 가족에게만 가만히 귀띔했다. 어머니와 형제들이 아버지 몰래 오열했다. 나만 유독 멀뚱멀뚱 창밖만 내다보고 있었다. 의사는 아버지에게

"아버님 이제 괜찮습니다. 잡숫고 싶은 것 무엇이나 맘 놓고 잡수세요."

하고 자못 너스레를 떨면서 말했다.

잠시 후 아버지는 버스를 타러 가을 햇살이 가물거리고 있는 터미널광장을 온몸을 흔들면서 달려갔다. 달리면서 연방 껄껄껄 웃고 있었다. 투병 중에 아버지는 입만 열면 십 년만 더 살게 해 달라고 기도했다. 의사의 말에서 아버지는 그 생명의 희망을 본 것이다. 그런 아버지를 따라가면서 그제야 나는 흑흑 소리 내어 울고 있었다. 아버지가 본 삶의 희망이 너무나 슬퍼 보였기 때문이다. 울고 있는 나를 흘겨보면서 작은형이 불쑥 내뱉듯이 말했다. "네 울음은 참 별나구나." 그러니까 아까 병원에선 그토록 멀쩡했던 네가 '웬 늑장눈물이냐'는 힐난이었다. 그로부터 6개월 후에 아버지는 세상을 떠났다.

내가 '늑장눈물'을 흘렸던 그 순간을 생각하면 언제나 머릿속에 떠오르는 말이 있었다. "시인이 인문학의 꽁무니나 덜렁덜렁 따라다니는 거, 이런 거

부끄러운 줄을 알아야 한다." '갈대'의 시인이 이와 비슷한 말을 했던 것으로 기억한다. 인문학이나 기웃거리면서 비분강개하고 희로애락을 느끼게 하는 것은 시인이 아니라도 누구든지 할 수 있다. 시인은 '시인의 특이한 감수성'만이 포착할 수 있는 그 미세한 틈새 생각과 느낌들을 형상화하여 만인의 가슴에 전달해야 한다. 시인의 섬세하고 빼어난 감성은 사소하고 하찮은 것을 가지고도 얼마든지 독자를 울리고 웃길 수 있다는 말이다. 작고 예사로운 일을 가지고도 영원한 가치와 아름다움을 창조할 수 있는 것이다. 어찌 시인뿐이랴. 소설가도 마찬가지다.

내가 그날 햇볕이 쏟아지는 광장에서 아버지를 쫓아가면서 오열했던 것은 어쩌면 당연했다. 가을 햇살이 가물거리고 있는 아스팔트광장과 아버지의 죽음 선고, 그 빛과 그림자, 아버지의 피눈물 나는 기도와 터무니없는 홍소(哄笑), 그리고 혼신의 질주. 아아, 그 허망한 생존의 희망이 나의 특이한 감성을, 짓무른 누선(淚腺)을 자극했던 것이다. 이제야 나는 단언할 수 있다. "네 울음은 참 별나구나" 작은형의 이 말은 아버지의 죽음 앞에서 무심한 듯한 나를 힐책한 것이 아니라 "아아, 너는 천생 소설가구나" 하는 탄성이었다. 지금도 그 장면을 생각하면 일말의 감동을 느끼고 있는 까닭이다.

버티고개는 왜 찾나요

이상(李箱)을 나만큼 좋아하는 사람도 드물 것이다. 그를 너무 좋아한 나머지 사뭇 이상한 짓을 할 때도 있었다. 그날 은행 앞에서 침을 탁 뱉고 사람들이 보는 데서 '퍽' 소리가 날 만큼 쓰레기통을 걷어차 버릴 때도 사정은 마찬가지였다.

언제부턴가 이상의 생애와 문학을 새겨놓은 작은 표석 하나가 은행 앞 길가에 박혀 있었다. 나는 그 표석을 목표 삼아 머나먼 효자동 길로 산책을 나가곤 했다. 나중에는 그 은행까지 친밀감이 느껴졌다. 그러던 중 어느 날 갑자기 그 표석이 사라져 버리고 그 자리에 쓰레기통이 놓여 있었다. 끓어오르는 분노를 참을 수가 없었다. 은행과 그 일대가 갑자기 나의 적개심의 표적이 되어 버렸다. 침을 한번 탁 뱉고 쓰레기통을 걷어차고 나서 돌아서 버린 것이다. 그런 내 행동을 나는 두고두고 반성했다. 채부동 은행 앞에서 이상의 표석이 사라져 버린 날, 나는 이상의 집을 방문했다. 나중엔 그의 부모가 살았던 통인시장까지 찾아갔다. '이상의 흔적' 앞에 바치기 위해 하얀 장미꽃 수십 송이를 사들고, 이상이 걸어 다녔을 법한 시장골목을 더듬어 올라갔다. 갑자기 피곤을 이기지 못해 목욕탕으로 들어가고 말았다. 목욕탕이발소 의자에서 설핏 잠이 들었던 모양이다. 이발사가 흔들어 깨워서 잠이 깼다.

"버티고개는 왜 찾나요? 누가 이사를 갔나요?" 아마 잠결에 내가 통인동에서 살다가 버티고개로 이사를 간 이상의 식구들을 찾았던 모양이다. 내가 잠꼬대를 한 게 부끄러웠지만 내친 김에 늙은 이발사에게 엉뚱한 것을 물어보았다. "혹시 이 동네에 살았던 이발사 김영창 씨를 아시나요?" "글쎄요, 모르겠는데요." 거의 백 년 전에 통인동에서 이발업을 했던 이상의 아버지를 아느냐고 내가 물어본 것이다. 내가 왜 이럴까. 얼이 빠져도 한참 빠진 것이다. 한바탕 세차게 머리를 흔들어 나는 정신을 차렸다. 가져갔던 장미꽃다발을 이발소에 그대로 둔 채 부리나케 이발소를 나와 버렸다.

지금 생각해도 그날 나는 어지간히 허물어져 있었던 것 같다. 거리로 나와서도 머릿속에선 이상의 봉두난발과 작소머리가 빙글빙글 맴돌고 있었다. 나는 연신 혼잣말로 중얼거리고 있었다.

"유난히 붙임성도 없고 자존심도 강해 이리 외롭고 고달프게 살고 있지만 만약 이상이 살아 있다면, 매일같이 찾아가서 안아주고 업어주고, 싫다 궂다 마다 않고, 온갖 수발 다 들어 주겠다. 그의 환심을 사기 위해서라면 하늘의

별도 못 따 주랴, 별짓 다하겠다. 아아, 요절한 천재, 그는 하루하루가 '인생은 짧고 예술은 길다!' 장구한 평생이었다. 그가 죽은 나이에 어쩌면 나도 요절해 버렸는지 모른다. 지금 살고 있는 것은 내 형해(形骸)다. 내 허깨비가 살고 있을 뿐이다."

황혼이 내리는 자하문길을 나는 터덜터덜 넘어가고 있었다.

백주의 악마

그날 학교에서 걸어 나오면서 나는 시계부터 보았다. 열두 시였다. 한 교수는 오후 여섯 시에 만나기로 했으니까 자, 이 엄청난 시간을 어떻게 메울 것인가. 큰길로 나와서 차량의 함성을 듣고 서로 어깨를 부딪치고 발등을 밟을 만큼 밀착된 사람들 틈을 비집고 걸어갈 때 나는 비로소 바다 밑 같은 적막감을 느끼기 시작했다. 어디로 갈 것인가.

그때 거리의 유리창들이 햇빛에 번쩍하면서 물동이만한 불덩어리를 내던지는 게 얼핏 눈에 띄었다. 백운대 숲 속. 늦가을 햇살을 온몸에 듬뿍 받으며 다람쥐들이 이리저리 잽싸게 뛰어다닌다. 그건 흡사 주먹만한 불덩어리가 움직이는 것 같았다. 느릿느릿 걸음을 옮길 게 아니라 옳지, 차를 타고 달리면 유리창 위로 요리조리 뛰어 다니는 새빨간 사슴이나 노루를 구경할 수 있겠구나. 나는 하다 못 해 버스를 타고 시내를 돌아다니면서 시간을 보내기로 마음을 먹었다. 그러나 버스를 기다리며 길가에 서있는 동안 나는 갑자기 맞은편 고층건물 스카이라인 너머로 무수히 떠오르는 노란별을 보았다. 심한 현기증을 느꼈다. 나는 하는 수 없이 마음을 고쳐먹고 가까운 찻집으로 들어가 집으로 전화를 걸었다. 오늘은 일주일에 하루만 나가는 강의를 하는 날이다.

"당신이 '광화문교실'로 연락을 좀 해주시오. 오늘 강의를 못 할 것 같소."

"또 갑자기 웬일이세요? 당신 참 이상하군요."

아내의 음성이 쉿소리를 냈다.

"좀 쉬고 싶을 뿐이오. 몸이 아프다고 말해 줘요."

"몸이 아프다고 하면 그 사람들이 곧이들을 줄 아세요. 정 강의를 빼먹고 싶으면 당신이 직접 연락하세요. 끊어요."

아내가 수화기를 탕 놓아 버렸다. 순간 나는 연필심만한 상처를 꼭 동전만한 상처로 부풀려 위로를 받으려고 하는, 말하자면 조그마한 좌절을 한사코 참담한 절망으로 꾸며놓아야만 직성이 풀리는 내 못된 버르장머리를 나무랐다.

그냥 집으로 돌아가서 푹 쉬어버리고 싶었다. 그때 벼락 치듯 내 속에서 비명을 지르는 소리가 났다. "안 돼, 그건 절대로 안 돼. 오늘 사표를 던지고 나온 거 벌써 잊었나. 한 교수를 만나 당장 내일부터 시간강사 자리라도 구걸해야 될 게 아냐." 그랬다. 나는 집으로 가서 쉬고 싶다는 생각을 떨쳐버렸다. 아내의 말대로 내가 직접 '광화문교실'로 연락을 할까. 금세 '광화문교실' 정 원장의 음성이 귓가에 들려오는 것 같았다. 나는 그가 하게 될 얘기를 뻔히 알고 있었다. 그는 우선 혼을 빼가는 너털웃음을 웃을 것이고 은근한 말로 내 건강을 걱정해 줄 것이고 수강생들이 불쌍하다고 가만히 한숨을 쉴 것이고 그러나 몸이 아픈 걸 어떡하느냐고 끝내 내 거짓말을 모른 체하며 슬며시 내 양심을 건드릴 것이고 그러다가 어느 대목에 이르러 느닷없이 또 너털웃음을 웃으며

"거 있잖습니까. 눈감고도 강의하는 방법 말예요. 설마 운신을 못할 정도는 아니겠죠. 부탁합니다. 무리하실 거 없이 앉아서 시간만이라도 때워 주십시오."

하고 나를 꼼짝 못하게 옭아맬 것이다. 나는 여태까지 병을 핑계로 수업을 빼먹는 데 성공해본 적이 없었다. 이미 이런저런 학원사업을 해서 억만금을 벌었고 복잡한 일을 단순하게 처리하는 데 빼어난 능력을 갖고 있는 정 원장

을 속일 생각을 그만 두기로 했다. 문득 좋은 방법이, 그러니까 새벽부터 한밤중까지 강의를 하는 친구들이 때때로 한낮에 수포처럼 비어 있는 시간을 보내는 방법이 떠올랐다. 조용하고 깨끗한 모텔에 들어가서 한잠 늘어지게 자버리는 것이었다. 나는 뒷골목에 있는 모텔을 찾아갔다. 현관으로 들어서자 피곤이 한꺼번에 몰려왔다. 방에 들어서기가 무섭게 주인 여자가 쪼르르 달려왔다.

"안마를 잘하는 사람으로, 한 사람 보내주시오."

나는 재빨리 주문하고 방세와 안마요금을 치렀다. 그러고는 피곤을 이기지 못해 침대 위에 엎드린 채 설핏 잠이 들었다.

잠결에 문을 여닫는 소리가 들리고 누가 가만히 내 어깨가 흔들었다.

"거 솜씨 내어 몸 한번 풀어 주쇼."

나는 돌아보지도 않고 말했다. 한참동안 아무 기척이 없었다. 이윽고 꿈결에 사락사락 옷 스치는 소리가 들려오는 듯하더니

"엎드려 있음 어떡해요, 똑바로 누우세요." 하는 것은 뜻밖에도 젊은 아가씨의 목소리였다. 나는 후닥닥 일어나 앉았다. 눈앞엔 발가벗은 여자가 쪼그리고 앉아 해죽거리고 있었다.

"염병할 여편네, 누가 갈보를 들여보내라고 했나."

나는 자신도 모르게 볼멘소리로 말했다. 그러자 벌거숭이는 뜻밖이란 듯이

"제가 맘에 안 드세요?"

하면서 순식간에 표정이 허물어져 버렸는데 유독 살짝 치뜬 눈가에 "쌍놈의 새끼, 백주에 생사람 발가벗겨서 밤송이만 차게 해놓고 이제 와서 무슨 개수작이야" 하고 푸르뎅뎅하게 독이 오르고 있었다. '그냥 눈 딱 감고 꿰차 버려.' 다음 순간 나는 너무 피곤해서 구토증까지 났다.

"아냐, 참, 아가씨 안마할 줄 알거든 안마를 좀 해주쇼."

나는 어쩔 줄을 몰라 쩔쩔맸다. 여자가 암말 없이 일어나더니 주섬주섬 옷

을 주워 입었다. 그리고 내 코앞에서 유난히 엉덩이를 움찔거리면서 나가버렸다. 돈이라도 듬뿍 쥐어서 보낼 걸 그랬구나. 그제야 내 입에서는 한숨이 새어 나왔다. 안마사를 불러달라고 했을 때 혹시 '미필적 고의'는 없었을까. 이왕 들어왔는데 제기랄 왜 돌려보내. 아까 들어오면서 복도에서 잠깐 구경한 글라디올러스 잎처럼 날카롭기가 칼날 같은 내 신경은 사실 남성을 건드리기에는 허약하기 짝이 없는 놈이었다. 게다가 대낮에 내 앞에 놓여 있는 그 여자의 알몸은 물기와 소금기와 상한 버터가 들어 있는 주머니를 차고 있는 괴물에 지나지 않았다. 그리고 희멀건 살빛, 다시 말해 하얀색이 세상에서 가장 더러운 색깔이 될 수 있다는 것도 알아냈다. 윤기가 도는 세피아빛이 때론 얼마나 싱싱하고 순결한가.

여자가 나간 뒤로 나는 한숨도 못 잤다. 이윽고 슬그머니 모텔을 빠져 나오려고 하는데 주인 여자가 사무실에서 불쑥 튀어나왔다.

"아이, 죄송해요. 전 그만 그걸로 알았거든요. 제 잘못을 용서해 주세요."

그녀는 한사코 자신의 실수를 끌어내어 그녀의 청백함을 과시하려들었다. 저런 식으로 대낮에 모텔을 찾아오는 엉큼한 친구들을 사로잡는구나. 순간 부르제의 '백주의 악마'가 떠올랐다. 나도 얼마든지 그럴 수 있다는 위기를 느끼고 있었다.

"괜찮아요. 아주머니가 약간 잘못 들었을 뿐예요."

"알아요. 하지만 아가씨를 그렇게 부르는 사람이 많거든요."

주인 여자가 재빨리 내 호주머니에 돈을 찔러 넣었다. 갑자기 몸이 근질근질 해졌다. '이 여편네가 끝까지 말썽을 부리는구먼.' 뭐라고 지껄이면서 주인 여자에게 돈을 돌려줄 생각을 하니 가슴이 답답했다. 나는 잠자코 모텔을 나와 버렸다. 그리고 거의 개미구멍 속으로 들어간 것을 손가락으로 후벼서 다시 꺼내놓은 듯한 그 돈이 끝내 마음에 걸려서 나는 지하도를 지나면서 불우이웃돕기 모금함 속에 넣어버리고 말았다.

인간 산책의 눈물

아내와 산책을 나가면 나는 곧잘 과거 속을 걷고 있었고 아내는 미래 속을 걷고 있었다. 꼭 집어서 설명할 수는 없었지만 어쩐지 그런 느낌이 들었다. 그날도 그랬다. 명문 중고등학교가 있는 창의문길을 지날 때 하굣길에 걸어가는 학생이 하나도 보이지 않았다. 나는 가만히 개탄했다. 그리고 어김없이 과거 속을 거닐면서 내 학창시절 등하굣길을 떠올리고 있었다. 나는 하루같이 영어단어를 외우면서 고개를 넘고 개울을 건너 십리 길을 걸어 다녔다. 단어만 암기한 것이 아니었다. 중학교 땐 '50가지 유명한 이야기'(Fifty Famous Stories), 고등학교 땐 찰스 램의 '셰익스피어이야기'(Tales from Shakespeare)를 줄줄이 외웠다. 역사상 가장 유명한 4대 연설인 패트릭 헨리, 링컨, 안토니우스, 데모스테네스의 웅변을 암기한 것도 그때였다.

경복궁에 당도하여 궐내를 한 바퀴 돌고 나서 산책을 끝내고 싶었는데 어렵쇼, 아내가 나를 이끌고 북촌으로 향했다. 산책 제2라운드, 아내의 삼청동 사랑이 시작되었다. 거리는 서로 어깨를 부딪치고 지나칠 만큼 사람들이 넘쳐났다. 아내는 거의 모든 골목과, 골목 끝에 있는 오밀조밀한 집들을 사진에 담았다. 잘 꾸며놓은 길가의 가게들을 빠짐없이 사진을 찍었다. 내가 짜증을 내면 그런 나까지 찍었다. 사진을 찍는다는 것은 아무튼 미래를 장만하는 일이다. 아내는 끝없이 미래 속을 걸어가고 있었다.

나도 삼청동 길을 무척 좋아했다. 가게 앞마다 내놓은 예쁜 화분이나 장식품들이 특징이라면 특징이다. 아내는 사람과 문화가 살아 숨 쉬고 있는 증거란다. 나는 기껏 월전미술관이나 기웃거리면서 배고픔을 달래고 있는데, 아내는 가까운 청수장이나 북촌칼국수에 가서 저녁을 먹을 기미는 전혀 보이지 않았다. 배고픔도 제풀에 지쳐서 사라졌다. 날이 어두워졌다. 무슨 생각에선지 아내가 인사동으로 건너가자고 했다. 인사동에서도 아내는 거리의

영일소품

화려한 불빛을 찍었다. 인사동 '사동면옥' 앞에 이르렀을 때 아내가 갑자기 저녁을 먹자고 했다. 댓바람에 나는 싫다고 했다. 오기가 발동해서가 아니라 그 비좁고 무더운 사동면옥에 가서 땀을 흘리며 음식을 먹을 생각을 하니 조금도 달갑지가 않았다.

이번에도 아내에게 끌려서 골목 안에 있는 사동면옥으로 들어갔다. 식당 안은 주로 술을 마시는 손님들로 가득 차 있었다. 우리도 녹두전을 시켜놓고 막걸리부터 한잔 마셨다. 아아, 제3라운드, 영락없이 술집 산책이 시작되었다. 먼발치로 알 만한 문인들의 얼굴도 심심찮게 눈에 띄었다. 이거야말로 진짜 인간 산책을 하고 있는 것 같았다. 특히 바로 옆 좌석에서 술을 마시고 있는 세 중년사내들이 더욱 그런 느낌을 주었다. 공교롭게도 그들은 주로 문학과 종교를 화제로 좌충우돌 종횡무진으로 떠들어대고 있었다. 세 사내는 각각 뿔테안경, 팔뚝타투, 고수머리였다. 처음엔 그들의 이야기가 그럴 듯해서 솔깃했고 술 맛도 났는데 나중에는 그들의 말이 그냥 비수가 되어 날아드는 바람에 좋아하는 콩국수도 제대로 먹을 수가 없었다.

"늙어 가면서 신선이 된 소설가, 하지만 젊었을 땐 영락없이 거지꼴이었지. 그 꼴에 무슨 글을 쓸까 싶어서 맘껏 '디스'했는데 아뿔싸, 꽤나 재미있는 글을 써내더군. 이인(異人) 기인답게 이문 기사(奇事) 잡설로써 이름을 날리기 시작하더니 이젠 SNS에서 수많은 수하를 거느린 만군의 수장이 되었거든. 그가 일갈하면 일언지하에 세상이 숨을 죽이고 귀를 기울인다 이거야. 그 신선이 된 거지가 글쎄 대통령을 만났단 말이야. 아아, 세한지송백(歲寒知松柏)은 그를 두고 하는 말인 것 같아."

뿔테안경이 기염을 토했다. 발칙하고 무례하기 짝이 없었다.

"어제는 하도 심심해서 이 사람, '고은의 일기'를 읽어보았지. 그의 시의 태반은 분명히 이취(泥醉) 속에서 태란습화(胎卵濕化)한 거야. 그렇게 술을 퍼마시고 견뎌 낸 것이 그의 문학보다 더 위대하단 말야. 매일장주, 대취, 고

주망태. 이문구 송기숙 이시영 등 창비, 문지 그쪽 동네 주당들, 똘마니들 몽땅 데리고 bacchanalia나 벌이고, 가끔 PP에게 독설 저주 비방이나 쏟아내고, 시대의 우울을 양심처럼? 뿌리면서 악마의 주신(酒神)을 만나는, 그런 기록이었어. 발칙한 은유들, 오만불손한 담론들, 고은일기는 그 이상도 이하도 아니었어."

팔뚝타투가 그의 팔뚝문신만큼이나 가학적으로 독설을 퍼부었다. 아아, 문청퇴물인 것 같은데 어떻게 대선배에게 그런 말을 할 수 있을까. 머리끝까지 화가 치밀었다.

"아무 쓸모없이 귀찮게 달고만 다니던 그것을 겨우 가린 채 온갖 수모 굴욕 고통을 받으면서 십자가에 매달렸던 구속(救贖 redemption)의 예수, 그를 기리는 예수회는 로욜라의 미친 돌격대였거든, 알아. 교황 프란치스코가 제수이트(예수회 수사)라 해서 관심을 끌었지만 그동안 예수회가 어떻게 변질됐느냐 말이야. 제수이트 하면 교활하고 음험한 책략가나 궤변가 혹은 전위대라는 뜻으로 변질돼 버린 거야, 알아. 말하자면 로욜라는 이런 음모가의 대부로 전락해 버린 셈이지, 하하하."

말을 마치고 고수머리가 의기양양하게 웃었다. 이 대목에서 나는 고수머리를 하마터면 후려갈길 뻔 했다. 참으로 무엄하구나. 한때 나는 스페인에서 세르반테스보다 로욜라를 더 좋아하고 존경했었다. 그가 눈앞에서 매도당하고 있는 것을 참으로 견딜 수가 없었다. 내 기색을 알아차린 아내가 서둘러 자리에서 일어났다. 그리고 잠자코 내 팔을 붙잡고 밖으로 나갔다. 왠지 자신이 세 사내에게 심하게 난타를 당한 느낌이 들었다. 그렇게 느끼고 있는 나를 얼핏 이해할 수가 없었다. 골목길을 걸어 나오면서 나는 속으로 울고 있었다. 아아, 사동면옥의 '인간 산책'은 눈물이었다.

"여보야, 그래도 오늘 삼청동 길은 좋았거든. 내가 울컥해서 미안해."

돌아오는 차 속에서 나도 모르게 혼잣말로 중얼거리고 있었다.

영일소품

이역만리 외로운 노시인

멀쩡했던 사람들이 덜컥덜컥 죽어갔다. 가히 죽음의 계절이다. 간밤에 나 역시 우연히 한 시인의 죽음을 알고 잠을 이루지 못했다. 페이스북을 통해 이역만리 토론토에서 살고 있는 외로운 노시인이란 것만 알고 있었는데, '알고 보니 훌륭한 시인이었다.' 내가 더욱 애통해하는 이유였다. 내가 포스팅할 때마다 그는 빠짐없이 댓글을 달았다. 번번이 극찬도 아끼지 않았다. 그럴 때 나의 반응은 오히려 덤덤했다. 때론 나 말고는 그의 글을 읽는 사람이 거의 없었는데, 그게 나에게 '외로운 노시인'으로 기억된 것 같았다. 일신상의 사정으로 내가 한 일 년 반쯤 쉬었다가 돌아오니 그가 나타나지 않았다. 나도 한동안 그를 깜빡 잊고 지냈다. 어제 아내가 올린 동료시인의 부고를 보았을 때 망각의 바다에서 갑자기 그가 떠올랐다. 어떻게 그토록 쉬 잊어버릴 수가 있단 말인가. '나의 글을 그토록 열심히 읽어주었는데, 왜 나는 한 번도 그의 시를 읽어보지 않았을까. 아아, 그의 삶과 문학을 한번쯤은 탐색해 봤어야 했는데' 나는 잠시 깊은 회한에 빠졌다.

나는 즉시 친구검색을 했다.

"Sang Mook Lee, 1940년 10월 20일 생. 목포 출신. 서울고등학교, 서울대학교 공대 졸업. 토론토 거주. 1988년 '문학과 비평'에 시인으로 데뷔. 최근 2016년에 시전집 '링컨 생가와 백두산 들쭉밭'을 출간했음."

한 친구가 2019년 10월 20일 타임라인에 올린 게시물이 눈을 찔렀다.

Yearn Choi가 Sang Mook Lee에게

"명복을 비네."

순간 나는 깊은 충격에 빠졌다. 나는 이렇게 그의 죽음을 알았다. 그제야 나는 페이스북에 실린 기껏 여남은 편의 그의 시를 읽기 시작했다. 풍부한 감성과 이미지, 지성의 혜안(慧眼)과 분석, 통렬한 비판정신 등을 금세 느낄 수 있었다. 놀라웠다. 당장 그의 시전집 '링컨의 생가와 백두산 들쭉밥'을 구해서 읽지 못한 것이 한없이 아쉬웠다. 나는 시종 눈물을 글썽이면서 그의 시를 읽었다. 그랬다. 나는 참회하는 심정으로 그의 시를 소개하고 싶었다.

그는 일제강점기에 태어났고 한국전쟁, 4·19, 5·16을 겪으면서 가장 가난하고 힘든 세월을 보낸 후 다시 맨손으로 외국생활을 시작한 이민 1세대 시인이었다. 어려웠던 이민생활의 경험을 이야기할 때 일체의 감상을 걷어내고 객관적으로 냉정하게 상황을 묘사했다. 초기 시 '절구를 생각하며'에서 그런 시작(詩作) 태도를 확인할 수 있었다.

절구를 생각하며

들어갈 수 없을까/그 절구 속으로/나는 다시 결코 들어갈 수 없을까
절구에 가득 보리를 넣고/어머니는 공이를 내리치면서/날보고 보리를 저으라고 하셨다
빨라지는 공이질/넘쳐나는 소용돌이/자꾸만 보리알들 흩어지면서
나는 끝내 밖으로 새고 말았다/아, 그게 몇 십 년 전 일이던가
어머니가 노기 띠며 나무라시던 것이/낯선 땅에 떨어진 지 벌써 까마득
보리톨 하나가 그리도 아까웠었는데/그러나 이제야 알겠어요
어머니/공이에 얻어맞아 알갱이 되고/보리끼리 부대끼며 껍질 벗는다는 것을
그리고 또/잔돌과 섞였으니/나는 이제/돌아갈 수 없다는 것도

시인은 고향을 떠나 이국땅에서 외국문명의 '잔돌과 섞이며' 잘 섞이지 못하고 살아가고 있는 자신의 모습을 공이에 맞아 밖으로 튀어나가는 보리알로 비유하고 그 공이질로부터 문득 인간은 고난을 겪으며 서로 부딪칠 때 더욱 성장하고 성숙한 관계를 이뤄 간다는 사실을 깨달았다. 그리하여 '공이에

얻어맞아 알갱이 되고/ 보리끼리 부대끼며 껍질을 벗는다'고 노래하고 있다.

함박눈

이제는 녹슨 그네
더 높이, 할아버지, 더 높이
손자의 웃음소리가 저 높은 하늘
보이지 않는 곳에서 수북이 내려오고 있네.

빈 둥지

딱 한 번 정분을 나눈 어미새는
나뭇가지에 두른 언약의 반지 속에
알을 낳고 비가 오면 날개로 새끼들을 덮었다
어느 하늘로 날아갔는지 알 수 없는 새들
낮엔 해가 밤엔 달이 반지를 손가락에 끼워본다.

풍부한 이미지, 절제된 담백한 언어, 빼어난 상상력이 잔잔한 감동으로 밀려왔다.

스와니 강

스와니 강에/스와니 강은 없다
이름 하나/구름 속에 떠도는 강
생각나는 사람이/하늘 저 멀리 보이면/말없이 태어나는 강

조약돌 하나/물 위로 날아가지만

머나먼 강/스와니/해 지는 언덕/저 편에서 흘러가는.

나목(裸木)

발꿈치에/금잔화를 가득 심어 줬을 때/꽃신을 신은 것 같았다

잎들을 물들여/색종이로 내려놓았을 때/사람들이 다가왔다

이제/다 벗고 춤을 춰도 텅 빈 공원

살아온 날들과/살아갈 날들을 생각하며/하늘을 향해 두 손을 번쩍 들었다

그때/흰 눈의 도화지 한 장 내려 와/나는 그림이 되었다.

시는 우선 '인간의 감성에 호소한다'는 시인의 생각이 잘 드러나 있다. 아무런 지적 판단이나 논리적 예단 없이 삶과 죽음, 인간의 운명, 자연의 이법, 영고성쇠를 자신이 끼어들지 않고 바라보는 입장에서 느끼는 대로 무심히 노래하고 있다. 삶에 대한 깊은 관조의 미학을 엿볼 수 있었다. '알고 보니 훌륭한 시인이었다.' 혹시 그래서 내가 이 글을 쓰고 있는 것을 아닐까. 나를 가장 괴롭혔던 대목이었다. 아니다. 그를 알게 된 순간부터 나는 40여 년의 시작생활을 멀고 먼 이역에서 꽃피우고 있는 그의 삶을 사랑했다. 잠시 격조하고 소홀히 했던 것을 눈물로써 참회하고 있는 것이다.

"이제야 엎드려 명복을 빕니다. 생전에 시에 쏟은 열정과 빛나는 시적 성취에 경의를 표하고 늦게나마 시전집 '링컨 생가와 백두산 들쭉밭'의 출간을 진심으로 축하드립니다. 시전집을 모두 읽고 나서 다시 한 번 선생님을 기리는 글을 쓰겠습니다. 편히 쉬십시오."

결백한 아웃사이더

낡은 책 더미 속에서 우연히 나의 첫 소설집을 발견했다. 그것도 딱 한 권이다. 이젠 도서관에나 남아 있음직한 귀한 책이다. 나의 문학의 '고독한 행로'를 보는 것 같았다. 소설가 김승옥이 책 뒷날개에 써준 글을 보고 더욱 그런 생각이 들었다. 그는 나를 '결백한 아웃사이더'라고 했다. 내 운명을 예언한 셈이다.

"우리사회를 사나운 어둠 속으로 몰아넣고 있는 원흉은 바로 우리 자신들의 위선과 편견과 광기라는 사실을 증명해 보임으로써 우리를 아연케 하는 소설- 그것이 바로 오태규 문학의 읽지 않고 배길 수 없는 마력이다. 해부의사처럼 냉정한 눈으로 우리 시대 어둠의 가면을 하나하나 벗겨 보이는 오 선배의 작가적 역량은 아마도 그 분이 반평생 영어 교사로 일해 오는 동안 어떤 면에서 사회의 '결백한 아웃사이더'로서 지낼 수밖에 없었던 처지에서 자연스럽게 형성된 능력이 아닐까 나는 그렇게 생각해본다." - 김승옥

내가 '결백한 아웃사이더'인 것은 당연한 결과였다. 등단 이후도 기를 쓰고 문단을 멀리했고 문인들과도 교유(交遊)도 하지 않았기 때문이다. 창작은 철두철미 홀로 하는 '고독한 작업'이라고 굳게 믿고 있었다. 곰곰이 생각해 보면 몇 가지 이유도 떠올랐다.

나는 지나치게 부끄럼을 탔다.

"20대 신춘도 아닌데, 웬 호들갑이냐. 이 나이에 부끄럽지도 않느냐."
1982년 12월 월간문학소설신인상 시상식에도 나는 참석하지 않았다. 내가 시상식에 불참했던 것은 부끄러움 때문이었다. 내 부끄러움은 자의식과잉에서 오는 것이었다. 시쳇말로 자존심이 너무 강했던 것이다.

문단 쪽은 얼씬도 하지 않았다.

동료 유명작가들의 작품에 대한 불만과 실망을 숨김없이 털어놓았다. 그럴 때마다 속으로 '닐어디미러리'(niladmirari)와 '퍼세이즘'(perseism)을 부르짖으며 자신을 독려했다. '닐어디미러리'는 라틴어에서 온 말인데 영어로는 'to wonder at nothing' 즉 "이름과 명성을 보고 쉽게 감탄하지 말라"는 뜻이다. 문인에게 '정신적인 조루증'보다 금기해야 할 것은 없다고 생각했다. 'perse'는 역시 라틴어인데 영어로는 'intrinsically or in itself' 즉 '그 자체로서'라는 뜻이다. "문학작품을 사람이나 이름보고 평가하지 말고, 작품 그 자체만 보고 평가하라"는 것이다. 예술에서 무엇보다 중요한 것은 자신의 안목을 기르는 것이라고 생각했다.

나의 모든 것을 드러내놓을 만한 용기가 부족했다.

예수께서 열두 제자를 세상에 파송하실 때 "귀에 대고 속삭이는 말을 '지붕 위에서 외쳐보아라'"(마:10:27)고 분부하셨다. 아무리 자의식을 극복하고 세상과 화해했을지라도 만약 작가에게 용기가 없다면 그 책무를 다할 수 없다고 생각했다.

　나는 써놓은 글조차 세상에 내놓지 못하고 별의별 이유를 붙여서 항아리 속에 담아서 묻어버렸다. 타고난 나의 품부(禀賦)와도 무관치 않았다. 한때 몇 날을 뜬눈으로 새우며 고민했다. '이름을 낼 것이냐, 맘 편히 살 것이냐. 유명의 구속을 택할 것이냐, 무명의 자유를 택할 것이냐.' 결국 나는 무명의 자유를 선택했다. 이제 와서 빈손으로 이생을 떠나간들 무엇을 아쉬워하랴. 한순간 한순간을 알차게 살아낸 것이 그저 감사할 따름이다.